目次

Sの継承（上）

序章

原田高志《はらだたかし》は静かに怒っていた。何とか吐《は》き出《だ》したいが、その術《すべ》がない。叫べばストレス解消になる、などというのは嘘で——だからカラオケは嫌いだった——実際には自分の中に鬱屈《うっくつ》したものの重みに、じっと耐えるしかない。

仕方ないから、酒を呑《の》んだ。

ズボンのポケットに両手を突っこみ、うつむいたまま、のろのろと歩き続ける。夜も深まって、さすがに少しは気温が下がっているが、それでもねっとりとした熱い空気が肌にまとわりついて鬱陶《うっとう》しい。アルコールのせいもあって、熱は体の内側からも噴き出してくるようだった。せめて汗が滲《にじ》んだ顔を拭《ぬぐ》いたい……しかし手をズボンのポケットに入れても、ハンカチが触れる感触はなかった。今日に限って忘れてきた？　だとしたら、本当についていない。

だいたい自分がこんな目に遭《あ》うのは、上の人間が馬鹿だからだ。何がリストラだ。無茶な話を押しつけるな。

原田は、前橋《まえばし》市に本社がある工作機器メーカーに勤めて三十年になる。現在の肩書きは

人事部次長。突然降ってきた滅茶苦茶な指令に、このところ苦しめられていた。会社がこ
こ数年苦境に立っているのは、当然理解している。リーマンショックのあおりで受注は激
減し、それに東日本大震災、タイの大洪水が追い討ちをかけた。泣きっ面に蜂、どころの
騒ぎではない。決算は三年連続して赤字で、持ち直す気配がなかった。

経営陣が打ち出した対策は「人減らし」だった。今後三年間で、正社員の一割に当たる二百人を切る。二百人……考えただけで、頭がくらくらする数字だった。今年度末の定年退職者が二十五人。新卒採用をストップしても、減らせるのはそれだけだ。あと百七十五人を、どうやって切るか……希望退職を募っても、手を挙げる者はいないだろう。この不況のご時世、辞めて簡単に次の職場が見つかるものでもない。子会社へ転籍させる手も使えないだろう。グループ企業全体が業績不振で、子会社にも、本社であぶれた人材を受け入れる余裕などないのだ。やはり最後は肩叩《かたたた》きか……仲間に向かって、「辞めてくれないか」と告げることを考えると、吐き気がしてくる。

だからこそ今日は、普段あまり呑まない酒を呑んでしまった。気づけば十一時近く。通勤に使っているマイカーで帰るわけにもいかず、最終のバスもとうに出てしまって、家まで約四キロの道程を歩くしかなくなっていた。小遣いを使ってタクシーに乗るのも勿体無《もったいな》いし……歩く距離が延びるにつれ、アルコールが体の隅々まで入りこんでいく。どうもよくない。明日がまだ金曜日だと考えると、さらにうんざりする。二日酔いで会社に出てい

くのは、大嫌いなのだ。

それにしても、田舎《いなか》だ……市の中心部に近い若宮町《わかみやちょう》にある本社から少し歩いて来ただけなのに、周辺には涸れた水田が広がっている。同じ群馬県でも、高崎《たかさき》の方がはるかに都会で元気だ。交通の便もいい。実際、会社が大正時代に創業してからほぼ九十年、高崎移転は何度も議題に上《のぼ》ってきたらしい。特に新幹線や関越《かんえつ》自動車道が開通した時には、土地探しをしたこともあるという。そういう議論もしばらくは封印だろう。今は、何とか会社を生き延びさせることが大事だ。ここは鬼になるしかないか……。

生ぬるい風が頬《ほお》を撫《な》でていく。原田はゆっくりと顔を上げた。喉《のど》が渇く。水が欲しいな、と思った途端、前方に自動販売機の灯《あか》りが見えた。広い県道なのに街灯の灯りは乏《とぼ》しく、自動販売機は夜の海を照らす灯台のように目立っている。ミネラルウォーターを買い、一口飲んでほっと溜息《ためいき》をついた。アルコールが、体から少しだけ抜けた感じがする。

「参ったな」声に出してつぶやくことで、さらにダメージが深まっていく。働き始めて以来、これほど弱気になったことはなかった。人事という、会社の本流とはさほど関係ない部署でのんびり過ごしてきたせいかもしれない。それに昔の記憶もある。会社に入った頃は、まだバブル経済絶頂期前で、大量採用の時代だった。すぐにバブルが弾《はじ》けて緊縮経営が始まったものの、その前の景気のいい状況は、いつまでも記憶から消えない。いつかまた、ああいういい時代がくるはずだと思いながら、二十年以上が経ってしまった。

足が止まってしまう。だが、歩かなければ家に辿《たど》り着《つ》けないし、家でなければ静かに考えられない。とにかく頑張ろう……あと一キロぐらいなのだから。

そう思って一歩を踏み出した瞬間、原田はかすかな異臭に気づいた。金属的な臭いが鼻の奥を刺激する。何か……何だろう？　嗅《か》いだことのない臭いだ。

何かおかしい。

視界が急に暗くなった。乏しい街灯の灯りが消えたというより、視野が急に狭くなって、光が入ってこない感じ。頭がぐらぐらする。巨大な手に頭を摑《つか》まれ、振り回されているようだった。ペットボトルが手から落ち、水がアスファルトに黒い染みを作る。

道路に倒れこむ前に、原田は既《すで》に意識を失っていた。

現場があるのに、現場に近づけない。群馬県警捜査一課強行班の若い巡査部長、北山《きたやま》は、言いようのない不安が胸に広がるのを感じていた。

最初は「異臭がする」という通報だった。異臭騒ぎといっても、実際には大したことのない場合が多い。間違って何かの溶液や薬品が流れ出した、あるいはスプレーを噴出させてしまったというケースがほとんどだ。しかし今回は違う。病院に搬送された被害者、二十五人。目や喉の痛みを訴えるだけの人もいたが、意識不明者が二人いる、というのが気になる。軽い問題じゃないぞ、と北山は気持ちを引き締めた。

異臭の発生源は、化学薬品メーカーの工場跡地と見られていた。古い薬品が、何らかのきっかけで漏《も》れ出《で》てしまったのか……しかし、原因物質が特定できない。そして意識不明者が二人いるので、警察も消防も慎重にならざるを得なかった。

現場一帯は封鎖され、住民は退去を求められるか、既に自主的に避難している。現場に近づけないのは北山たちも同じだった。工場を中心に半径百メートルの範囲が出入り禁止になり、今は特殊な防護服を着用した消防隊員たちが工場を調べている。しかしただ待っているわけにはいかないと、北山は住民たちが避難している近所の公民館に向かった。

中に入った瞬間、むっとした熱気に襲われ、思わずワイシャツのボタンを一つ外した。エアコンが動いている音がするのだが、あまりにも多くの人が詰めこまれているせいで、効果が感じられない。一斉にこちらを見る住民たちの不安気な視線に、北山はたじろいだ。こういう場面には何度も遭遇したことがある——台風などによる避難の現場だ。ただしそういう時には、これほど不安な空気にはならない。安全はほぼ確保されているし、台風は翌日になれば去るのだから。

額に汗が滲むのを感じながら、北山は同僚たちと手分けして、避難してきた住民への聞き込みを始めた。しかしその途中にも、気分が悪くなって吐いてしまう人、泣き出す子どもらがいて、事情聴取は遅々として進まない。公民館の中には汗と吐瀉物《としゃぶつ》の臭いが入り混じり、途中から北山は、窓を開けたいという欲望と戦い続けなければならなかった。

話を聴いていた中学生の女の子が泣き出してしまって、さらに参った。何とか宥《なだ》めすかして事情を聴くと、今夜は両親とも帰りが遅く、まだ連絡が取れていないという。まさか、どこかで倒れているのでは……北山は事情聴取を中断し、消防と連絡を取って、病院へ搬送された患者の中に彼女の両親がいないかどうか、確認した。少なくとも病院にはいないのが分かったのだが、彼女はそれでは納得しなかった。

「もしかしたら、その辺で倒れてるかもしれないじゃないですか」と必死に訴え、外へ探しに行こうとする。何とか押《お》し止《とど》めたものの、それで精根を使い果たしてしまい、疲れ切った。

住民たちの話を総合した結果、異臭が発生したのは、午後十一時四十分頃、と分かった。金属的な臭いが家の中に入りこんできて、吐き気や目眩《めまい》を感じた、という証言が共通している。

ざっと事情聴取を終え、北山は公民館の外で同僚たちと話をつき合わせた。冷房が効いているはずの室内よりも、むしろ外の方が気温が低く、ほっとする。何より、未だ恐怖に苦しむ住民たちの顔を見ないで済むのがありがたかった。

現場は、所轄の刑事課の課長、杉本《すぎもと》が仕切っていた。顔色は悪く、本人も有毒ガスを吸っているのではないか、と北山は心配になった。そう言えば何だか、目がちかちかするような……まさか。気のせいだ、と自分に言い聞かせる。

「病院に搬送された人数が、五十人に増えた」

杉本の報告に、北山は背筋が凍る思いを味わった。事件なのか事故なのか分からないが、一大事なのは間違いない。身を寄せれば汗が噴き出しそうな暑さの中、北山は杉本の背中に体がくっつくまで密着して、一言も聞き漏らすまいとした。北山は本部の捜査一課から「先兵《せんぺい》」として出されてきたので、しっかり報告する義務がある。

「症状は喉の痛み、吐き気、目眩。シンナー中毒の症状と似ているな」

どこかでシンナーが漏れて……それにしては範囲が広過ぎる。上空からばら撒《ま》きでもしない限り、これほど多くの人が被害を訴えるはずがない。

「まだ断定はできないが、汚染源は工場の跡地と見られる。現在消防が調査中だから、それが終了し次第、ある程度の結論は出せるはずだ」

言葉が途切れた瞬間、北山はバイクの音を聞いた。一台ではない、複数のバイクのエンジンが奏でる不協和音。

「機動隊が来たな」杉本が指摘する。

「出動要請したんですか？」北山は訊《たず》ねた。不安がいや増す。

「上の方で話を通したようだ」振り向きざま、杉本が答える。

ほどなく、二台のオフロードバイクが到着した。乗っている隊員は二人とも、緑色地に迷彩模様が入った化学防護服を着用している。現場でばたばたしないよう、出発する時に着替えてきたのだろう。二人はほぼ同時にオートバイから下り立ち、エンジンをかけたまま刑事たちの輪に近づいて来た。防毒マスクもしているので話しにくそうだったが、杉本が地図を示して、汚染源と見られる工場の場所を説明すると、すぐに了解してまたバイクに跨《またが》った。

「もう心配ないとは思うけど、念のためだそうだ」

杉本の説明に、北山はうなずく。それはそうだろう。仮にこれが毒ガスでも、効果は長続きしないはずだ。

公民館の方をちらりと見る。窓辺に数人の住人が集まり、心配そうな表情でこちらの様子を窺《うかが》っていた。確かに心配だろう……大丈夫、すぐ帰れますよ、と声をかけてやりたかったが、根拠がないことは言えない。

「まさか、自衛隊の出動まで要請することはないですよね」

ふいに心配になり、北山は杉本に訊ねた。杉本が苦笑しながら首を振る。

「さすがにそれはないだろう。まあ、消防と機動隊の連中の調査次第だが」

北山はうなずき、刑事たちの輪から離れた。人差し指を舐《な》め、頭の高さに上げてみる。ほぼ無風状態だった。住人が異臭に気づいた時にも、それほど状況は変わらなかっただろう。とにかく風がなく、空気に熱が籠《こも》っている感じがした。ということは、有毒物質が完全に拡散したかどうかは分からない。今のところ、二次被害の報告はないが……北山は、ほぼ真っ暗な空を見上げた。一つだけはっきりしていることがある。目に見えない何かが、音もなく襲いかかってきて、住民たちを傷つけた。

事故だ、と信じたかった。

これが事件だったら、大変なことになる。

警視庁捜査一課特殊班の警部補・峰脇東吾《みねわきとうご》が有毒ガス事件の一報を受けたのは、発生から数時間後、金曜日の午前三時過ぎだった。何もなければ午後十一時にはベッドに入る峰脇にすれば、普段は完全に熟睡している時間帯である。

いつもサイドテーブルに置いてある携帯電話が鳴った瞬間、峰脇は瞬時に、完全に目覚めた。特殊班が夜中に呼び出されることなどほとんどないが故に、すぐに重大事だと理解する。

峰脇の班が担当するのは、大規模事故・事件――航空事故や鉄道事故、爆発事故などだ。輸送関係ではない、とすぐに判断する。この時間、東京の公共交通機関は眠っているのだから。それで少しだけほっとする。鉄道事故や航空事故の捜査は、とにかく厄介《やっかい》なのだ。事故の状況を再構築するのは、単色の巨大なジグソーパズルを組み立てるのに似ている。

電話してきたのは、部下の石本《いしもと》警部補だった。年齢が近いせいもあって、気の合う相手である。そのため普段は遠慮なく話をするのだが、今夜はこんな時間のせいもあって、少し腰が引けた様子だった。

「どうした」峰脇はベッドから抜け出した。隣のベッドでは、妻の真理子《まりこ》が静かに寝息を立てている。起こすのは気の毒だった。

廊下へ出て、寝室のドアを閉める。今夜も熱帯夜で、家の中にはむっとするような熱気が籠っていた。

「異臭騒ぎです」

「現場は？」峰脇は、一気に緊張感が高まるのを感じた。この手の案件による出動は非常に多い。地下鉄サリン事件以降、人々は——少なくとも首都圏の住人は、異臭に対して異常に神経質になっている。大抵は、ヘアスプレーを間違って噴射してしまったとか、飲食店で使っている業務用の洗浄剤が漏れ出たとか、地下鉄サリン事件以前なら問題にもならなかったケースばかりだ。

「前橋です」石本がさらりと言った。

「おいおい」峰脇は体の力を抜いた。てっきり東京だとばかり思っていたのに……窓辺に寄り、窓を細く開けてみる。夜中なので少しは涼しいかと思ったが、熱風が吹きこんでくるだけだった。慌てて窓を閉め、施錠する。「何でうちに前橋の案件が回ってくるんだ」

「ちょっと事情がありまして」

峰脇は、少しだけ苛立《いらだ》たしさを感じていた。石本は気心の知れた男だが、一つだけ不満がある。前置きが長いのだ。というより、もったいぶっている。警察官は、「報告書を書くようにシンプルに話せ」と教育されるのだが、石本はともすると、受《う》け狙《ねら》いのつもりなのか話を膨《ふく》らませる傾向がある。

「どういう事情だ」

「発生場所が、長信化学《ちょうしんかがく》の工場跡地らしいんですよ」

「なるほど」事情が読めてきた。長信化学の本社は品川区にある。どういう状況で有毒ガスが発生したのかは分からないが、本社への事情聴取は必須だろう。事件の捜査は群馬県警が担当することになるが、こちらに応援要請が回ってくる可能性もある。「正式な応援要請は出たのか？」

「まだですが、何か言われる前に乗りこんだ方がいいでしょうね。群馬県警には荷が重いと思いますよ」

「しかし、たかが異臭騒ぎだろうが」

「午前二時の段階で、六十五人が病院に運ばれています。うち、二人がまだ意識不明の重体」

　瞬時に顔から血の気が引き、峰脇は初めて寒気を感じた。六十五人？　現場が大混乱しているのは、容易に想像できた。地下鉄サリン事件の時の恐怖を思い出す。既に十八年も前の事件だが、峰脇も当然、現場に駆り出された。見えない敵……毒ガスは、事前に感知できないが故に、人の心に恐怖を呼び起こす。そしておかしいと思った時には、もう手遅れになっている。

「大事《おおごと》じゃないか」かすれた声で峰脇は言った。

「ええ。まだ原因物質が特定できていないんで、それも心配です……現場、どうしますか？」

見ておくべきだ、と瞬時に判断した。群馬県警には嫌な顔をされるかもしれないが、初動捜査の様子を知らずに入っていくと、後々面倒なことになる。本来、事件に関しては所轄の県警内で完結すべきなのだが、大きな事件になれば警視庁が手を貸すというのは、暗黙の了解になっている。何しろこちらは、人数も経験も豊富なのだ。

「出よう。何人か、向こうへ行くメンバーを選抜してくれ」

「もうやってます」電話の向こうで石本がかすかに笑ったようだった。「係長の家へ車を回しますよ……五時でどうでしょう」

「お前、今どこにいるんだ？」不審に思い、峰脇は訊ねた。

「家ですけど、もう出る準備をしてます」

「分かった。もう少し詳しく事情を聴かせてくれ……ちょっと、そのまま待て」

峰脇は階段を駆け下りた。こうなってはもう、家族の安眠を守る、などと言っていられない。リビングルームの電話台にいつも置いているメモ帳を広げた。

前置きが長いと言っても、いざ報告を始めれば、石本の話しぶりは的確である。発生時間、場所、被害者の状況、群馬県警の対応と、短い言葉でてきぱきと報告を重ねていく。殴《なぐ》り書《が》きでメモを取りながら、峰脇は次第に頭の中が鮮明になってくるのを感じた。

「群馬県警からの連絡は、どうやって入ってきた？」

「捜査共助課経由です。ということは、群馬県警もこの件を重視して、うちと情報を共有したいんですよ」

「連中の手には余る、か」

「言葉は悪いですが、そういうことです。まあ、現段階では、うちは黒衣《くろこ》に徹するべきでしょうけどね」

「そうだな。あくまで現場は向こうだ」捜査の重要な部分をこちらで担当するにしても、花は現地の人間に持たせてやる。そういうやり方でいかないと、警視庁に対する反感は強まるばかりだ。

「では、遅くとも五時には迎えに行きますんで」

「ああ」

電話を切り、壁の時計を見上げる。暗闇の中、三時十五分、と読み取れた。これからもう一度寝てしまったら、起きられそうにない。仕方がない……着替えて迎えを待つことにしよう。しかし、クローゼットは寝室にあるから、真理子を起こさずに着替えるのは不可能だ。なるべく迷惑をかけないように、そっと……と考えた瞬間に、階段が軋《きし》む音がした。不安そうな表情を浮かべた真理子が、二階から降りて来る。

「どうかした？」

「今から出なくちゃいけない」

「こんな時間に？」

「ちょっと、前橋まで」

「前橋って……」真理子が一層不安そうに言った。

「こっちにも関係がありそうな事件でね。着替えたいんだが」出動だが、着替えられるのはむしろありがたい、と思った。峰脇は、夏場はTシャツ、短パンという格好でベッドに入るのだが、それが汗でべとついてひどく不快だった。

「大丈夫？」

「ああ」峰脇は顔を擦《こす》った。汗でべたついており、掌《てのひら》が汚れるのが気に食わない。「よくあることだ」

本当に？　峰脇が不安視していたのは、病院に運ばれた被害者の数である。現場は前橋の中心部から少し離れた、水田の中に民家が点在しているような場所らしい。そんな人口密度が低い場所で、六十五人もの人間が病院に運ばれたということは、有毒物質がかなり強力なものだった証拠である。

「準備するから」

「ああ」

二階に上がって行く真理子の後ろ姿を見詰める。何だか少し疲れているようだ……今年、自分たち夫婦は揃《そろ》って五十歳になったのだ、と改めて意識する。自分ではまだ「老けた」という意識はないが、年齢なりに肉体や精神がダメージを受けているのは間違いない。五十歳か……溜息をついて冷蔵庫を開け、ミネラルウォーターのボトルを取り出した。一口飲んで冷蔵庫に戻そうとしたが、思い直してテーブルの上に出したままにしておく。この水は、現場に持っていこう。自分たちが到着する頃には騒ぎは収まっているだろうが、現場では何が起きるか分からない。一本のミネラルウォーターが命綱になることも珍しくないのだ。

そんなことになって欲しくはないが……ちょっとした用心が足りなかったために、現場でひどい目に遭った刑事を、峰脇は何人も知っている。

五時十分前、峰脇は捜査一課のミニバンに乗りこんだ。練馬《ねりま》に家がある峰脇が、最後に乗りこむメンバーになる。前橋までは、関越道経由でここから一時間ほどだ。

「おはようございます」

隣に座った石本が挨拶《あいさつ》する。峰脇は軽く頭を下げて返礼し、シートに腰を下ろすと、すぐに顔を窓に向けた。妙な寝癖が取れず、左耳の上の方が撥《は》ねているのが気になる。いっそシャワーを浴びようかとも思ったのだが、真夏には体の熱が引くまで時間がかかるので、整髪料で何とか押さえつけた……つもりが、やはり撥ねている。先行き不安だ。

「別に、何ともないですよ。今日もちゃんとしてます」

石本が受け合ってくれたが、峰脇はそれを信じられなかった。服装と髪をちゃんとすること――それが峰脇の社会人としての規範である。特に髪型。不潔だったり、乱れたりしていると、初対面の相手に不安を与えてしまう。

「よろしくないな」

「大丈夫ですって」

お前は心配いらないだろう、と皮肉に思った。ほぼ坊主頭――昔なら「角刈り」と呼ぶところだ――なので、髪型は乱れようもない。

「少し休んでいて下さい。一時間はかかりますから」

車は目白通りに入った。このまま西進すれば関越道に乗れる。あまり時間はない――そう考えると、妙に気が急《せ》いてきた。

「何か新しい情報はないのか」

「病院へ搬送された被害者が、八十人に増えました」

峰脇は粘っこい唾《つば》を呑みこんだ。時間が経つにつれ、搬送者が増えているのが嫌な感じである。有毒物質の正体が分からないのが痛いが、即効性があったのは間違いない。だったら、後から搬送者が増えるのは、どういうことなのだろう。

「意識不明の人間が二人いたな」

「ええ。まだ意識は戻らないそうです」石本の表情も歪《ゆが》む。煙草《たばこ》をワイシャツのポケットから取り出したが、一つ溜息をついて元に戻してしまう。

「有毒物質の正体は割れたのか？」

「神経性のガスと見られますが、詳細の分析はまだです」石本の口調は硬い。

「神経性のガスって……毒ガスじゃないか」峰脇も喉が引《ひ》き攣《つ》るのを感じた。まず、「現場に入って大丈夫なのか」と考えてしまう自分の弱気が嫌になる。しかし、捜査すべき自分たちが倒れてしまっては、何にもならないのだ。二次災害は何としても防がねばならない。防護服を調達しておくべきだった、と悔《く》いる。現場で何とかできるだろうか。

「そうですね」

「そんなに簡単に認めていいのか」

「そうとしか考えられないでしょう。でも、サリンではないと思いますよ。あんなもの、簡単には作れませんからね」

「それは分かってる」普通、毒ガスの製造には大規模なプラントが必要だ。実験室で簡単に作りだせる物ではなく、それなりの設備がなくてはどうしようもない。それこそ、工場並みの設備が。現場が廃工場だということは引っかかったが、そんなところで誰かが実験でもしていたら、いくら何でも近所の人たちが気づくだろう。オウムの一連の事件が、まさにそうだった……もっと早く異変が異変として捉《とら》えられていたら、犠牲者を出さずに済んだ、という後悔が未だにある。

「おかしいですね。最近、変な動きはなかったんですが」

「決めつけるな。前橋で何が起きてるかなんて、俺たちに分かる訳ないんだから」峰脇は釘を刺した。警視庁に勤める人間は、ある種の万能感があるように勘違いすることがある。日本の警察機構の中心。この国で起こっている犯罪に関する情報は、全て集まってくるはずだ、と。

「それは分かってます。とにかく、毒ガスを作るような動きがあれば、何らかの形でこっちの耳にも入ってくるはずですよ」

「公安は？」

「まだ、公式には話を聴いていません」

「公式でも非公式でも、どうでもいいよ。連中にも、知ってる情報を吐かせろ」

石本がにやりと笑う。この男は、裏で動き回るのが大好きだ。刑事部と公安部は、今でもぎくしゃくした関係にあるのだが、石本は平然と接触を試みる。公安部の中にも、電話一本で話ができる人間が何人もいるはずだ。

「公式じゃないですけど……公安一課は何も聴いてないそうです」

どうやらもう、公安の連中とは接触したようだ。これで一つの可能性が消えた、と言っていいだろう。

「公安一課が知らないとなると、極左絡みの線はないか。右の方は？」

「それもないでしょうね。右の連中は、昔からこういうことはやりませんよ」

「三無《さんむ》事件はどうなる？　あの時は、結構すれすれだったんだぞ」

「また、古い話を」石本が苦笑した。「何十年前ですか？」

「五十二年前だ」峰脇は即座に答えた。公安部門での勤務経験はないが、警察官としては当然知っておかねばならない事件である。準備段階で摘発されて未遂に終わったが、戦後唯一の本格的なクーデターといっていい。もっとも、集めていた武器は日本刀やライフルというレベルであり、とても武装蜂起できそうではなかったが。

「とにかく、他《ほか》に右翼絡みでこんな事件はありませんよ」

「外事は？」

「もっとあり得ないでしょう……いや、外事の連中は何も摑んでいない、ということですけどね」

「夜中に、よくそこまで調べたな」

「ま、それぐらいのコネは作ってますんで」石本が顔を綻《ほころ》ばせる。

うなずくことでもう一度賛辞を送っておいてから、峰脇は頬杖《ほおづえ》をついた。おかしい……これは、事件ではないのではないか？　現場が化学工場の跡地なら、有毒物質が眠っていてもおかしくない。それが何かの拍子で噴出し、被害を出した——そう考えるのが自然である。そして世の中の出来事については、大抵、自然に解釈する方がしっくりくる。人間は、変に裏読みしたり陰謀論に傾きたくなるものだが、実際にはそんなことは滅多にない。事故のように見えるものは事故。明確にそうでない時にだけ、事件を疑うべきだ。そして今、事故ではないと判断させる材料は何一つない。

——軽々に判断すべきではない。

想像するのは勝手《かって》だが、手持ちの材料が少ない現段階では、迂闊《うかつ》に特定の結論に走ってはいけない。峰脇は自分を戒めながら、スモークガラスを見詰め続けた。そこに映る髪型は……やはり乱れている。

夜が明け、事態は慌ただしく動き始めていた。峰脇たちは現場へ直行せず、所轄署で事情を聴くことにしたのだが、車を停めて庁舎へ入ろうとしたところで、長信化学の担当者と出くわした。マスコミの連中が張っているというのに、平然と横腹に社名の入ったミニバンで乗りつけている。神経が太いというか、用心が足りないというか……峰脇は啞然《あぜん》とした。案の定、駐車場でマスコミの連中に取り囲まれて、身動きが取れなくなってしまう。

取材に応じるつもりはない様子だが、振り切ることはできず――何しろ長信化学側の人間二人に対して、十人以上が囲んでいる――駐車場の片隅で立ち往生している。峰脇は、周りの刑事たちに目配せし、救出に向かった。肩をねじこむようにして報道陣の輪を割り、二人の腕を摑んで引っ張り出す。最初は向こうも戸惑っていたようだが、峰脇がちらりとバッジを見せると、露骨に安堵《あんど》の表情を浮かべた。

「状況を聞かせて下さい！」

「古い薬品の管理はどうなっているんですか」

次々と浴びせられる質問を無視し、峰脇たちは二人の社員をリードして庁舎の中まで引っ張りこんだ。最後になった石本が、「後で！　後で受けつけます」と適当なことを言ってドアを閉める。別に、マスコミの連中がこの裏口から入って来ても問題はないのだが、目の前でドアを閉められることによる心理的な圧迫感というのもある。まさに門前払い、だ。

峰脇は立ち止まって一つ息を吐いた。とにかく、この二人を安全なところまで連れて行かないと。群馬県警の連中に挨拶もしていないのだが、早くも事件の渦中に巻きこまれてしまったような気がする。

「大丈夫ですか」警務課の方に向かって歩きながら、峰脇は年長の社員に話しかけた。上着なしで、半袖《はんそで》のワイシャツだけ。真夏らしいクールビズを実行しているし、まだ早朝なのに、額には汗が浮いていた。

「何とか……すみません。群馬県警の方ですか？」

「いや、東京から――警視庁から来ました。いずれお話を伺《うかが》おうと思っていたんですが……そちらは、群馬県警から呼ばれたんですか？」

「ええ。夜中に連絡がきたんです。取り敢えず、現場を見ておこうと思いまして」

「現場に直行した方がよかったかもしれないですね。ここにマスコミの連中が張りついていることぐらい、分かってたでしょう」思わず、軽く詰《なじ》ってしまう。

「いや、現場へは最初に行ったんですよ。ところが、向こうにもマスコミの人たちがたくさんいて……近づけない様子だったので、やむをえずこちらに来たんです」

峰脇は思わず舌打ちした。群馬県警の連中も用意が悪い。わざわざ呼びつけたのだから、それなりに敬意を払って出迎えるべきだ。現場に近づけなくて逃げ出さざるを得ないとは、どういうことなのか。

「工場の跡地で、何か有毒ガスが発生するような可能性があるんですか？」

「ないです」即座に断言する。「あの工場は三年前に操業を停止したんですけど、その際に薬物やその原材料などは、全て持ち出しています。何も残っていません」

峰脇は、顔から血の気が引くのを感じた。これで事故の可能性は消えたと言っていいのだろうか……だとしたら、話は一気に大きく広がる。

警務課に話を通し、二人の社員を二階の会議室に導く。県警本部や所轄の幹部たちと慌ただしく挨拶を交わし、峰脇は会社側の説明を聴くのに同席することを了解してもらった。十人ほどの刑事たちに囲まれた長信化学の社員二人は、戸惑いを隠せない様子だった。峰脇は質問を挟まず、時々メモを取りながら二人の説明に耳を傾けた。

工場は、五十年前に操業を開始。主に家庭用洗剤や柔軟剤——峰脇も「エスピー」ブランドとして知っている——などを製造していたが、施設の老朽化、生産拠点の見直しなどにより、三年前に閉鎖された。閉鎖時に全ての薬物、機械などは間違いなく運び出した、ということだった。建物が残っているのは、敷地の売却交渉が進んでいないからだという。建物を取り壊すだけでもそれなりの費用がかかるので、売却先が決まった後で、解体工事の手順を決めるつもりだったらしい。

説明は理に適《かな》っていたが、それでも峰脇は、かすかな疑問を抑えられなかった。完全撤去したつもりが、何か有害物質が残っていて……というのは、いかにもありそうな話である。いや、むしろそうあって欲しい。事故で済ませたい、という気持ちは依然として強かった。何十人も被害者が出て、しかも事件となると、世間の目も厳しくなる。捜査の主体は群馬県警にあるといっても、手伝っている以上、警視庁も批判にさらされる恐れがある。

首を振った。事故で片づけたいのは、何も弱気になっているからではない……だが、事故であってくれという気持ちを打ち砕くように、所轄の刑事課長、杉本が現場の状況を説明し始めた。昨夜《ゆうべ》は当直からそのまま現場に出たのか、制服姿である。自分と同年代だろうが、髪は乱れ、顔の下半分に薄《うっす》らと髭《ひげ》が目立って、ひどく不潔な感じがした。自分は……シャワーは浴びなかったが、髭だけはきちんと剃《そ》ってきた。顎《あご》に手を這《は》わせながら、剃り残しがないことにほっとする。やはり、ジレットの五枚刃の威力は強烈だ。

「廃工場になってはいましたが、人の出入りはあったようです。近所の人たちの証言では、子どもたちが遊び場にしていたようですね」杉本が説明した。

しばらくはオブザーバーに徹しようと思っていたが、峰脇は我慢できずに手を挙げた。それを見て、杉本が顔を強張《こわば》らせる。余計なことだったかもしれない、と一瞬悔いたが、一度挙げた手は下ろせない。

「子どもたち、というのは？」

「ああ、小学生とかですね」

それを聞いて、峰脇は納得してうなずいた。小学生だったら、危険な薬物を持ちこむことはあるまい。シンナーで遊ぶのは、さすがにもう少し年長の子どもたちだろう。そもそも今は、シンナーなど流行《はや》っていない。手軽に気持ちよくなりたければ、脱法ハーブでも使うはずだ。

杉本が視線を送ってきたので、峰脇はもう一度うなずいて椅子《いす》に深く腰かけ直した。虚《きょ》心坦懐《しんたんかい》だ、と自分に言い聞かせる。まだ判断してはいけない。

「とはいっても、子どもたち以外の人間が入りこんでいた可能性も捨て切れません。事故、事件の両面から捜査を進めていく方針です」

取り敢えず、こちらで手を貸す場面はなさそうだ、と峰脇はほっとした。長信化学には、東京の本社でより詳しく事情聴取しなければならないかもしれないが、それも形式だけになるだろう。何とか休暇は飛ばさずに済みそうだ。

そう、峰脇は久しぶりに長期の休暇を予定している。夫婦揃って五十歳になる記念に、初めてヨーロッパに出かけるのだ。子どもは二人とも大学生になって手もかからないし……出発の日は、一か月後に迫っている。要するに俺は、自分のために「平穏であれ」と必死で願っていたわけだ、と峰脇は苦笑した。この一件が大きな事件に発展すれば、休暇は吹き飛ぶだろう。一年前から準備を進め、妻も楽しみにしていたのに。

「どうやらこっちの出番はなさそうですね」

隣に座った石本が小声で言った。うなずきながら、峰脇はスペインの乾燥した空気に思いを馳《は》せていた。

「では、長信化学さん、それと警視庁さんには、これから現場を見ていただこうと思います」杉本が話を締めにかかる。一応、それで礼儀は果たせると思っているのだろう。表情も少し緩んでいた。

その瞬間、会議室のドアが開く。若い刑事が蒼《あお》い顔をして飛びこんで来て、杉本に耳打ちした。話を聞いた瞬間に、杉本の顔からも血の気が引く。若い刑事に何事か聞き直し、向こうが首を横に振ると、一層険しい表情になった。だがそれは、単純な激怒ではない。戸惑いが混じっていることに、峰脇は気づいた。

何事か、と突っこもうとした瞬間、杉本が口を開く。

「少し状況が変わりました。現場から白骨死体が発見されました」

刑事たちが一斉に立ち上がった。白骨死体——それをすぐに毒ガス事件につなげることはできないと分かっていたが、確かに事態は一気に複雑化した。有毒物質が噴出し、その現場から遺体が発見される。

偶然とは思えなかった。

気温はじりじりと上がり、峰脇は早くも汗をかき始めていた。白骨死体の発見現場は、陽光を遮《さえぎ》る物が何もない駐車場の片隅である。制服警官たちが、外から現場が見えないようにブルーシートの準備を始めていたが、あれはあれで困りものだ。直射日光を遮ることはできるが、空気が中に籠り、結局温度は上がる一方になる。蒸し風呂のようになるのを、何度も経験していた。

現場の駐車場は、工場の敷地の端で、その先には植え込み、そして道路との境にはフェンスがある。植え込みの植物は長らく放置されたままのようで、既に木は枯れ、土がむき出しになっている。

ここが毒ガスの発生源らしいと聞き、峰脇は一気に緊張感が高まるのを感じた。

現場を特定できたのは、地道な聞き込みと論理的な推論の成果である。未だに意識不明になっている二人の被害者のうち一人は、工場から道路一本隔てた民家に住む、八十二歳の男性。暑さに負け、昨夜《ゆうべ》は窓を開け放したまま寝ていたのだという。もう一人は、駐車場脇の道路を歩いていた五十二歳の会社員。重傷者が出た近くを徹底的に捜索した結果、金属製のボトル――魔法瓶が発見されていた。他に、タイマーに使われたらしい時計などの部品も……そして、念のために現場の土を掘り起こした結果、土中から白骨死体が見つかったのである。

峰脇としてはまず、魔法瓶に意識を集中せざるを得なかった。既に安全だとは聞いていたが、それでも少し距離を置いてしまう。石本は平然と近寄り、しゃがみこんで観察していたが。峰脇は、自分の隣にいた長信化学の恩田《おんだ》――最初に話しかけた年長の社員だ――に訊ねた。

「あの魔法瓶は何ですか?」

「何でしょう?　ごく普通の魔法瓶みたいですよね」

携行できる小型の魔法瓶という感じで、色は濃紺、胴に赤い文字がデザインされている。戻って来た石本が報告する。

「普通の魔法瓶ですね。どこのブランドかは分からないけど……見たことがないです」

「市販の魔法瓶に、有毒物質を入れた時限装置なのか？」そんな簡単な仕組みだとは考えられなかった。

「中身はまだ確認できませんが……リード線と時計につながってるようですね」

峰脇は一瞬、やはり極左の犯行では、と考えた。こういうやり方は、あの連中が得意とするところである。しかし、毒ガスを使う手法は聞いたことがないし、最近はゲリラ事件自体が減っている。極左の犯行とは思えなかった。

峰脇は恩田に顔を向けた。暑さに負け、しきりにハンカチで額を拭っている。戸惑いの表情はそのままだった。

「魔法瓶に毒物を入れることは可能なんですか？」

「腐食性のものでなければ、平気じゃないですかね。魔法瓶というのは、結構丈夫にできていますし」

「そこに毒物を入れて、何らかの形で拡散させることはできるんですか」

「いや……」恩田が蒼白《あおじろ》い顔を左右に振った。「私はそういう毒物の専門家ではないので……多少は想像できますが」

「例えば？」

「大袈裟《おおげさ》なしかけではないんですよね？」

「今のところ見つかっているのは、魔法瓶とリード線、時計ぐらいです」石本が説明する。

「魔法瓶の中を調べてみないと分かりませんが、AB方式かもしれません」

「AB方式？」峰脇は首を捻《ひね》った。

「今考えた適当な名前ですけど、要するに最終的に有毒物質になる前の状態――仮に溶液Aと溶液Bとします――で、魔法瓶に入れておくんです。丈夫な仕切りを作って、混ざらないように分けて。時間がくると仕切りが外れるか溶けて、AB両方の液体が混じるような仕組みを作る。そうすると自然に毒物が発生する、という感じでしょうか」すらすらと説明したが、自信はないようだった。

「拡散させる手段は？」

「そこまでは分かりませんが、揮発性の高い薬物だと、それほど時間はかからずに空気中に拡散するはずですよ。どんな薬物かは分かりませんが、混じり合った途端に、爆発的に、一気に蒸発するような形で拡散することもあるかと思います」

「どんな物質が想定されますか？」

「いや、私にはそこまでは分かりません」恩田がまた額を拭った。拭い切れない汗が、頬に細い筋を作る。「専門家に聞いていただいた方がいいですね。私は、そういうことには詳しくないので……適当なことは言いたくないです」

うなずき、峰脇は恩田の側《そば》を離れて、まだ現場に放置されたままの白骨死体のところへ向かった。石本が無言でついてくる。

白骨死体は、掘り下げられた穴の中にあった。深さ一メートルほど。範囲はそれほど広くない。掘り出された土は、道路側に積み上げられていた。

遺体は、胸から上の部分しか見えていない。完全に白骨化しており、辛《かろ》うじて残った服の一部が骨にへばりついている。だがまさに切れ端であり、身元を特定する材料になるとは思えなかった。これでまた休暇が遠のく、と峰脇は渋い表情を浮かべたが、すぐに、この死体は警視庁には関係ないだろうと思い直す。群馬県警に汗を流してもらえばいい。

穴の中には、鑑識課の濃紺の作業服を着た男が二人、入っていた。すぐ側《そば》では、若い刑事――たぶん二十代――が作業の様子を見守っている。峰脇たちに気づいて、のろのろとした足取りで近づいてきた。疲労困憊《こんぱい》の様子である。髪を短く刈りこんでいるために、地肌が汗で濡《ぬ》れて光っているのが見えた。

「県警捜査一課の北山です」

「ご苦労様。警視庁捜査一課特殊班の峰脇です」

北山の表情がにわかに強張《こわば》った。「警視庁」「捜査一課」の名前が、他県警の刑事たちを緊張させてしまうのを、峰脇はよく知っている。

「だいぶ古い遺体のようですね」若い刑事の緊張を解《ほぐ》そうと、峰脇は丁寧に話しかけた。

「そうですね。どれだけ古いのかは、ちょっと想像もつきません」

「さすがに、江戸《えど》時代じゃないだろうけど」

「ええ……」相槌《あいづち》を打ったものの、北山の口調は自信なさげだった。「全部掘り起こしてみないと分かりませんが」

「手がかりになりそうなのは、服の切れ端ぐらいだな」

鑑識課員が慎重に土を取り除き、頭蓋骨《ずがいこつ》部分を露《あらわ》にした。茶色く変色し、土がこびりついているので、泥の塊のようにも見える。これを綺麗《きれい》にして、死因を特定するのは相当困難だろう。群馬県警は、未解決の殺人事件——これが殺人ならだが——を抱えこむことになるだろうな、と峰脇は同情した。

「この敷地、長信化学さんの工場が建つ前は何だったんだろう」

「田んぼだったと聞いてます」北山がすぐに答えた。

「その頃からあった死体なのかね」

言いながら、峰脇は「違う」という結論に達していた。もしも工場が建つ前から埋《う》められていた死体なら、建設工事の途中で見つかったのではないだろうか。となると、工場が建ってから埋められた死体、いや、もしかしたら建設途中に遺棄されたのかもしれない。敷地の端、駐車場として整地済みの所に埋め、その後植栽されれば、格好の目隠しになったのではないか。そこだけ栄養が行き届いて植物が大きく育ち——峰脇は、品のない自分の想像に思わず苦笑いした。

「それにしても、よく見つけたな」

「念のために掘り返したんです。ちょうどこの穴の上に、魔法瓶が置いてあったんで」

「目のつけどころがよかった」

北山が微笑《ほほえ》もうとしたが、すぐに渋い表情に変わってしまった。褒《ほ》められた喜びも、緊張と疲労には勝てないようだった。思い切り顔を擦《こす》ると、静かに首を横に振って言った。

「とにかく、えらいことになりました。一度に二つの事件ですよ」

「確かに」有毒物質の噴出事件と、完全に白骨化した遺体。これがつながるとは思えない。二つの捜査本部が必要だ。

しかし白骨死体の方は、取り敢えず後回しにするしかないだろうな、と峰脇は思った。喫緊《きっきん》の問題は、有毒ガスの方である。誰かが、明らかに悪意を持ってここにしかけたのだ。第二の事件が起きないとも限らない。一刻も早い犯人の逮捕こそ、群馬県警に課された使命だ。

「旧日本軍の毒ガス、ということはないでしょうね」北山が不安そうに訊ねる。

「それはないだろう。あの魔法瓶は、どう見ても新しいじゃないか」

「……そうですよね」

「ということは、逆に調べやすいと思う。こんなところで、旧日本軍の毒ガスなんかが出てきたら、どうやって調べる？」それは「捜査」というよりも、歴史学者の「調査」になるだろう。

側《そば》にいた石本の携帯電話が鳴り出した。こちらに背を向けて話し始めたが、すぐに「何だと！」と大声を上げる。峰脇と北山は、同時に石本の背中を見た。石本が慌てて振り返り、蒼白な顔で告げる。

「毒ガスを持っている、という男から警視庁に電話がかかってきたそうです」

第一部　恐怖の均衡

1

国重一郎《くにしげいちろう》は、新聞を乱暴に畳んだ。何ということか……一九六〇年六月は、日本史に残る月になるかもしれない。

空撮されたその写真は、国の終わりを告げるようだった。奥に国会議事堂。その手前の道路は、完全に人で埋まっている。安保《あんぽ》改定に反対する人たちが、大挙して国会議事堂を取り囲んだのだ。一人一人の顔はまったく判別できない。あまりにも多くの人が集まったので、小さな点で写真が埋め尽くされているようだった。

しかしそれが、かえって恐怖を呼ぶ。怒りに燃えた、匿名《とくめい》の人間の集まり。はっきりした目標の下に集まった群衆の圧力を、国重は写真からだけでもはっきりと感じ取っていた。

主催者発表で三十三万人、警察発表で十三万人——数字に開きこそあれ、数十万人の人間が国会議事堂を取り囲んだのは事実だ。現場では、逆にデモ隊を襲撃する人間もいたなど、大変な混乱が生じていたらしい。しかも悪いことに、デモ隊側に死者が出ている。

記事によると、この騒動は、右翼の暴走車がデモ隊に突っこんだことが引き金になっている。学生の一部は国会内に突入したのだが、最終的には警察が催涙ガス弾を使って排除した。

　こんなことは、もちろん許されない。しかし、デモ隊は何故もっと頑張らなかったのかと、国重は妙な怒りを覚えていた。中途半端なことを……こんなことで、国家の将来にかかわる重大な問題に楔《くさび》を打ちこめると思っているのだろうか。

　つくづく、こういうことに向いていないお国柄なのだ、と思う。権力を手にするのはごく一部の人間。そして他の大多数の人間は、陰で文句を言いながらも、唯々諾々《いいだくだく》とその決定に従う。そして全ては、間違った方向へ進んでしまうのだ——為政者《いせいしゃ》が馬鹿であるが故に。最大の問題は、その為政者を簡単に取り替える方法がないことだ。

　ドアがノックされた。「どうぞ」と怒鳴ると、秘書部の荒巻《あらまき》が遠慮がちに入って来る。手にはクリップボード。またあのクリップボードか……荒巻に気づかれないように、国重は少しだけ表情を歪《ゆが》めた。自分が忙しいのは、他の誰でもない、自分のせいなのだが、毎朝こうやってスケジュールを告げに来る荒巻が、悪魔の使者のように思えてくることもある。特にこの一、二年は、そういう傾向が強かった。

「本日の予定です」

　机の前で直立不動の姿勢を取りながら、荒巻が告げる。いつものようにクリップボードにちらりと目を落としたが、本当はそんな物など必要ないはずだ。この男の記憶力は抜群で、大抵の書類は、ざっと見ただけで内容を覚えてしまう。クリップボードは、秘書役を演じるための小道具のようなものだ。

「十時から役員会、十一時半に経団連の部会が入っています。そのまま昼食を摂《と》っていただくことになります。午後は、横浜《よこはま》に移動して、戸塚《とつか》住宅の視察の予定です。本社への帰着は午後四時。五時から、東日《とうにち》新聞経済部の取材が入っています。一時間の予定で、六時半からは会食になります」

「ケツが暖まる暇がないな」

わざと乱暴な言葉を使ってみたが、荒巻は顔色一つ変えなかった。荒巻は冗談が通じない男だし、文句を言っても仕方ないのだと思い、国重は一つ咳払《せきばら》いをした。

「取材は、何の件だったかな」

「東日の経済面の連載、『景気浮揚《ふよう》』に関してだそうです。各界の経営者に、六〇年代の景気を占ってもらうというもので、社長には、不動産業界の代表としてお話を伺いたい、ということでした」

「分かった。これまでの連載のスクラップを用意しておいてくれ。目を通しておく」記者連中も、「この相手ならこう喋《しゃべ》る」と事前に予想しているだろう。こちらは、それに合わせて喋ってやる必要がある。記者たちが予想していないことを言い出したり、話が脱線すると、取材が長引いて、後の予定に支障を来《きた》すのだ。国重は、そういう無駄な時間を最も嫌う。

「それでは、役員会には、十時にお迎えに上がります」荒巻が頭を下げた。

「十時五分前だ」国重は釘を刺した。「偉そうに、一番後から部屋に入っていくつもりはない」

「承知しました」荒巻がもう一度、今度は少し深く頭を下げる。

一人になると、国重は椅子に体重を預け、天井を仰いだ。忙しいのは結構なことだ……しかし、このまま流されてしまってはいけない。

立ち上がり、窓辺に歩み寄った。日比谷《ひびや》のオフィスビルに入っている国重の会社、「大《だい》日本産業《にっぽんさんぎょう》」の社長室から見下ろすと、街は自動車の洪水である。数年前までは、自動車と言えば輸入車やバス、トラックが主流で、まだまだ特別な存在だった。街中がこんな風に国産の乗用車で溢《あふ》れかえるとは、国重も考えていなかった。日本は確実に変わりつつある。しかし俺はどうだ？　満州《まんしゅう》で敗走し、何とか日本に戻って来てから十五年。十五年前に自分に誓った、「日本を変えなければ」という想いはどうなった？　もちろん、何もなければ理想は語れない。そのための準備はしてきたが、十五年というのはいかにも長かった。自分は今や、完全に若さを失っている。先頭を切って何かをするには、元気が足りない。本気で革命を考えるにしても、裏方にならざるを得ないだろう。

だがそれでいいと思う。革命は無数の人間の献身によって支えられるものだし、自分は無名戦士のままでいいのだ。ただ、理想に燃えた若い連中を下支えできればいい。

群衆が国会を取り巻く……ぞっとするような光景だ。やはり、あんなことをしても日本が変わるとは思えない。ただ混乱が広がるだけだ。混乱の先に光明が見えていればいいのだが、安保闘争はそういうものではなかったはずだ。デモの参加者も、これで本当に安保条約が廃棄され、日本が新しい時代に向かうとは考えていなかっただろう。もしかしたら、単に鬱憤《うっぷん》晴《ば》らしのために参加していた人間もいるかもしれない。

大衆は当てにならない。日本に必要なのは、正しい目的と気高い意識を持ったエリートだ。そして何かを変えるための、真に有効な手段だ。


金曜日の夜、国重は疲労感を抱えたまま帰宅した。会議、会合、愛想を振りまかねばならない会食。どれが欠けても会社は上手《うま》く回らない。それこそが自分の仕事だと分かってはいたが、やはり疲れる。最近は、一週間が終わるとげっそりしてしまうこともしばしばだった。四十代も後半に入ると、体調もいろいろ変わるのだろう。

世田谷《せたがや》の自宅へ向かう車の中で、少し商売の手を広げ過ぎたかもしれない、と後悔する。最初は、父がやっていた不動産業からだった。戦後の混乱期、父は進駐軍向けの住宅販売で大もうけし、その後の「大日本産業」の基礎を作った。国重は復員後、父の会社で働き始めたが、さすがに米軍向けの商売には手を出さなかった。国重は戦時中、直接米軍と戦ったわけではないが、それでも日本を占領しているアメリカを相手に商売するのは気が進まなかったから――敵に魂を売り渡すような感じがしたのだ。しかし父は米軍に食いこみ、あっという間に財を成した。といっても、喜ぶ顔を見た事は一度もない。いつも苦虫を噛《か》み潰《つぶ》したような表情を浮かべていた。米軍相手に商売するのは、日本人としての誇りを捨てる行為だと、自覚してはいたのだろう。国重も、たまに会う戦友たちから、散々皮肉を言われたものだ。大日本帝国軍人たるお前の父親が、米軍にへいこら頭を下げるとは何事だ、と。

しかし米軍向けの商売は、長くは続かなかった。すぐに日本人相手の不動産業に転じ、こちらには国重も積極的に参加した。何しろ東京は焼け野原で、家はいくらあっても足りない時代だったから。国重がその仕事に必死に取り組んだのは、自分たちが満州でもう少し踏ん張っていたら、東京がこんな風に壊れることはなかったという悔《く》いもあったからだ。もちろん、満州での戦いと、アメリカの本土空爆は直接関係はしていないのだが、日本を守り切れなかったという痛恨の思いは強い。

自分たちが、日本をこんな風にしてしまった。二度と間違った道は歩まない。焦土《しょうど》から復興しつつある東京を歩く度《たび》に、その想いを強くした。

変えなければならない。日本を、抜本的にもっと強い国に、そして世界に誇れる国にしなくては。そのために国重は、金を儲《もう》けなければならなかった。金は権力の礎《いしずえ》でもある。金があれば、会えない人間はいない。長年温めてきた計画のためには、誰にでも自由に会える力が必要だったのだ。

「帰ったぞ」

玄関に入ると、すぐに松島重吾《まつしまじゅうご》が飛び出して来た。ひょろひょろと頼りない体形。まったくこの男は……あれだけたらふく食わせているのに、まったく太らない。男はもう少しがっしりしている方が、頼りがいがあると見られるのだが。頭でっかちの青年に育って欲しくなかった。もっとも、彼の「頭でっかち」が、非常に頼りになるのは事実だ。今時流行らない「書生」にしておくのは勿体《もったい》ない。将来は自分の会社に幹部候補として迎えたいぐらいだった。基本的に理系の人間だが、どんな仕事も易々とこなすだろう。

「お帰りなさい」丁寧に頭を下げ、松島が国重の鞄《かばん》を受け取る。「お疲れではないですか？」

「いや、大したことはない」

「明日は群馬ですね」

「ああ、鬼のいぬ間に、君《きみ》も羽を伸ばしておいたらいい」ゆっくりと靴を脱ぎ、家に上がる。肉を焼く音がかすかに聞こえてきた。「今日の飯は何だ？」

「すき焼きだそうです」

「そうか」

最近、食べ物に対するこだわりがなくなっていた。戦前の一時期、横浜に住んでいた頃は、毎日中毒のように牛鍋や中華料理を食べていたものだが……あの時に、一生分の肉を食べてしまったのかもしれないと思う。今では淡白に味つけした野菜や魚の方が好みだった。しかしこの家には、若い連中が何人も寄宿しているので、彼らには肉を食べさせなければならない。預かっている以上、栄養のある美味《うま》い物を食べさせ、きちんと育てるのは自分の義務だ。

食事の前に、国重は書斎に引っこんだ。着替え、一瞬躊躇《ちゅうちょ》した後に受話器を取り上げる。わざわざ電話することもないとは分かっていたが、念のためだ。声を聞かないと落ち着かないし、会社から電話するわけにはいかない相手だ。

相手は、国重からの電話を待っていたかのようだった。呼び出し音が一回鳴っただけで電話に出る。

「そろそろ電話がかかってくる頃だと思っていたよ」

しわがれ、普通の人には聞き取りにくい声。だが何度か電話で話しているうちに、国重は慣れていた。

「明日、予定通りに伺います」

「忙しいあんたが、よく休みを取れたな」

「明日は土曜日ですからね。何とでもなります」

「一国一城の主《あるじ》ならでは、か……時間はどれぐらい取ってもらえるだろうか」

「土日は休みにしてありますから、時間は十分あります」

「結構、結構。だったら、群馬の温泉にも招待しないといかんかな」

「ええ、まあ」

国重は口を濁《にご》した。人前では裸になりたくない——右肩に大きな傷跡があるのだ。満州で、一発食らった名残《なごり》。終戦間近で、野戦病院もまともに機能しておらず、手当は極めていい加減だった。帰国してからも、終戦後の混乱の中で改めて手当をすることもできずに放っておいた結果、引《ひ》き攣《つ》ったような醜《みにく》い傷が残ってしまっている。この程度の傷を気にする人はいないだろうと思う反面、自分が戦争の記憶を体に宿した人間だと知られたくもなかった。

「とにかく、話をまとめたいものです」

「しかし、あんたのような金持ちでも、まだ金が必要なのかね」

「この計画には、金はいくらあっても足りないんです」

電話の相手には、ただ「金が必要だ」と言っただけで、詳しい事情は話していない。会社として捻出できるわけもなく、できればつべこべ言わずに金を出してくれるスポンサーが欲しかった。

「ま、何かと難しい世の中、それだけは間違いない事実だな」相手が豪快に笑う。

「いつの世にも通用する真実です」応じながら、相手の機嫌はいいようだ、と国重は胸を撫で下ろした。何かと気難しい男で、滅多に人に会わない、という評判も聞いているのだが、今のところ自分は嫌われてはいないようだ。

「とにかく明日だ。時間に遅れないでくれ。何しろ相手は、いろいろと難しい男だから」

「承知しました」

電話を切り、国重は次の電話をかけようか、と迷った。まあ、後でいいだろう。急ぐ話ではないし、明日の件は自分だけの仕事だ。上手くいってから報告すれば十分だろう。それに、いつまでもすき焼きを放っておいたら、肉が固くなってしまう。

食べ物だけではない。物事にはいつでも、正しいタイミングがあるのだ。


荒巻は、かすかに緊張した様子だった。都内で仕事をしている時は、社長車に専属の運転手がつくので、荒巻がハンドルを握ることはまずない。言ってみれば、社業以外の専属運転手である。しかも今日は、国重のマイカーだ。本当は、国重が自分で運転していってもよかったのだが、前橋までは遠い。いくら国道一七号線が全面舗装されたからといって、油断はできないのだ。重大な面会のためには体力を温存し、精神を研ぎ澄ませておく必要があるので、車の運転は避けたかった。

ルームミラーに映る荒巻の顔をちらりと見る。極めて真剣、緊張した表情で、運転に専念していた。

「高速道路ができると、遠出するのもずっと楽になるだろうな」

「西へ行くのは、特に楽になるでしょうね」

「新幹線と高速道路と、どちらがいいかだな」現在、東京と神戸《こうべ》をつなぐ高速道路の計画が打ち上げられている。新幹線のライバルになるのは間違いないだろう。

「新幹線の方が早いのは間違いありません」

「ああ」

他愛もない会話。しかし今の話題は、日本の大きな変化を象徴している、と国重は自覚していた。高速道路の開通で、鉄道から道路へと、物流が大きく変わる。これからは大量高速輸送の時代だ。おそらく物流は、今後の花形商売になるだろう。

前橋までは二時間ほどもかかった。運転を任せていたとはいえ、さすがに二時間も車に揺られっぱなしだと疲れる。しかしずっと運転してきた荒巻はもっと疲れているはずだと思い、国重はまず彼に労《ねぎら》いの言葉をかけた。

「ご苦労だった。しばらく時間がかかるだろうから、ゆっくりしていてくれ」

「分かりました。どちらでお待ちしましょう」

「このまましばらく、県庁の近くにいてくれ。出る時は、こちらで探すから……お前は昼寝でもしていたらいい」

昼寝と言われて、荒巻が苦笑した。そんなことができるはずがない、と分かっているのだ。いつでも動き出せるように準備を整えておくのが自分の責務だ、と心得ている。

国重は車を降り、県庁まで歩いて行った。県庁自体は、昭和初期に建てられた三階建ての建物で、一階部分が白、二階から上が茶色になっている。見る度に、建った当時は相当モダンだったのだろうな、という印象を新たにする。中へ入ると、ひんやりとした空気に包まれる。それにしても相手は、どうしてここで会うことにしたのだろう……分かりやすい場所ではあるが、人の出入りが多く、目立つのだ。自分は今、生まれ故郷の前橋にはほとんど縁がなくなってしまっているが、知った顔と会わないとも限らない。ましてや相手は、今もこの街に住んでいるそれなりの有名人だ。二人が一緒にいるのを見ると、あらぬ疑いを抱く人間もいるだろう。

正面入り口を入ったホールの天井は緩いアーチを描き、どこか優雅で穏やかな感じを与える。階段の手すりも丸みを帯びている。壁は基本的に白で統一され、冷厳な清潔感があった。ひっきりなしに人が出入りしており、国重は立っているだけで居心地の悪さを感じていた。明らかに人の流れを邪魔してしまっている。誰かの邪魔になるのが大嫌いな国重としては、ホールの片隅に引っこみ、相手を待つしかない――そう思って歩き出した瞬間、背後から声をかけられた。

「国重君」

振り向くと、和服姿の老人が立っていた――というより、杖に寄りかかっていた。小柄で、腰が曲がっているせいもあり、頭の高さは国重の胸の辺りまでしかない。初対面だが、すぐに今日会うべき男だと分かった。

「早かったな」

「今着いたところです」

「あんたは、あまり変わっていないようだな」老人——赤坂敏《あかさかびん》が言った。

「どこかでお会いしましたか？」国重は警戒した。電話では何度も話しているが、直接会うのは初めてのはずだ。

「あんたがまだ子どもの頃——それこそ、尋常《じんじょう》小学校に上がるかどうかぐらいの頃に、一度会ってる」

「さすがにその頃とは、顔が変わっていると思いますが」国重は苦笑した。

「いやいや」赤坂が首を振った。痩《や》せこけた体に比べて、頭が異常に大きいのが分かる。「国重一族の顔……あんたのその顎《あご》は、一族共通だね」

言われて、国重は顎を撫でた。確かにそうかもしれない。父も祖父も、そして自分も……顎は大きく、綺麗に割れていた。口の悪い人間は、「赤ん坊のケツのようだ」と言う。国重としては、赤ん坊の尻で何が悪い、と開き直っているのだが。可愛いものではないか。

「仰《おっしゃ》る通りです。しかし、どうしてここで待ち合わせたんですか」国重は声を潜めた。そうこうしているうちにも、多くの人たちが行き交い、落ち着かない。

「いや、なに」赤坂が杖を持ち替えた。「ここが一番分かりやすいと思ってな。あんた、前橋のことはあまり覚えていないだろう」

「ええ。子どもの頃に離れて、もう四十年以上になりますからね。今でもたまに来ますが、街の様子はだいぶ変わりました」

「そうだろう。しかし相変わらず、県庁はここにある。待ち合わせ場所にしては不便かもしれないが……駅からも離れているしな。さて、とにかく会えたんだから、河岸《かし》を変えようじゃないか。ここでは話はできない」

「どちらへ？」

「近くの料理屋を使えるようにしてある。昼飯の時間にはまだ早いが、内密の話をするには、そういう場所がいいだろう」

「結構です」

「本当は、家にお招きするのが礼儀なんだろうが、私はまだ、あんたのことをよくは知らない。鴈治郎《がんじろう》さんには何度もお目通り願ったことがあるがね」

祖父の鴈治郎は、帝国議会議員を務め、「群馬の森林王」とも言われた男だ。木材を扱い、財を成している。父は、その仕事を継がずに東京へ出た。

「祖父をご存じでしたか」

「私の年齢で鴈治郎さんを知らないと、もぐりだろうね」老人が、咳《せ》きこむように笑い声を上げた。「実は若い頃、その料亭で雁治郎さんと飯を食ったこともある。あんたもそこへついてきたんだよ」

国重は首を捻った。そんなことがあっただろうか。小学校に上がるか上がらないかの自分が料理屋へ行った？ 祖父は非常にさばけた人だと聞いたことがあるが、そんな幼い孫を、宴席に同席させたりするものだろうか。

「思い出せないか……そうだろうな。もう、何十年も昔の話だ」赤坂が溜息をつく。「あんたは男盛りだが、こちらはすっかり年を取ったよ」

「お元気そうですが」

「そういう社交辞令は結構だ。私は、杖なしでは出歩けない隠居の年寄りなんだから」

「お車を用意してあります」

「結構だね。さすがに、長い距離を歩くのはきつい。私の足だと、ここから歩いて二時間ぐらいかかるんじゃないか」

いったいどれだけ遠いのか、と国重は訝《いぶか》った。彼の足で二時間だったら、自分が歩いたら一時間ぐらいかもしれない。四キロ……田舎では、「遠い」距離とは言えないのではないか。

赤坂を車に案内し、乗りこむ間、ドアを押さえてやった。赤坂は杖の始末に苦労していた――かなり長く、頑丈な杖なのだ――が、とにもかくにも後部座席の左側に腰を落ち着けた。国重は車の背後を回って、右側のドアから入る。

「どちらへ参りましょうか」緊張した様子で荒巻が訊《たず》ねる。

「ああ、私が言う通りに走ってくれんかな」赤坂が指示した。「車ならすぐなんだ」

確かにすぐだった。県庁を離れ、競輪場が近づくと、赤坂は細かく道を指示し始めた。車が走り出してから五分後、荒巻は公園のように緑豊かな場所の前に車を停めた。傾斜を利用して立体的に作られた庭には芝が張られ、中には大きな池まである。低い垣根が外の騒音を遮断《しゃだん》していた。赤坂が車を降りるのに手を貸しながら、国重は「ここが料理屋なんですか」と訊ねる。幼い頃に来たというが、まったく記憶がない。

「そう。最近、綺麗に整備されてな。昔からいい店だったが、このところえらく鼻息が荒くなった。急に値上げしてな……改築費を料金に上乗せしたのかもしれん。小賢《こざか》しいやり方だ」

中へ入ると、庭園の外側を回るように、細い通路が通じているのが分かった。その先に、三階建ての和風建築がある。なかなか趣《おもむき》のある建物で、戦前の豊かな時代――今の薄っぺらな豊かさとは質が違う――を感じさせた。

「なかなか立派な建物じゃないですか」

国重は、少し苛《いら》立《だ》ちながら言った。のろのろとしか歩けない赤坂に合わせていると、自分が歩いているのか立ち止まっているのか分からなくなってしまう。

「ここは、地元の政治家どもが、よく使うんだ」赤坂が吐き捨てるように言った。「隠れ家のつもりかもしれんが、連中がこんなにいい店で飯を食ったり酒を呑んだりするのに値するほど、立派な仕事をしているとは思えん」

自分と同じようなことを考えているのだと気づき、国重はほっとした。全ての元凶は政治家。それは間違いない事実なのに、攻撃はしばしば官僚や財界に向けられる。

二階の一室に入る。十二畳の広い部屋に座卓がしつらえてあり、国重は赤坂に上座を勧めたのだが、彼は即座に断った。

「最近は、膝《ひざ》が悪いから畳が辛くてね。どうだい、取り敢えずそこの椅子に座らないか」

見ると、窓際に籐椅子《とういす》が二つ、置いてある。窓を開け放てば、見事な庭園が一望できる場所だ。国重は同意し、左側の椅子に腰かけた。続いて座った赤坂が、ゆっくりと吐息を漏らして両膝《りょうひざ》を揉む。相当悪いらしい。

「申し訳ないが、窓を開けてはもらえんかな」赤坂が溜息をつくように言った。

「お寒くないですか」梅雨《つゆ》も間近だが、今日の前橋は少し肌寒いぐらいだった。

「いや、少し蒸すようじゃないか」

年を取ると、寒暖を感じる感覚がおかしくなってくるのだろうか。それとも、緊張しているだけなのか。国重は、ちらちらと赤坂を観察した。この男は戦前の兜町《かぶとちょう》で「株の鬼」と言われた男である。自分でも小さな証券会社を経営していたのだが、戦後は会社を手放し、もっぱら個人で運用を行っている。その実態はほとんど明らかになっていないが、一説によると、資産は数十億円に上ると言われている。

　今年七十二歳。ということは、俺の祖父より二十歳以上も年下だ。戦前からずっと東京で仕事をしていたはずだが、たまに群馬に帰って来ることもあったのだろう。だからこそ、祖父の知遇《ちぐう》を得たわけだ。会社を手放してからは前橋と東京を行ったり来たりの生活だと聞いているが、今はむしろ、前橋が生活の中心のようだ。ある程度の年齢になると、生まれ育った街が恋しくなるのかもしれない。

　赤坂は、七十二歳という年齢よりもはるかに年取っているように見えた。座っていても、背骨が体を支えきれていないようで、頭がぐっと前に突き出ている。頭髪はほとんどなく、両耳の上で真っ白になった毛が少し渦巻いているだけだった。俺が彼の年になるまでは、まだ二十数年ある。七十の坂を越えた自分は、どんな容貌になっているのだろうと考えると、少しだけぞっとした。

　窓からは、少し湿《しめ》り気《け》を帯びた風が入ってくる。それにしても立派な庭だ。ここまで綺麗に保っておくには、相当手がかかるだろう。群馬県の政治家には、どうせこの美しさなど理解できないだろうが。

「それで、どなたを紹介していただけるんでしょうか」

　赤坂がなかなか本題に入らないので、国重はじれて訊ねた。赤坂がゆっくりと首を回し、国重の目を凝視する。底なしの沼のような深みを感じさせる目つきだった。次の瞬間には体を震わせる。すぐに、笑っているのだと気づいた。

「ここにいるじゃないか」

「まさか、赤坂さんが？」

「手のこんだ真似をして悪かった。しかしこんな危ない話は、他人に教えるわけにはいかない」

「では、本当に赤坂さんに援助していただけるんですか」

「それは、もっと詳しく話を聞いてからだ」赤坂が薄い唇を引き結ぶ。色のない唇は、肌色の線のようになった。

まさか、仲介を頼んだ男が、自分で金を出そうとするとは……これは、一筋縄ではいかない。まず、この男に、自分の考えを理解してもらわなければならないのだ。

今日は長くなるだろう。国重は腹を据えた。

「馬鹿馬鹿しい」

赤坂が吐き捨て、国重は一瞬むっとして目を逸《そ》らした。目に痛いほどの緑が視界に飛びこんでくるが、それでも気が休まるわけではない。しかし赤坂は、国重の懸念を吹き飛ばすように笑った。相変わらず咳きこむような笑い方だったが。

「いや、あなたのことじゃない。この国が、だ」弁解するように赤坂が言った。

「仰る通りです」激しい鼓動がすっと収まっていく。

「日本はこれからいったい、どこへ行くのかね」

「まったく分かりません。デモで騒いでいる人たちも、自分たちが何をしたいのか、分かっていないと思います。安保条約はどうなるとお考えですか」

「このまま自然成立だろうな」

「ええ」

「ただし、岸《きし》は自分を生贄《いけにえ》にするかもしれない」

「退陣ですか」

「ああ。総理の首を差し出せば、デモ騒ぎはすぐに収まるだろう。その後は池田《いけだ》が引き継ぐ。基本は何も変わらない」

岸が退《ひ》いて自由民主党の総裁選が行われれば、池田の対抗馬は石井光次郎《いしいみつじろう》や藤山愛一郎《ふじやまあいいちろう》になるだろう。そして池田有利、という赤坂の読みは正しい、と国重は思った。この男は、前橋に引っこんでいるにしては、中央政界の情勢をよく見ている。政界にもパイプを持っているのかもしれない。

「おそらく池田は、経済発展計画を前面に押し出すだろう。そうしたら、安保反対の興奮などすぐに忘れられる」

「誰でも、目の前に金を積まれたら、つまらんことはやっていられませんよ」

「そうかな」赤坂が体をぐっと倒して、国重に近づいた。「つまらんことだと思うかね」

「デモに関しては、つまらないことです」ここが正念場《しょうねんば》だと意識しながら、国重は言い切った。「あんなことでは、国は動かない。総理の首は飛ぶかもしれませんが、総理が替わっても何も変わらないのが、この国の特徴です。それは昔から変わらない……たとえ、百万人がデモをしても、状況は変わらないでしょう」

「仰る通りだな」赤坂が大きくうなずく。「普通の人は、何百万人集まっても普通の人だ」

「しかもその後どうなるか、まったく意志の統一ができていない」

「そう。大衆は大衆だ。それ以上でもそれ以下でもない。そして日本の歴史上、大衆の力で政治が変わったことは一度もない」

国重は深くうなずいた。これまでのところ、二人の現状認識は完全に一致している。問題は理想だ。この先何をやりたいか、だ。

「赤坂さんは、この国をどうしたいとお考えですか」

「そんなことを、私のような年寄りに聞かんでくれ」赤坂が苦笑すると、一気に顔の皺《しわ》が増えた。「私はもう、先が長くない。未来を考えても意味がなかろう」

「生きている限り、将来を案ずる権利も夢を見る権利もあると思いますが」

赤坂がかすかにうなずいた。納得した様子ではなかったが、かすかに元気づいたようにも見える。国重はほっと息を吐き、少しだけ緊張を解いた。

「日本は、真の意味での独立国になるべきだと思います。現状、我々はまだアメリカの支配下にある。安保の問題が、いい証拠ではないでしょうか。アメリカにとって、日本はユーラシア大陸への橋頭堡《きょうとうほ》に過ぎません。ソ連や中国と事を構えるようなことになったら、間違いなく日本は犠牲にされます。アメリカは、日本を基地としてしか見ていません」

「まるで、安保に反対している連中のようなことを言うじゃないか」言って、赤坂が喉の奥でごぼごぼと音を立てた。どうやら笑ったらしい。

「基本は同じかもしれません……私の父は、米軍を相手に商売をしていました。戦争で日本を負かした国から金を貰《もら》って、財を築いたのです。アメリカから金を分捕《ぶんど》ったとも言えますが、私としては忸怩《じくじ》たる思いがないではありません」

「しかし、そのお父上も亡くなった。あなたは今、不動産業以外にも手を広げて、お父上をはるかに上回る経済的な成功を収めておられる。これ以上、何を望む？」

「日本を、経済面だけではなく、世界に誇れる国家にしたいのです。真の意味で独立した国に……金儲《かねもう》けに関しては、私はほとんど心配していません」

「しかし金を儲ければ、外国からは叩かれる。何度も繰り返されてきたことだ。そのうちに、また封鎖されるぞ。そうなったら、もう一度戦争か？」

「それだけは避けます」国重は強い口調で言った。「あんなことは、二度とご免だ。日本は武力に頼らず、強い国になるんです。そしてその基本は、日本が完全なる独立国になることです」

「あなたは、語るべきことを多く持っているようだな」

「語るだけで満足したくありません。これは全て、実行するための準備です。私は言葉で生きているわけではない。実践の人間なのですから」

2

「遅くなって悪かったな。飯は食ったのか？」

車に乗りこむとすぐ、国重は荒巻に声をかけた。赤坂を家まで送るつもりだったのだが、彼は何故か「自分で車を呼ぶ」と固辞し続けた。おそらく、家を見せたくない事情があるのだろう。結局、彼の言う通りにした。せっかく上手くいった話し合いを、最後で崩すわけにはいかない。

「料理屋の方から弁当をいただきまして……赤坂さんが頼んでくれていたようです」

「そうか。後で礼を言っておかないとな」

話し合いから昼食へと、二人の会談は三時間以上に及んだ。アルコールも入り——赤坂は枯れた外見に似合わず、「うわばみ」と呼ぶべき大酒呑みだった――気分は上向いていた。

「いかがでしたか」

「ああ、上手くいった。あの人は、大人《たいじん》だよ」

「社長、差し出がましいことかもしれませんが、申し上げてよろしいでしょうか」荒巻が遠慮がちに切り出した。

「構わんよ」

「赤坂さんは、信用できる人なんでしょうか」

「俺はそう判断している」

「実は……今回の件を社長からお聞きした後で、少し赤坂さんのことを調べてみたんです」

「おい、車を出そう」国重は慌てて言った。車の中で話していても、まだ店にいる赤坂に聞こえるわけがないが、いつまでもここに車が停まっているのが見えたら、怪しまれるかもしれない。

荒巻が、すぐに車を出した。県庁の脇を通り、国道一七号線に入る。利根川にかかる群馬大橋を渡り切ると、途端に交通量が少なくなった。そこまで来て、国重はようやく口を開く気になった。

「どういうことか、説明してくれ」

「はい」荒巻の口調は重かった。「赤坂さんが、戦前、兜町にいたのはご存じかと思いますが」

「それは有名な話じゃないか。何しろ『株の鬼』だぞ」

「問題は戦後です。会社ではなく個人で行った株の取り引きで、かなり危ない橋も渡ってきたそうで」

「例えば？」

「企業の情報を入手して、それを元に売買を続けていた、という話があります」

「それは、株をやる人間なら普通だぞ。会社の業績を分析して、次の四半期の業績を読むのは、基本中の基本だ」

「いや、それが……違法な手段で会社の内部情報を収集していた、という噂《うわさ》なんです。『参代《さんだい》事件』の時に、摘発直前に株を売り抜けて大金を手にした、という情報があります。内部情報を手に入れていないと、できないことです」

「本当か？」国重は、顔から血の気が引くのを感じた。総合商社の参代物産が政界に金をばらまいた事件は、発覚から五年経った今でも国重の記憶に新しい。贈賄《ぞうわい》側の参代物産、そして国会議員にも逮捕者が出た。

「情報はあやふやです。はっきりしたことは何もありません。しかし、こういう情報が流れるということは……そういう評判のある人、という意味かと」

「そうだな」

「危ない人です。集めた金も、綺麗なものばかりとは言えないのではないでしょうか」

「お前の言う通りかもしれない」

見る間に、荒巻の肩がすっと落ちた。これだけのことを喋るのに、かなり緊張していたのだと分かる。いつの間にか車のスピードが上がり、窓の外の風景が後ろに飛ぶようになっている。

「だがな、金に綺麗も汚いもないんだ。うちの会社の金が、全部綺麗なものだと思うか？」

「それは……」

「俺たちだって、すれすれの商売もやってきた。それはお前もよく知ってるだろう。世間から見たら、汚い商売かもしれない。しかし、結果的にそれが社会の役に立てば、問題はないんじゃないか」

「……ええ」

「赤坂さんの金についても、俺はどんな金だろうが気にしない。金に印《しるし》はついていないからな。社会のために使えばいいんだ……それは、赤坂さんも了承してくれた」

「そうですか」

「心配するな」国重はフロントシートの間から顔を突き出した。「あの人は、金には汚いかもしれない。しかし、ことこの国の問題に関しては、俺と同じ志を持っている。同志と言っていい人だ……まさか、本人が協力を申し出てくるとは思わなかったがな」

「ええ。仲介してくれるだけ、という話でしたよね」

「俺を見極めようとしたんだろう。あの人は恐らく、それほど先が長くはない。実際、だいぶ弱っているんだ。だからこそ、自分の金を俺に託そうとしているのかもしれないな。金を殺すよりも生かしたい、ということなんだろう」

「私は……」荒巻が言い淀《よど》んだ。が、すぐに意を決したように、力強い声で話し始める。

「社長が何をお考えになっているか、分かりません。私の頭では理解できるとも思いません。しかし、今まで通りずっと、社長をお支えしたいと思います」

「お前には感謝している。感謝してもしきれないぐらいだ」

無条件に信じてくれる人間がいるのは、何よりも幸運なことだ。何か事を成し遂げようとする場合、多くの複雑な要素が必要になる。強い意志。優秀な頭脳。自己犠牲を厭《いと》わない精神で、無条件に支えてくれる人間。そして金。俺には既に、いくつかの駒がある。あとは頭脳……それについても当てがあった。

「東京へ戻ろう」

「別荘は見ていかなくてよろしいんですか」

国重は、かつて祖父が持っていた別荘を買い戻していた。大事な想い出の場所。だが今は、それに気を取られている場合ではない。一刻も早く東京へ戻り、「頭脳」について考えなければならない。

「いや、今日はいい。出来るだけ飛ばしてくれ。早く東京へ帰りたい」

松島を確実に摑まえられる時間帯は限られている。理系の学部に通う松島は、常に実験に追われて、研究室に泊まりこんでしまうことも珍しくないのだ。「書生」とは名ばかりで、これでは単なる下宿人である。しかし彼には将来がある。できるだけ援助してやるのが年長者の務めだ。

土曜日も遅くなることが多いのだが、今日は珍しく家にいた。玄関で出迎えてくれた瞬間、不思議そうな表情を浮かべる。

「どうかしたか?」国重は反射的に、顔を擦った。厳しい話し合いの後に、二時間を超えるドライブ。疲労感や焦燥感が顔に出てしまったのかもしれない。

「いえ……先生が厳しいお顔をされていたので」

「少し疲れただけだ。それより、ちょっと時間はあるかな?」

「ええ」

「勉強の邪魔にならないといいんだが……少し話がしたい」

「はい、大丈夫です」松島が生真面目な口調で繰り返す。

「君の部屋でどうだろうか」

「ちらかってますが」松島が少しだけ慌てた。

「問題ないよ。学生の部屋が綺麗に片づいていたら、かえって気味が悪い」

国重は着替えもせず、そのまま離れにある松島の部屋へ向かった。この離れには常時、数人の学生が住んでいる。下宿代は無料。時に国重の仕事を手伝うのが、ここに住むたった一つの条件だった。

学生たちの面倒を見るようになったのは、十年前からだ。受け入れた学生は、松島でちょうど二十人目になる。言ってみれば、国重個人でやっている奨学金制度のようなものである。学費は出す、部屋は提供する、飯も食わせる。だから思う存分勉強に専念して、日本の役に立つ人間になって欲しい——そんな願いから始めた、一種の慈善事業だった。今のところは上手くいっていると言っていいだろう。ここを巣立った人間の多くは、立派な社会人として活躍している。一流企業へ就職して、今はアメリカに駐在している者。大学に残り、少壮の研究者として頭角を現しつつある者。故郷へ戻って親の商売を継いだ者——国重は教育者のつもりではなかったが、折に触れて車座になって話し合うのが、彼らの精神形成に役立っているはずだ、と自負している。それに彼らは、同年代の若者たちよりも、精神的にずっと豊かで余裕があるはずだ。生活の心配をしなくて済むし、離れの一室は「勉強室」になっていて、本も大量に置いてある。巣立っていった若者たちが、後輩のためにと毎年残していくのだ。寄贈されたものもある。

松島の部屋は、確かに片づいているとは言《い》い難《がた》かった。部屋へ入ると、大量の本に迎えられる。本棚に入り切らず、床にも直《じか》に積み上げられているほどだった。これだけの本を買うのに、彼は外でアルバイトをして金を稼いでいたが、それだけでは済まないようだった。大学や公立の図書館の蔵書が何冊か交じっているのに、国重はすぐに気づいた。借りたまま返していないわけか……褒《ほ》められた話ではないが、彼の場合、忙しさにかまけてそういうところまで気が回らないのだろう、と判断する。

部屋に入ってまず気づいたのは、黴臭《かびくさ》い本の臭いだ。本というのは、大量に集まると、どうしてこういう臭いになるのだろう。しかし国重としては、こういう環境で暮らせる松島が羨《うらや》ましくもあった。陸軍士官学校時代にはそれなりに教養を叩きこまれたが、本に囲まれて暮らした記憶はない。あそこはあくまで人殺しを——効率よく人殺しを養成するための学校だった。

「すみません、座るところもなくて」

松島が恐縮して言った。確かに……畳が見えているのは、彼の机の前、自分が腰を下ろす部分だけだ。

「ああ、気にしないでくれ。少し片づければいい。私も手伝おう。この本は、こちら側へ重ねてもいいか？」

「あ、私がやります」慌てて、松島が国重の足元の本を持ち上げた。「一応、順番のようなものがありますので」

「そうは見えないが」国重は顔をしかめた。

「私にしか分からないと思います」

「まるで私設の図書館だな」

「……すぐに座れる場所を作ります」

実際には、国重が腰を下ろすまでに五分かかった。松島は、床のどこにどの本があるかを完全に把握《はあく》している様子だったが、それを動かすとなるとまた別である。パズルを完成させるようなものだ、と国重は思った。あの部分をこちらに動かして、こちらは別のところにはめて。

ようやく、二人で向き合って座れるだけの場所ができた。西日でオレンジ色に染まった部屋の中で、静かに対峙《たいじ》する。距離が近いせいか、松島は緊張した様子だった。国重はわずかに微笑み、彼の緊張を解《ほぐ》そうとした。失敗だった。昔なじみの悪友たちからは、よく「凶暴さが抜けない顔だ」とからかわれる。これは戦争云々《うんぬん》と関係なく、子どもの頃からそうなのだが……四十代後半にもなるのに、まだ凶暴な雰囲気《ふんいき》が抜けないのは問題だな、と思う。そろそろ、年齢なりに枯れた雰囲気が漂ってきてもおかしくないのに。

ふと、新聞が目に入った。国重も見た、国会周辺を埋め尽くす人の波の写真。

「君は、六〇年安保についてどう思うかね」

「ええ……」松島が溜息をついた。「困りました」

「何がだね」

「友人が何人か、警察に引っ張られました」

「デモに参加していたのか」

申し訳なさそうに、松島が頭《こうべ》を垂れる。あのデモでは、二百人近い学生が逮捕された。彼の仲間がいても不思議ではない。

「君が責任を感じることではない」

「いや……逮捕された連中は、これから人生が変わってしまうかもしれません」

「それは自己責任だ。しかし、国会をあんなにたくさんの人が取り巻くのは、後にも先にも今回だけかもしれないな」

「ええ。でも、自分は何も考えていなかった……ああいうことを避けていたのがよかったかどうか、分かりません」

戸惑っている。松島は多弁ではないが、話す時は常に迷わず的確な言葉を選ぶ……しかし今日は、歯切れが悪い。彼が言う通り、今までは政治的なことなど何も考えていなかったのだろう。仲間の行動を冷ややかに見ていたかもしれない。しかし友人が逮捕されれば、ショックを受けるのは当然だ。

「安保騒ぎについて、どう思うかね」国重は微妙に言葉を変えて質問を繰り返した。

「何と申し上げていいのか」松島が顔を歪めるように笑った。

「率直に言ってもらって構わない。若い人の話を聞いてみたいだけだから」

「馬鹿馬鹿しいとは思います……思っていました」

「どうしてかな？　友だちのことは心配していないのか」

「あんなことをしても、何も変わりませんから。結局本丸には迫れないで、自分たちの仲間から犠牲者を出して終わっただけじゃないですか」

「そうだな。だったら、時の政府に文句があっても、抗議の声を上げずに我慢すべきだと思うか？」

「いえ」松島がちらりと舌を出して、唇を舐《な》めた。「この国に住む人間には、不満なことに対して文句を言う権利がある、とは思います。戦前とは違うんですから」

「あの頃は悪い時代だった」

「今は時代が違います。文句があれば、言えばいい」

「言って終わりかね」

松島の眉《まゆ》がぎゅっと寄り、眉間《みけん》に皺ができる。単なる世間話のようではあるが、何か裏がある、と感づいたのだろう。この男の鋭さは本物だ、と国重は満足した。この男こそ、我々の「頭脳」になれる人間だ。しばらく沈黙を守った後、松島が口を開いた。

「友人が逮捕されたのはショックですが、やはりデモは無意味です。日本の大衆が、時の政権を倒したことはありません。どこかで腰が引けているんです。お上《かみ》の言うことが絶対、という時代が長く続きましたから、深層心理に刷りこまれているのではないでしょうか」

「その通りだな。では、どうしたらいい？」

「選挙しかないですね。私たちには、選挙という手があります。馬鹿な政治家は、落選させてしまえばいいんです」

「理屈ではそうだな」国重はうなずいた。「その通りなんだが、現状ではなかなか難しい。一選挙民である我々が、選挙をコントロールするのは、実質的に不可能だ」

「ええ」松島が急に落ち着かない様子になった。傍《かたわ》らの新聞に視線を落とし、すぐに目を背ける。鉛筆を取り上げ、手の中でくるくる回して机に戻した。その間、ずっと視線は泳いでいた。

「現状の方法で行う選挙では、大衆の意図が正確には反映されない。どんなに阿呆《あほ》で間抜けな政治家でも、地元に帰れば『先生』扱いだからな。頭を下げ続け、時々地元に大きな工事を落としてやれば、選挙には勝てる。東京に住む我々の意図は、岩手《いわて》の政治家には届かないよ」

「仰る通りです」

「全国区の選挙はもっと悪い。あれは、顔を知られている人間が勝つ仕組みだ。能力も何も関係ない。今の選挙の形は、民主主義を遂行するために相応《ふさわ》しいかな？　あるいは、議会制民主主義自体が絶対的に正しいのだろうか。もっと効率的で、民意を反映できる政治の仕組みはないものだろうか」

「国重先生、何が仰りたいのか――」

松島の顔に戸惑いが広がる。彼の質問には直接答えず、国重はさらに突っこんだ。

「共産主義はどうだろう？　あれは、最も腐敗を生む仕組みだぞ。党による一極支配で、民意が反映されることは絶対にない。党が間違っていれば、国は間違った方向へ行く。戦前の日本も似たようなもので、過ちを犯した――それはまさに、我々のミスでもあったがね」

「お上」か、と国重は皮肉に思う。自分はあくまで、現場の人間だった。上級将校ではあったが、「政治」は「仕事」ではなかったのだ。部下をいかに消耗させず、最大の効果を生むか、基本的にはそれしか考えていなかった。

「政治の仕組みに、正解はないのかもしれないな。しかし一度決めてしまった仕組みは、簡単には変えられない。あまりにも巨大過ぎて、どこから手をつけていいのか分からなくなる。しかし、今の政府が目指している方向は間違っている。それだけははっきりしていると思うが」

「国重先生、もしかしたら、安保に反対されているんですか」

「反対している。アメリカに従属するのが正しいとは思えない」

「実はデモにも賛同されているとか――」

「それはない」国重は笑い飛ばした。「彼らの考え方ややり方は矮小《わいしょう》だ。それに手段を間違えている。国会を取り囲み、警察隊と対峙すれば、いかにも自分が何事か成し遂げたような気分になるかもしれないが、そんなことでは世の中は変わらない。その件に関しては、私と君の考えは一致しているのではないだろうか」

「はい……そう思います」

国重は一瞬言葉を切り、松島の目を覗《のぞ》きこんだ。戸惑いはある。しかし、国重の言葉を聞く気持ちは失われていないようだった。

「君に一つ、お願いしたいことがあるんだ」

「何でしょうか」松島が背筋を伸ばした。それでなくても背が高いのが、さらに強調される。

「どうしたらいいか、考えてみてくれないか」

「何をですか」

「この国を変えるためにどうするか、だ。より豊かな、真の独立国家となって、国民が誇りを持って暮らすにはどうしたらいいか。これは、君に対する宿題だ」

「はあ」

松島が間の抜けた声を出した。今の「宿題」にぴんときていないのは間違いない。それはそうだろう。松島は意識の高い学生だが、今まで政治的な話題を真面目に話し合ったことはない。おそらく、ほとんど意識もしていなかっただろう。

「条件をつけようか。血は流さない。誰も傷ついて欲しくないからだ。それでこの国をどう変えるか、その方法を考えて欲しい。今の政治の仕組みを崩壊させた後、新しい政治の仕組みはどうあるべきか――そういうことについて、知恵を絞って考えてくれ」

「共産主義でもなく、資本主義でもなく、しかも議会制民主主義でもない、ということですか？」松島の顔に戸惑いが広がる。

「経済的なことを言えば、資本主義を捨てる必要はないな」国重は首を横に振った。「私は財界の人間だよ？　私企業が利益を追求するのを否定はできない。むしろ推進したい。だいたい、私が金を儲けるということは、その金が大衆にも届くということだからな。たくさんの金が回って多くの人が豊かになる、それは間違ったことではない」

「では、経済はそのまま、政治の仕組みだけを変えるわけですね？」

「ああ。阿呆な政治家たちを排除して、民意を正確に反映させる仕組みをどう作るか。一つ、君の頭でいろいろな仕組みを考えてくれ。君ならできる」

「いや、しかし――」

「これは宿題だ」国重はうなずき、立ち上がった。松島の顔を見下ろしながら続ける。

「君は理系の人間だ。将来は大学に残って研究者になりたいという希望も、私はよく理解している。だが、自分の城の中に閉じこもっているだけでは駄目だぞ。専門以外のことで、人のためになるようなことを考えなさい」

「……ええ」

「化学は、これからの日本を支える大事な基礎研究だ。そういう研究を選んだのは、君にはこの国の役に立ちたいという気持ちがあるからじゃないか」

「それは、その通りです」真剣な表情で松島がうなずく。

「だったらその気持ちを大事にして、この国の仕組みを上手く変える方法を考えて欲しい。これは冗談でも何でもないぞ」

松島は無言だったが、国重は自分の言葉は彼の頭に染みこんだ、と確信していた。先ほどまでとは目の輝きが違う。この男は真っ直ぐだ。大きな課題を与えれば、それに反応して頭を絞ることは分かっていた。そして一度納得すれば、より難しい問題に関しても、具体的に取り組んでくれるに違いない。

優秀な頭脳。俺は何よりも、それが欲しい。

3

松島の生家は代々続く農家だったが、戦後、心機一転した父親は――母親に言わせると「躁《そう》状態で手がつけられなかった」――土地を手放して商売を始めた。様々な仕事に手を染めて、結局落ち着いたのは酒屋である。色々と統制が厳しい時代だったが、人は必ず酒を呑む。

現在、店は長男が手伝っているが、松島としては多少後ろめたい気持ちがある。四人兄弟の中で、大学まで進んだのは末っ子の自分だけだったから。実家に負担はほとんどかけていないのだ、といつも自分を納得させなければならなかった。東京に住む親戚が国重と知り合いで、その伝《つて》で書生として国重の家に住まわせてもらい、大学の授業料も生活費も面倒をみてもらっている。自分がどうして国重の眼鏡にかなったかは分からないが、とにかくありがたい話ではあった。国重は鷹揚《おうよう》で、金は出すが口は出さないという男である。大企業の社長という肩書きを除いても、大人物の気配があった。

その国重がいきなり妙なことを言い始めたので、松島は少しだけ動揺していた。「この国の仕組みを上手く変える方法を考えてくれ」。何なんだ、これは？　自分は生涯研究一筋に生きていく人間で、国家のことなど考えた例《ためし》もない。いきなり、見たこともない外国の小説を手渡され、翻訳しろと言われたようなものだ。意味が分かるかどうかというより、そもそも文字が読めない。

しかし、放っておくわけにはいかないだろう。国重の表情は極めて真面目で、冗談を言っている様子ではなかったから。話の規模が大き過ぎて、真剣に考えることもできなかったが……しかし松島は、自分の中で何かが変わり始めるのを感じていた。逮捕された友人たちのことが気になる。彼らは間違った方法で国家に戦いを挑んだ。「馬鹿だな」と嘲《ちょう》笑《しょう》し、距離を置くのも一つの生き方である。だが松島は、どうしてもそうできなかった。何もしなかった――現実に目を向けてこなかった自分は、小賢しい卑怯者《ひきょうもの》ではないか。

週が明けて月曜日、朝食の席で国重は何も言わなかった。松島としても、こんな場所で話を蒸し返す気にはなれず、一言も言葉を交わさないまま大学へ出かけた。あそこなら、答えを与えてくれそうな人間がいるはずだ、と思いながら。

国重は、「極秘」とも何とも言わなかったから、誰かに話してもいいのだ、と解釈する。放っておいて、しばらくして国重に「あれはどうした」と問いつめられ、答えられないのが一番きつい。誰かと一緒に考えたかった。課題の内容というよりも、国重という男が何を考えているかを知りたい。そのために最も適した人間が、たまたま知り合いなのだ。

午前中の講義が終わったところで、松島は学食へ向かった。いた……会うべき男は、だいたい学食に一人きりでいるのだ。孤独を好んでいるわけではなく、居心地がいいから、というのが彼の言い分である。

「やあ」

声をかけると、竹田《たけだ》が顔を上げてうなずいた。いつものように新聞を読んでいる。今日も安保条約関係のニュースが一面を飾っていた。

「どうした」

「お前を探してた」

「何でまた。用事でもあるのか？」

「ある」

松島は、竹田の向かいに腰を下ろした。彼は今日もネクタイを締めている。どこか暑苦しいが……彼はアルバイトが忙しいのだ。それも、肉体労働ではなく、ネクタイをしなければならないような仕事。そういうコネをどこで作ったかは分からなかったが、今は「大《だい》日本住建《にほんじゅうけん》」――国重の会社「大日本産業」の関連会社――で、社長の鞄持ちのような仕事をしている。必然的に大学の出席率は悪くなっているのだが、本人はそれを気にする様子もなかった。こういうバイトを、将来に生かそうと思っているらしい。「大学の勉強なんか役に立たないからな」というのが彼の口癖で、その主張を実践するように、アルバイトに精を出している。自分とは正反対の人間だ、と松島は思う。甲府《こうふ》の高校時代からの友人でなかったら、この大学でつき合うことはなかっただろう。

「忙しいんだけど……時間がかかる話か？」

「どうかな。分からない……そんなに忙しいのか？」

「ああ、また新しい仕事を始めたから」

「今度は何だい？」大日本住建のアルバイトはもう辞めてしまったのか……思惑が外れた。

「政治家の事務所で働いているんだ。山梨《やまなし》選出の荒木田《あらきだ》って代議士、知ってるだろう？」

「ああ」

そんな所にまでコネがあるのか、と松島は驚いた。だいたい、政治家の事務所で何の仕事をしているのだろう。訊ねると、竹田が声を上げて笑い、煙草をくわえた。

「雑用係だよ。原稿を清書したり、書類を整理したり、お客さんにお茶を出したりして。誰でもできる簡単な仕事だ」

「何でそんな仕事をしてるんだ？　やりがいがあるとは思えないけど」

「コネが欲しいからね」

「政治家にでもなるつもりか？」

「そうだよ」竹田がこともなげに言った。「十年、二十年先の目標はそれかな。これが初めの一歩になる」

「そうか」この男ならそれもありだろうな、と松島は納得した。竹田の父親は、山梨県議会議員なのだ。親の背中を見て、同じ職業に就こうと考えるのは普通だろう。今まで、彼の口からはっきり聞いたことはないが。

「今日も予定が入っていてな……午後から甲府に戻らなくちゃいけないんだ」

「ああ、じゃあ、手短に話す。お前、前に働いていたところ——大日本住建で、国重さんのこと、聞いてなかったか？」

「国重さん？　グループオーナーの？」

「オーナーって言うのか？」松島は目を見開いた。

「何だい、国重さんのところにお世話になってるのに、そんなことも知らないのかよ……まあ、そういう言い方は、会社の中だけの話だけどな。国重さんは幾つも会社を持っていて、そのほとんどの業務に口を出すんだぜ？　だから社長っていうより、オーナーって感じだろうが。大日本産業グループがどんなに大きくなっても、国重さんの個人商店であることに変わりはないんだし」

「思想的には、どんな人なんだろう」

「何だよ、いきなり」今度は竹田が目を見開いた。「そんなの、お前の方がよく知ってるんじゃないか？　同じ屋根の下で暮らしてるんだろうが」

「基本的に国重さんは、そういう話はしないんだ。自分のことはあまり話さない」

「なるほど。でも、どうしてオーナーの思想的な背景なんかが気になるんだ？　何かあったのか」

「そういうわけじゃない」説明しにくい事情なのだ、と改めて思い知った。

「何だか変な話だな」

「一昨日《おととい》の夜、急にそんな話をされてね。安保闘争の関係だった」

「安保がどうしたって？」

「個人的にどう思うかって聞かれた」

「どうもこうも、あんなことをする連中は阿呆だろうが。単なる自己満足だよ。それで何が変わるわけじゃない。そんなこと、誰でも分かってるだろう」竹田が白けた表情で首を横に振った。この男の安保に対する態度は一貫している。国が決めることが、大衆の運動でひっくり返るわけがない。故に、無駄だ。

「総理大臣は退任するかもしれないぞ」

「だからって、日本が変わるわけじゃない。総理大臣なんてただの顔だからな。誰がなっても、日本は盤石《ばんじゃく》、揺るぎない国だ」

「誰がその国を支えてるのか……」竹田の喋り方は、もう政治家のようだな、と思いながら松島は言った。

「ああ？　そんなの、官僚と企業に決まってるじゃないか。政治家なんて、その周りに集まってわいわいやってるだけだよ。ただの賑《にぎ》やかしだ」

「そうか……」松島は腕を組んだ。

「何だよ、変な話だな」

「実際、変な話なんだ。国重さんは、デモに賛同しているわけじゃない……だけど安保には反対なんだそうだ」

「あんな大企業のオーナーが、心情的左派なのか？　何かの冗談だろう」

「それがよく分からないんだ。普段の言動は、左翼的な感じではないし……ただ、安保に関しては、日本をアメリカに縛りつけるだけのもの、という風に考えているようだね」

竹田がぐっと身を乗り出してきた。「あいつら、人間じゃないぜ。シベリアでも相当ひどいことをやったらしいじゃないか。うちの叔父貴がシベリアに抑留されて、えらい目に遭ったんだ。そういう話を聞かされると、ロシア人っていうのはとんでもない野郎どもだって分かるね。だけど現実問題として、軍事力に差があり過ぎるから、日本はソ連に対抗できない。そもそも今の日本に、軍事力があると言っていいのかどうかも分からないが……そこは、アメリカが頑張ってくれるなら、しかないだろうが。自分で血を流さないで、代わりにアメリカが頑張ってくれるなら、そのそれでありがたい話じゃないか？」

「もしも戦争になったら、そんなことは言っていられない」

「何だよ、お前も安保反対なのか？　デモに行こうともしなかったくせに」

安保反対運動に対して、松島は「我関せず」の態度を貫き通した。大規模な衝突が起きる前、松島はそういう連中を基本的に冷ややかに見下していた。学生の本分は研究活動。日本の将来を支えるのは、自分のような真面目な研究者だ、という自負がある。一時の熱に浮かされてデモに参加するような奴は、馬鹿だ。周囲に流されているだけで、自分の意志がないも同然である。それを「自分の力で日本を変えられる」などと勘違いしているのだから、性質《たち》が悪い。ああいう連中と話すと、独特の熱っぽい口調——アジる、とかいうそうだ——にうんざりさせられることが多い。条約が自然通過した後は、どんな風になるのだろう。新しい攻撃材料を見つけて、まだ騒ぐつもりなのだろうか。

どうして俺は急に、こんなこと——政治的なことを考えているのか。国重の強い影響だ、と意識した。何故……この間は冷静に、落ち着いて話していたつもりだが、いつの間にか国重の話に引きこまれていたのか。

「逮捕された連中は、どうなるんだろう」

「案外早く釈放されるんじゃないかな。大したことはしていないし」

「そうか」松島は少しだけほっとした。これで彼らが長期間勾留《こうりゅう》され、裁判で自分の主張を叫ぶようになったら、一種の「殉教者」ではないか。そういう状況を、自分はまた冷ややかに眺めているだけなのだろうか。

「どうした」

声をかけられ、はっと顔を上げる。竹田が、呆《あき》れたように松島を見ていた。いつの間にか、新しい煙草に火を点《つ》けている。流れ出した煙草の嫌な臭いが鼻を刺激した。

「いや……ただ、国重さんの思想的な背景が気になるだけなんだ」ようやく本題に戻れた。

「そうか」

「お前、調べられないか？」

「そういうのは難しいんじゃないか？　何をやっているかは見えやすいけど、頭の中で何を考えているかは、簡単には読めない」

「でも、周りには知っている人もいるだろう。お前なら、そういう人とも簡単に話せるんじゃないか？」

「まあな」顔をしかめたが、竹田が今の松島の台詞《せりふ》を褒め言葉と受け取ったのは間違いない。目が嬉しそうだ。

「散々コネを作りまくったんだろう？　偉い人たちとも話ができるんじゃないか」

「ちょっと聞いてみるよ。しかし考えてみると、国重さんって、経歴の中に謎《なぞ》の部分が結構あるよな」

「そうなのか？」

「関連会社にいると、何となく話が伝わってくるんだよ。結構ヤバい商売とかしていた時期があるんじゃないかな。軍隊時代のことかもしれないけど」

「今は……立派な人だぞ。俺たちみたいな貧乏学生を何人も抱えて、勉強させてくれるんだから」

「それも贖罪《しょくざい》かもしれない」

「贖罪？」

「ほら、昔悪いことをして……年を取って過去を振り返って反省するってのもあるだろう？　そういう時に、どうやって自分の罪を償おうとするかな。金や時間を費やすのが、一番簡単じゃないか」

「それは分かる」

竹田が煙草を灰皿に押しつけて立ち上がった。手首を突き出して腕時計を見ると、慌てて舌打ちする。

「まずい。こんなに長話をするつもりじゃなかったんだが」

「すまん」松島は思わず頭を下げた。竹田はとにかく、忙しい男なのだ。

「来週の土曜日にでも会わないか？　お前、大学に来るだろう？」

「俺はいつでも大学にいるよ」

「俺も来るから。今ぐらいの時間に、また学食で会おう。都合が悪くなったら、事前に連絡するよ」

「分かった」

「じゃあ、な。悪いな、時間がなくて」

うなずき、松島は竹田を見送った。あれじゃ、学生じゃなくて忙しいサラリーマンだ。だいたい、ネクタイ姿というだけで、大学の中では相当浮いている。他にネクタイをしているのは教授か職員ぐらいなのだから。

しかし、頼りになる男なのは間違いない。何を探り出してくれるか、期待して待っていよう。

少しだけほっとして、松島は腹の上で手を組み、椅子に背中を預けた。そういえば腹が減った……だが何故か、食べる気にはなれない。薄らとした気味悪さが、全身に染みこんでいる。俺は自分の「大家」である国重のことを何も知らない。「立派な人だから」と親戚に紹介され、保護に甘えてきただけなのだ。考えてみれば、これは恐ろしいことではないか。

そうだ。国重を紹介してくれた親戚——叔父の臼田《うすだ》敬《たかし》にも会ってみよう。このところご無沙汰して礼儀を欠いていたし。

立ち上がる。何物かに突き動かされるように、松島の歩調はいつの間にか速くなっていた。

臼田は、松島の父の妹、隆子《たかこ》の夫である。東京生まれの東京育ちだが、甲府にいる親戚の伝で、戦後隆子と見合い結婚をした。従軍し、戦後の混乱期を生き抜いた後は、地道にサラリーマン生活を送っている。小田急《おだきゅう》線経堂《きょうどう》駅の近くに、既に家を建てていた。

久しぶりに経堂の街を歩く。すずらん通りは狭く、両側に商店が所狭しと建ち並んでいた。歩きにくいが、ざわざわと賑わう雰囲気は悪くない。米屋、雑貨屋、寿司屋……「すゞらん通り」の看板がついたアーチが道路上に何本もかかり、少しモダンな街並みを演出している。アーチに据えつけられているのは、まさにすずらんを模した彫刻だ。砂利を満載した大型トラックが無理矢理細い道を通ろうとして、クラクションを鳴らす。最近、工事用の車がぐっと増えた。東京オリンピックを前に、東京ではあちこちで工事が行われているのだ。松島の印象では、この巨大な街の半分ぐらいが生まれ変わりそうな感じだった。

松島は東京が好きだった。東京に住んでみると、故郷の甲府が大変な田舎町《いなかまち》に思えてくる。世の中の物、人、金、それに情報が全てこの街に集まっているという実感は強い。

道端に停まっているオート三輪を避けて通り過ぎ、細い道路に入った。この辺りには民家が建ち並んでいるが、戦前から残っているような古い建物と、最近建てられた新しい建物が入り交じっている。久しぶりに訪れたので記憶が不確かだったが、何とか迷わずに目的地に辿り着いた。

「一年ぶりじゃないか」

応接間で迎えてくれた臼田に指摘され、松島は驚いた。確かに何かと忙しいのだが、この空白はあまりにも無礼だった。

「ご無沙汰してすみません」

頭を下げると、臼田が豪快に笑った。

「いいんだよ。学生だって忙しいんだから。それより、酒でも呑むか？　夕飯も食べて行けるんだろう」

「いや、酒はあまり……」

「そうか、相変わらず下戸《げこ》なのか」

臼田がにやりと笑った。松島としては、何とか酒なしでこの会話を終えたかった。臼田は酒好きな割に弱く、呑むと話が支離滅裂になってくる。

「あなた、食事前にお酒は……」叔母の隆子がたしなめる。

「ああ、まあ、そうだな」

威勢の良さは急に消え、臼田が咳払いした。どうやら家の中では、妻に頭が上がらないらしい。松島はうつむいて、笑いを嚙み殺した。

「紅茶、どうぞ」

「いただきます」

レモンティーか……酸っぱいのは苦手なのだが、せっかく出してもらったので、松島はレモンを紅茶に浮かした。五つ数えてスプーンで引き上げ、砂糖を加える。一口飲むと、酸味よりも甘みが勝っていたので、何とか飲めそうだった。

隆子がいるのでいきなり本題に入るわけにもいかず、松島は二人の娘、弘子《ひろこ》について訊ねた。

「まだ帰らないんですか？」

「部活なのよ」隆子がどこか不満そうに答える。「女の子なのに、毎日毎日遅くまで……休みもないのよ？　陸上なんて、何が面白いんでしょうね」

「東京オリンピックに出られるかもしれないじゃないですか」

松島が言うと、臼田が甲高《かんだか》い声で笑った。隆子に睨《にら》まれて笑顔を引っこめたが、「それは無理だろう」とつけ加えるのは忘れなかった。弘子は今年十六歳。中学時代から短距離の選手として活躍しており、三年生の時には都の大会で、百メートルで三位に入った。運動神経にまったく自信がない松島としては驚異的な成績だったが、高校生になれば、周りのレベルはさらに上がる、ということだろう。相対的に成績が沈んでしまう選手がいるのは当然だ。

「まあ、高校はレベルも高いから」臼田が、松島の考えていることをそのまま口にした。

「オリンピックなんて、夢のまた夢だよ」

「そうですかねえ」

「本人が楽しんでやってるんだから、こっちはいいけどね。たまには、試合に応援に行ってやってくれないか？　君が顔を出せば、弘子も喜ぶだろう」

「そう、ですね」

実際には、そんな暇はない。毎日が精一杯なのだ。バツが悪そうな笑みを浮かべると、臼田がすかさず「無理することはないけどね」と言ってくれた。

「だいたい、女の子が運動なんかして、何かいいことがあるのかしら」隆子が心配そうに言った。

「健康的でいいじゃないですか」松島は弘子を庇《かば》った。だいたい今時、「女だから」などという考え方は古いのではないだろうか。

隆子が引っこんだので、松島はすぐに本題に入った。

「叔父さん、国重先生のことについて教えてくれませんか」

「何だい、藪《やぶ》から棒に」臼田が、口元に持っていこうとしたカップを宙で止めた。「何かあったのか？」

「いや、特に何もないんですけど……一昨日、じっくり話す機会があって、いろいろ意外な感じがしたので、本当はどういう人なのかな、と思って」

「立派な人じゃないか。お前たちみたいな貧乏学生を自宅に引き取って面倒を見ているんだからな。簡単にできることじゃないぞ」紅茶を一啜《ひとすす》りして、臼田が眼鏡をかけ直した。

「立派な人なのは間違いないですけど、よく分からないんです。急に安保の話になりましてね」

「ああ、好きみたいだな、そういう話」

「そうなんですか？　仕事一筋で、政治なんかにはあまり興味がないと思ってました」

「そんなこともない。俺も何度か、直接お話しさせていただく機会があったけど、政治や経済について、かちっとした芯《しん》のような考えを持たれてるな」

「芯、ですか」

「そう」臼田が煙草を手にした。火は点けず、急に何かを思いついたように顔をしかめた。

「政治家ともずいぶんつき合いがあるしな。経済界でも、ああいう立場にいる人は、だいたいそんな感じなんだろう」

　それは松島も知っていた。「鞄持ち」の名目で、政治家との夜の会合に連れて行かれたことが何度かある。さすがに同席は許されなかったが……宴席のある隣の部屋で簡単な食事を出され、会合が終わるまで待たされるのが常だった。雰囲気だけでも感じさせよう、という狙いなのかもしれない。もっとも松島には政治的な関心も野心もないから、そういう席にいても何かを感じることはなかったが。

「そもそも叔父さんは、どうして国重さんと知り合ったんですか」

「ああ、仕事の関係でね」臼田がさらりと言った。「取り引きで、うちの社長が何度か直談判した。俺も同席したから、直接話したことがある。それで……何回目だったかな、国重さんがいきなり、君のことをうちで面倒を見たいって言い出されたんだ」

「どういうことですか？」こういう事情を聞くのは初めてだった。

「嫁の実家の方に、優秀な若い奴がいるって……何かの話のついでだったが、話したことがある。国重さんは、それを覚えてたんだろう」

松島は耳が赤くなるのを意識した。何をもって優秀と言うのかは分からないが、少なくとも高校まで、勉強で苦労したことはない。やればやった分だけ成績が上がるのが面白く、いつも机にかじりついていただけだ。運動が苦手だったし、小説を読むような趣味もなかったから、勉強以外にやることがなかったとも言えるのだが。しかし高校二年生ぐらいまでは、大学進学などは考えてもいなかった。まだまだ、大学は狭き門なのである。何しろ高校を卒業して大学へ進むのは、一割を少し超えるぐらいだ。実家の財政状況を考えれば、とても「大学へ行きたい」などとは言い出せなかった。実際、高校を出たら働こうと思っていた。今の日本、働く場所ならいくらでもある。働いて金を貯め、後に夜間でも受験しようか、と曖昧《あいまい》に考えていたぐらいである。

ある種の諦《あきら》めは、ある日臼田に声をかけられ、一気に消え失せた。「授業料も出してくれる。生活の面倒も見てくれる。時々簡単な仕事の手伝いをするだけで、大学へ行ける」

と。何となく胡散臭《うさんくさ》い感じもしたが、叔父の勧めとあれば信じてもいい、と思った。

「ついでで話したようなことを覚えていたんですか」

「俺も不思議だった。一度話しただけのことを、どうしてそんなにはっきり覚えているのか……それに、そんなに簡単に人を受け入れるものかとも思ったね。基本的に、豪胆な人なんだろうけどな」

「ええ」

「他の下宿人は、どんな連中なんだい」

「いろいろですよ。全国から集まってます。基本的には真面目でいい奴ばかりです」

「何か共通点は？」

「議論好き、ですかね」

「そうなのか？」

「ええ」

学生たちも、それぞれに忙しい。しかし空いた時間ができると、いつの間にか誰かの部屋に集まって議論が始まるのが常だった。話題は景気のこともあれば、今流行している本――最近は司馬遼太郎《しばりょうたろう》の『梟《ふくろう》の城』や井上靖《いのうえやすし》の『敦煌《とんこう》』だった――のこともある。国際情勢についてやたらと詳しい人間もいれば、自分の専攻科目についてだけ、滔々《とうとう》と話す人間もいる。松島は元々、議論が好きな方ではなかった――一人の時間は自分の専門分野の本を読んでいるのが性《しょう》にあっている——のだが、周りが議論好きなのに巻きこまれ、いつしかそういう集まりの中心になっていた。それまで読まなかった小説に手を出すようになったのも、周りの影響である。

しかし不思議と、政治の話は出なかった。新安保条約に関しては、二年前から日米間で改定交渉が行われていたし、それに対する反対の声も上がっていたから、いかにも議論の対象になりそうだったが、何故か一度も話題に上ったことがない。

「国重先生も時々、そういう議論に入ってきます」

「太刀打《たちう》ちできないだろう」臼田が声を上げて笑った。「国重さんは百戦錬磨《ひゃくせんれんま》の人だぞ」

「そうですね……」

「国重さんは、陸軍士官学校を出て、戦争中はずっと満州にいた。最後は参謀格で終戦を迎えたんだが、色々大変だったそうだ」

「満州にいた人は、皆大変だったでしょう」

「幹部は、普通の兵隊よりもずっと大変だったんじゃないかな。そういう経験をしているからこそ、日本の行く末を案じているんだと思う。政治家と会う時も、金の話なんかしないらしいよ。日本を将来どうするか、そんなことばかり話しているようだ」

「だったら、選挙にでも出ればいいんじゃないですか。資金もあるし、名前も売れているし」

「俺もそう思うんだけど、政治家になる気はないみたいなんだな」

「よく分かりませんね」一昨夜の熱っぽい喋り方は何だったのだろう。あれは明らかに政治を――世の中を変えようとしている人間の態度だった。

「まあ、でも、変な人ではないからな……信用していい人だ。俺は仕事でつき合いがあったから、よく分かる。いい加減な人間とは、仕事のつき合いはできないんだぞ」

臼田が立ち上がった。応接間の片隅にあるキャビネットの前にしゃがみこみ、そっと酒瓶を取り出す。

「とっておきのジョニ黒だ。一万円もするんだぞ」にやりと笑って、酒瓶を顔の高さに持ち上げた。

まさか……一万円といえば、大卒初任給の二倍ぐらいだ。景気がいいとはいえ、叔父はそんなに高給取りなのだろうか。

「もちろん、貰い物だけどな」臼田がまたにやりと笑う。「こんな高い物を自分で買ったら、給料が吹っ飛んじまう……こいつを、紅茶にちょいと垂らすと美味いんだ」

臼田は言って、自分のカップにほんの一滴加えた。制止する暇もなく、松島のカップにも垂らす。

「飲んでみろよ。美味《うま》いぞ」

無駄にするのも申し訳なく、松島は紅茶を一口飲んだ。甘みが強調されたようで、少し味がくどくなっている。しかし、「美味いだろう？」と期待に満ちた声で聞かれたので、仕方なくうなずいた。臼田が満足気にうなずいて、紅茶を一口啜る。

「食前のアルコールは最高だな」

「叔母さんにばれたら怒られますよ」

「大丈夫、これぐらいなら酔わないから……しかし君も、変なことを心配してるんだな。国重さんのところにいれば、何も心配することはないのに」

「ええ」曖昧に笑って見せたが、かえって訳が分からなくなっていた。臼田の呑気《のんき》さにも驚く。

大人の世界とはこういうものなのだろうか。自分も東京に出て来て、大分大人になったつもりだったのに、世の中にはまだまだ、分からないことが多い。

4

東京にもまだ、自然は残っている。もちろん都心部では、むき出しの土を見る機会はほとんどないが、世田谷の外れの方まで来ると、依然として緑が濃い。

国重は、久しぶりに等々力《とどろき》渓谷を訪れていた。谷沢川《やざわがわ》にかかる木製のゴルフ橋が、変わらぬ優美な姿を見せている。水の流れはささやかで、川のすぐ近くまで降りていける。昨夜降った雨のせいで、河原はぬかるみ、歩きにくかった。

「鬱陶《うっとう》しい季節になったな」

傍らを歩く代議士の——元代議士の玉川新《たまがわあらた》は和装で草履《ぞうり》を履いているのだが、足袋《たび》が汚れている。本人が気にしていないのだからどうでもいいのだが、国重は妙に苛ついた。国重本人は、少しの汚れでも気になるタイプだ。

「梅雨はこれから本番ですな」湿った空気を感じながら国重は言った。

「座らんかね」

「どこにですか?」国重は苦笑した。河原が広がっているだけで、座る場所などどこにもない。

「無理か」玉川も苦笑して首を振る。ポマードをつけ過ぎているせいか、特有の甘い香りが国重のところまで漂ってきた。「まあ、いい。今日は何の話だ」

「前橋の赤坂さんをご存じですか」

「ああ、『株の鬼』か」

「それは戦前の話ですが……その赤坂さんからご協力いただけることになりました」

「奴が金を出す?」玉川が細い目を精一杯見開いた。「金には細かい男だぞ。正確に言えばケチだ」

「私もそういう風に聞いていましたが、この件に関しては事情が違うようです」

「何かおかしくないか？　だいたい、赤坂には仲介を頼むだけの予定だったはずだ」

「私もそのつもりだったんですが、どういうわけか、本人が金を出すと言い出して……昨日連絡があって、正式に決まりました」

「胡散臭い感じがするな。何か、裏があるんじゃないのか？　あの人には、悪い評判も多いだろう」

国重は首を振り、対岸――といってもほんの数メートル先だが――に視線をやった。羊歯《しだ》が生い茂る中から、太い木の幹が突き出ている。頭上を覆う青葉のせいか、実際の気温よりもずっと低く感じられた。ひんやりとしていて、半袖では涼しいぐらいである。陽の当たる場所では、汗ばむほどの陽気なのだが。

それにしても玉川は、立っているだけでも辛そうだ。和服の襟元《えりもと》が少し開いて、痩せた首筋が覗いている。身頃も余っており、数か月前に会った時より明らかに痩せてしまった。痩せる理由もあるのだがな、と国重は同情した。政治家にとって選挙は避けて通れないものだが、博打《ばくち》としての意味合いも強い。どんな実力者でも、何もせずに勝てる訳がなく、常に不確実な要素が入りこむのだ。

玉川も賭けに負けた一人だ。前回の総選挙で落選し、現在浪人中。しかし国重の目から見ると、浪人というよりは、既に引退した「元政治家」だった。政治家特有のアクや押しの強さが消えている。元々、戦前の外務官僚出身なので、野暮《やぼ》ったい雰囲気はなかったが……世界を股にかけて仕事をしていた国際人で、世界の常識に晒《さら》され、普通の日本人では会得《えとく》できない洗練を身につけていた。

「先生、次の選挙はどうなさるおつもりですか」

「何だね、いきなり」玉川がゆっくりと国重に顔を向けた。

「純粋に、好奇心から知りたいだけです」

「まあ……何事にも潮時というものはあるだろうな」

「引退されるおつもりですか？　選挙区はどうするんですか」

「後を継ぎたがる人間なら、いくらでもいるよ。そういう人間に手を貸すのが、これからの私の仕事かもしれん」

「後を託すのは息子さん、ですか。志を引き継ぐ家族がいるのは、素晴らしいことですね」

玉川は答えなかった。すっかり年老いた——今年で六十五歳になる——顔を川面《かわも》に向けており、目は虚《うつ》ろだった。

「別に、この場でお答えいただこうとは思っていません。私は、先生の政治活動に口を出せるような立場ではありませんので」

「出してもらっても構わんよ」皮肉な口調で玉川が言った。「あんたは、今まで散々協力してくれた。私にとっては大スポンサーだからな」

「その意味では、前回の選挙では力及ばず、申し訳なかったと思っています。どうか、お許しいただきたい」

玉川が笑った。乾いた笑い声で、心根が透けて見える。ゆっくりと体の向きを変えて国重に正対すると、草履の下で砂利がかすかな音を立てた。湿った風が川面を吹き渡り、国重は新たな雨を予感した。

「選挙に負ければ、それは全て政治家自身の責任だ」

「分かりました……しかし、私が申し訳なく思っていることは、ご理解いただきたい」

「気持ちは受け取りましょう……で、今日の本当の用件は何ですか。赤坂さんのことはよく分かったが」

「先生のお力をお借りしたいと思って、伺いました」

「というと？」

「金の面では心配がなくなりました。当面、五億円を用意できます」

「ほう、大したものだ」玉川が目を細めた。「あのジイサン、そんなに貯めこんでいたのかね」

「ええ。我々の理想に賛同していただきました。つきましては、そろそろ活動を本格化させたいと思います」

「そうか」

玉川が溜息をつく。それを見て、国重は一瞬不安に陥《おちい》った。自分の思想の多くは、この男の考えから生まれたものだ。いわば、師と呼んでいい存在。しかし肝心の師は今、疲れ切り、やる気をなくしているようだ。精神的支柱を失ったままやっていける自信は、今の国重にはない。

「先生にもお力をお借りしたいんです」

「私に、ね」また溜息。

「最大の問題である資金については目処《めど》がつきました。やっと動けるんです。この国を変える好機がきたんですよ」

「私は、年を取り過ぎたな」ゆっくりと目を逸らす。面倒なこと全てから目を背けたがっている様子だった。「選挙に落ちた政治家は、ただの人だよ。いや、ただの人より性質《たち》が悪いかもしれない。皆、縁起が悪いとでも思っているんじゃないか？　誰も近づいてこなくなった。そろそろ事務所も閉めようかと思う」

「失礼な話じゃないですか」国重は憤慨《ふんがい》してみせた。多少演技臭いな、と自分でも思うが、実際に怒りも感じている。「先生がこれまで、この国のためにされてきたことを考えれば、こんな失礼な話はありません」

「いやいや」玉川が苦笑した。「政治家というのはそういうものだ。議席がなければ、存在価値はゼロになる。そこが官僚との違いだな」

国重は素早くうなずいた。それは認めざるを得ない。そして、官僚が政治家とはまったく異質な存在であるのも事実だ。政治家は継続しないが――世襲は継続ではない――官僚の仕事は人が替わっても永遠に続く。この国の方針を決め、動かしてきたのは、政治家ではなく官僚なのだ。近代日本は、イギリスの議会制民主主義とドイツの官僚主義を二本柱として受け入れたが、長く影響力を維持してきたのは官僚主義である。

官僚と政治家、両方の道を歩いてきた玉川には、それがよく分かっているはずだ。戦前、少壮の外務官僚だった玉川は、戦争の渦中で外交上の駆け引き――戦時下という極めて特殊な状況ではあったが――に慣れた。講和条約締結を機に外務省を退職し、選挙に打って出た。「吉田《よしだ》首相の懐刀《ふところがたな》」とまで言われた男故か、最初の選挙は楽勝だった。将来的には外務畑の王道を歩く男、と見られていた。それが前回の選挙で、あっさり落選。理由は

……それを今分析しても仕方ない、と国重は思った。落ちる時は落ちるのが選挙である。敢えて一つだけ理由を挙げるとすれば、玉川の「スマートさ」のせいだろう。泥臭い選挙運動を嫌い、自分の選挙区の住民たちとも一定の距離を置いていた節がある。玉川にすれば、選挙など、自分が国政で活躍するための一つの手段に過ぎなかったのだろうが、有権者から見れば、「自分たち地元の人間を相手にしない、すかした政治家」ということになる。これだけ意識が乖離《かいり》していては、選挙には勝てない。

しかし玉川の持つ理念、知識、経験は国重にはまだ必要なものだった。

「少し歩こうか」

返事を待たずに、玉川が歩き出す。足元が滑りやすいせいもあり、少し危なっかしい足取りだ。それにしても、人はこんなに急に衰《おとろ》えるものだろうか、と国重は驚いていた。かつて国重はこの男を、「最も背広の似合う政治家」と見なしていた。外交官時代に身につけた、世界で通用する一流の着こなし。一度、ロンドンで背広を仕立てることにどれだけ大きな意味があるかを、滔々《とうとう》と説明されたことがある。体にぴたりと合った背広に帽子姿は、背が高いこともあり、どこか卑屈さを引きずっている地方出身の政治家に比べて、堂々として見えたものだ。それが今や体は縮み、背中も丸まっている。河原が平坦で、比較的歩きやすい場所に出ても、足取りがおぼつかない。国重は、彼ののろのろしたペースに合わせて歩くのに、苦痛を感じ始めていた。こんなことなら、すぐ近くにある自宅で話をしてもよかったのだが……何故か玉川は「散歩しよう」と国重を誘ったのだった。

「それで君は、何をしたい？」

「当面、勉強会の形で人を集めたいと思います。しかし、大人数にはしません」

「例えば、何人ぐらいで」

「十人もいらないでしょうね。ただし、一度入った人間には、途中で抜けることは許しません」

「裏切り者を出さない、ということか」

「秘密を守るのが何より大事なんです。途中で情報が漏れたら、全ては台無しになる。だから、少数精鋭でいきたいと思います」

「しかし君は……本当に可能だと思っているのか」玉川の喉仏《のどぼとけ》が上下した。

「今現在で可能かどうかが問題ではないんです。可能にするために準備するんです」

「私には時間がない。君ももう、若くはないんだぞ」玉川が苦笑した。

「まだやれますよ。それに次の世代に理想を引き渡すのも、我々の役目かと」

「そうか……」また溜息。一つ溜息をつくごとに、玉川の生命力は失われていくようだった。「実動部隊ではなく、まずヘッドクオーターを先に作るわけだな」

ヘッドクオーター。占領時代、「ＧＨＱ《ジェネラルヘッドクオーターズ》」の存在のせいで多くの日本人が知ることになった言葉である。国重にとっては嫌な響きだった。

「安保騒ぎが、どうして成功せずに収束したかは、先生はもちろんお分かりですよね」

「あれは、アメーバみたいなものだと思う」

「アメーバ？」国重は首を捻った。玉川は時に、分かりにくい表現を使う。

「アメーバ……不定形なもの、という意味だ。かっちりと形が決まっていない状態で動き出すと、外からの影響でどんどん形が変わってしまう。それでは戦えないよ。だから君が言う通りで、最初に中核になる人間をしっかり決める方法は、間違ってはいない。日本人は結局、上からの命令をきちんとこなすのが大好きなんだ」

「たとえその命令が間違っていても」

「我々はそれを、戦争で学んだな」玉川がうなずく。「間違った命令であっても、命令を発する人間の声が大きければ、通ってしまう。日米開戦を防げなかったのは、私の人生で最大のミスだ。腹を切ってもお詫《わ》びできない。あの戦争がなかったら、今頃日本はどうなっていたと思う？」

「想像もつきませんね」

「アジアの盟主として、名実ともに君臨《くんりん》していただろうね。緩やかな連合体を作り上げ、欧米に対する別の極として名乗りを上げていたかもしれない。経済的にも今よりずっと、発展していただろう。そういうやり方もあった……戦争に至る道筋は単純なものではないが、我々の外交努力が足りなかったのは間違いない」

「あとは、軍の力が問題でした」

「力を持った者がそれを意識して、自制しながら使うのは難しい。戦前の軍は、力を持ち過ぎた」

　それは、国重には実感できないことである。自分が軍にいた人間であったにもかかわらず、だ。軍の最上層部は政治にも密接にかかわるものだが、はるか遠い世界の出来事としか思えなかった。

玉川が、河原にまで伸びてきていた笹の葉を千切《ちぎ》る。すぐに葉を手放し、手を目の高さまで挙げて、顔をしかめる。指先に細い血の筋がついているのが、国重にも見えた。

「小さな力でもいいんだ」玉川が自分の指をまじまじと見詰め、独白を続けた。「こんな小さな笹の葉でも、十分私を不快にさせる。核兵器のように、持つだけで大変な武器を想定する必要はない。我々は、核戦争をやろうとしているわけじゃないからな。それに我々が問題にしているのは、あくまで国内の政治体制のことだ」

玉川が何気なく発した「我々」という言葉に、国重は勇気づけられた。この男は、自分を同志と見なしてくれている。まだやれる、仲間に引き入れることができる、と確信した。今の自分たちには、この男の経験と知識が必要なのだ。

「仰る通りです」

「コントロールしなければならない人間が何人いると思う？　四桁《けた》……五桁まではいかないだろう」

「ええ」

「政治家は権力を持っているように見えて、実際には無力だ。特に直接的な暴力に対しては、何もできない。そしてその暴力は、『影』で十分なんだよ」

「核がある、と脅《おど》すように」

「私はね……こんなことを言うと君は馬鹿にするかもしれんが、もしかしたら米ソとも核兵器など持っていないかもしれない、と妄想することがある」玉川が微笑む。こういう話題に似つかわしくない、柔らかな表情だった。

「しかし実際に、核実験は盛んに行われていますよ」

「実験自体がねつ造かもしれんし、実験用の核兵器しか持っていない、ということも考えられる」

「いや、それは――」

「妄想だろうな」玉川が声を上げて笑った。先ほどまでとは一転して、かつてのような元気に溢れた笑い声だった。「ただ、考え方の基本はそういうことだ。相手が怯えるかどうか。少しでも疑念を抱かせれば、コントロールは簡単だ。ただし、多少の先制攻撃は必要だろうな」

「ええ」彼の言葉の意味を悟り、国重は暗い気分になった。

「世界が今、核の力に抑えつけられているのは、アメリカが実際に日本に対して原爆を使ったからだ。あれで世界各国とも、手を縛られた」

「仰る通りです」国重は再び首肯して、右手を拳《こぶし》に固めた。あれほど非人道的、かつ無慈悲な軍事作戦は、世界史上に類を見ない。百年先の世界史の教科書では、ナチスの蛮行と並べて記載――非難されるべき出来事だ。

「あんなことをする必要はない。ほんの少し……人命に影響が出ない程度でいい。こちらには武器があるのだと、相手に思い知らせればいいんだ。一度恐怖を味わうと、人間は簡単には抜け出せない。萎縮《いしゅく》したままになる。選挙に落ちた政治家が、次の手に出るまで時間がかかるのと一緒だよ」

自虐的な言い方を笑っていいのかどうか分からず、国重はうつむいた。足元を、一匹の小さなクモが、素早く動いていく。あっという間に、河原の小石の下に隠れて見えなくなった。

「その武器を、君は手に入れなければならない」

「はい」

「資金面の問題はなくなった」

「仰る通りです」

「だったらいいよ、やるべき時が来たようだな。私も協力しよう」

「ありがとうございます」国重は頭を下げた。胸の中に、温かなものが流れ出す。懸念《けねん》事項が一つ一つ消えていく快感は、仕事上の成功では味わえないものだった。

「これからは連絡を密に取り合おう。しかし君も、会社をやりながらでは大変ではないのかね」

「これを機に、経営の一線からは退《しりぞ》くつもりです。代表権を手放して、会長になろうと思います」

「あんなに上手くいっているのに？」玉川が目を見開いた。「金儲けよりも大事なことは、世の中にいくらでもありますよ」

「なるほど」玉川の声が、吹き渡る風に消えそうになった。立ち止まり、ささやかな川面に視線を投げる。「そうだな。社会が安定してこそ、金儲けにも意味があるのかもしれん」

「逆もあり得ると思います。皆が金持ちになれば、社会は安定する……しかしそれは、砂上の楼閣でしょう。金は流れて消えます。どんなに大金を持っていても、死ねば何にもなりません。しかし、新しく社会を作る仕事は……後世に残る」

「君は、歴史に名前を残したいのか？」玉川が、ほとんど白くなった眉をひそめた。「そういう、個人的な動機でこの仕事をやりたいのか？」

「違います」国重は首を振った。「私は無名の戦士でいいんです。ただ、人々が誇りを持って生きられる社会を作るだけでいい。それを見届けることができれば、いつ死んでも構いません」

「そこまでの覚悟が、どうしてできたのかな。昔から、不思議に思っていたが」

「一つの出来事がきっかけというわけではありません。私も五十年近く生きてきて、様々な経験をしてきました。それら全てが、今の私を作ったと言っていいと思います。もちろん、先生の教えも大きいです。理論的な部分は、ほとんど先生の考えをいただいたものですから」

「先生も、覚悟はおありですか」

「ああ」

「政治家はいりません。政治家抜きで、民主主義は実現できます。しかしそれは、先生が情熱を傾けてこられた活動を否定することにもなりかねませんよ」

「ある」低い声で認める。

「私は、今の世の中の仕組みの中で、最善と思えることをやっただけだ。今の仕組みにしか乗れなかったのが、私の限界だろう。だが次の世代は、もっといい世の中に、理想の社会に住むべきだ。積極的に政治に参画できる仕組み……素晴らしいじゃないか」

「恐縮です」

玉川は、国重にとって政治面・思想面の教師だ。その事実は否定できない。しかし「かくあるべし」という理想に関しては、国重独自の考えもある。今、玉川もそれに賛成してくれた。実現が難しいことは分かっている。今のように、選挙で代議士が選ばれる仕組みだと、国重が理想とする社会を作るのは難しい。明治維新並みの動的な変化が必要になるだろう。そして今回の維新は、日本にとって初めての本格的な革命になる。明治維新は革命ではなかった。為政者から為政者へ権力が移っただけの、前近代的な政権譲渡に過ぎなかったのだ。

「少し冷えてきたな」

玉川がつぶやいた。実際にはそんなことはない。梅雨の晴れ間で、今日はぐっと気温が上がっている。ちょうど頭上を覆う緑が切れた場所で、陽光は容赦なく二人に熱を投げかけていた。

「戻りますか」

「そうだな……これからどうやって話を進めていく？」

「まず人を集めます。様々な分野で、最高の頭脳と行動力を持った若者を。先生にも是非、顧問として名前を連ねていただきたいんです」

「実動部隊ではなく？　私のような年寄りでは、役に立たないかね」玉川が皮肉っぽく言った。

「いえ……万が一何かあった場合に、先生の名前を汚すわけにはいきませんから。折に触れて教えをいただければ、それで十分です」

「つまり君は、これから自分たちがやろうとしていることは――」

国重は顎に力を入れてうなずいた。それを見て、玉川が言葉を呑む。そう、国重には、自分たちの罪が――これから犯す罪の意味が分かっていた。法律が改正されない限り、自分たちの行為は立派な犯罪である。それを吹き飛ばすぐらいの緊急事態に持っていくつもりではいたが、事態がどう転ぶかは、その場になってみないと分からない。

陽が陰り、冷たい風が吹き抜けた。国重は突然襲ってきた寒さに震えながら、玉川の目を真っ直ぐ見据えた。

帰りの車中、国重は何故か居心地の悪さを味わっていた。世田谷でも、等々力辺りにはまだ状態の悪い道路があり、ひどく揺られたせいもある。だがそれだけではないようだ……おかしい。玉川との話し合いは上手くいった。資金と頭脳を手に入れ、今夜は祝杯をあげてもいい状態である。なのに何故か、気持ちが落ち着かない。

荒巻は、ルームミラーで国重の様子を見て、敏感にそれに気づいたようだった。

「どうかされましたか？」

「いや……俺がいない間に、何か変わったことはなかったか？」馬鹿な質問だと思いながら、つい聞いてしまう。荒巻はただ、等々力渓谷の近くに車を停めて待っていただけである。時間もそれほど長くはなかった。

「いえ、特には……お体の具合でも悪いのですか？」

「まさか、元気だよ」国重は声を上げて笑ってみせたが、いかにも空元気《からげんき》という感じにしかならなかった。自分はどうしてしまったのだろう？　道は困難でも、懸案事項は一つずつ、確実に片づいているというのに。

嫌な予感は、この問題とはまったく関係がないことがすぐに分かった。家の前の狭い道路に、救急車が停まっている。誰が倒れた？　書生たちの一人か？　それとも……国重は慌てて車を降り、救急隊員に詰め寄ろうとした。その瞬間、家から飛び出して来た松島が叫ぶ。

「先生！」

「どうした！　何があった！」自分でもおかしいと思えるぐらい、上ずった声だった。

「奥様が……」

「みつが？　どうした？」

「胸が苦しいと仰られて、倒れて……すみません、我々の独断で救急車を呼びました」

「それは構わん。で、どうなんだ？」

「分かりません」蒼白な顔で、松島が首を振る。「ひどく苦しまれて……救急車が来た時には、ほとんど意識がない状態でした」

国重は、顔から血の気がひくのを感じた。音がしたように思えたほどだった。前へ進もうとしたが、足が出ない。気づいた松島が、腕を取って支えてくれた。何と、情けない……この俺が、書生に助けられるとは。

「ご主人です」松島が、救急隊員に声をかけてくれた。

「ああ、すぐに搬送しますので……」

「一緒に乗っていけないんですか」松島が必死の形相で訊ねた。

「すみませんが、それはちょっと……」

救急隊員が口を濁す。それで国重は、みつの容態が極めて危ないのだと悟った。冗談じゃない。今まで散々苦労をかけてきて、こんなに若くして……唇を強く嚙み締めると、血の味を感じた。

「先生、車があるなら、後から追いかけましょう。私も一緒に行きます」

松島の声は耳に入ったが、どこか遠い場所から呼びかけられているようにしか聞こえなかった。

「先生！」

松島に肩を揺すられ、はっと我に返る。救急隊員は既に救急車に乗りこんでいる。

「後を追いましょう」松島が低い声で言った。

「……分かった」

押しこまれるようにして後部座席に座る。隣に松島が滑りこみ、荒巻もすぐに運転席に座ってハンドルを握った。

「荒巻さん……」松島が弱々しい声で語りかける。

「分かってる」

荒巻はすぐにエンジンをかけた。いつもの丁寧な運転をかなぐり捨て、思い切りアクセルを踏みこむ。背中がシートに押しつけられるのを感じながら、国重は激しい自責の念に襲われていた。俺のせいなのか？　俺が自分のことばかりを考え、家族をないがしろにしていたからか？

そうだ。俺はずっと家族を犠牲にしてきた。妻は戦時中、満州にいた俺のために家を支え——その家は空襲で焼けた——長男を病気で亡くしている。葬式も一人で出した。戦後生まれた二人目の男の子は、一歳の誕生日を迎える前に、やはり病気で死んだ。子ども二人の死は、みつから若々しさと元気を奪ってしまったが、それでも文句一つ言わず、国重を支えてくれた。せめて子どもがいれば……と何度も考えたが、二人目の子どもを亡くしてから、みつはとうとう妊娠しなかった。こうやって若い書生たちを置いているのは、みつにとっては子どもを育てるようなものである。

俺はみつに何もしてやれなかった。その罰が、みつとの別れになるのか……神は、俺の一番大事な家族を奪おうとしているのだろうか。だったら、もし神に会うことがあったら、必ず殺してやる。

心臓発作。

常々、みつが一番心配していたことだった。みつの両親は、戦後立て続けに心臓発作で死去している。そういう体質が遺伝するのでは、と恐れていたのだ。元々、それほど体は強くなかったし……しかし心臓ばかりは、どれだけ用心していても自由にならない。

「両親は眠るように死んだから、楽なのかもしれませんよ」とみつが言ったことがある。

冗談じゃない、と国重が叱り飛ばすと、みつは悪戯《いたずら》っぽい笑みを浮かべて反論した。あなたみたいに手のかかる人の世話をしなくちゃいけないから、簡単には死ねませんよ、と。

みつは何とか一命を取り留めた。心臓発作とはいえ、症状は軽かったようだ。しかしベッドの上で眠るみつは、一気に十歳ほど年を取ってしまったようだった。それほど苦しかったのか、と国重は哀れむ気分になった。心臓の発作など、誰も避け得ない。せいぜい、太って心臓に負担をかけることのないようにするぐらいしか予防方法はないが、みつは痩せ形なのだ。となるとこれは、やはり遺伝的な問題なのか。厄介《やっかい》な体質を残してしまったみつの両親に対して、国重は少しだけ恨みがましい気持ちを抱いた。

医者の説明によると、しばらくは入院が必要なようだった。その後も薬は欠かせないし、生活習慣も改善しなければならない。できるだけ安静に、楽に暮らして、気苦労が溜まるようなことがあってはなりません。書生？　下宿人？　そんな人たちの世話など、もってのほかです。奥様の命を、第一に考えないと。

医者の脅しは身に染みた。世話好きのみつは、家に若い学生たちがいることを楽しんではいたが、知らぬ間に肉体的、精神的に負担がかかっていたのかもしれない。若者たちの健康に目を配り、東京での暮らしで失敗しないように、口煩《くちうるさ》く忠告もする。そういうことを、単純に楽しめればいいのだが、みつはいつも真面目だった。まるで親代わりのように、学生たちに接していたのである。そういう学生たちが、今も五人いる。これで疲れないわけがない。

　国重は椅子を引いてベッドの脇に座った。やっと意識を取り戻したみつだが、話をするのはしんどそうだった。それでも、開口一番、「すみません」と謝る。

「何を言う。悪いのはこっちだ。今まで散々苦労をかけた」

「でも、家のことが……」

「心配するな。何とかなる。人を頼めばいいんだ」

　みつがかすかにうなずいた。五人もの若者を下宿させているのだから、手伝いの人を雇ってもいいぐらいなのだが、みつは自分の家に人の手が入るのを嫌がった。「炊事当番」と称して、学生たちに食事の用意を手伝わせているが、それは彼らの罪悪感を取り除くための方策に過ぎない。実質的に、家の中のことは一人で取り仕切っていた。

「本当に、すみません」囁《ささや》くような声だった。

「気にするな。今はゆっくり休んでくれ。自分の体が第一だ」

　ふと、布団の外に出ているみつの手に目がいく。こんなに皺が増えてしまって……妻の苦労が、全て手に出てしまっているような感じだった。その手をさすってやりたいと唐突に思ったが、自制する。そういうのは自分の柄ではない。そうする資格もないのではないか。

「あなたは、思う通りにやって下さい」

無言で妻の目を見るしかなかった。それは、みつとしてはそう言うしかないだろう。甘えのない女なのだ。

「後悔しないように……やるべきことをやって下さい。あなたが信じていることは、正しいはずです。必ず理解してもらえるはずです」

国重は顎を引き締め、うなずいた。将来のこと——人生の後半をかけた大勝負のことは、みつには曖昧に話している。妻を巻きこむわけにはいかないが、自分がしようとしていることを何も明かさないのは卑怯だと思っていたから。

「分かった」

「よかった」ようやくみつが笑みを浮かべた。「後悔して欲しくないですから。あなたは、お国のために自分の力を使おうとしているんです。それは、正しいことなんですよ」

「ああ」

そこまで話して、看護婦に制止された。疲れているから、無理をさせないように。今必要なのは、十分な休養だ、と。後ろ髪を引かれる思いで、国重は病室を後にした。

いつの間にか、会社の人間が何人も集まって来ている。荒巻が連絡したのだろうが、国重は申し訳ない気持ちで一杯になった。せっかくの日曜日の午後が、こんなことで潰れたら……国重は廊下の一角に社員たちを集め、みつの病状を詳しく説明した。命に別状はないこと。しばらく入院して休養すれば、元通り元気になること。その間、自分は病院に立ち寄ることもあるが、会社の業務には遅滞がないようにする。

安堵の吐息が漏れ、納得した社員たちは、丁寧な見舞いの言葉を残して一人二人と去っていった。荒巻も帰した。「家までお送りします」と言ってくれたのだが、今日は既に、荒巻には散々迷惑をかけている。これ以上、彼を拘束しておくわけにはいかなかった。

残ったのは松島一人。ようやく顔色も正常になり、立ち去る社員たちに、丁寧に頭を下げていた。

「座らないか」

二人きりになると、国重はベンチに腰を下ろした。少し間を置いて、松島も座る。少し緊張した様子で、両肩が上がっていた。国重は壁に背中を預け、全身の力を抜く。漆喰《しっくい》の壁の冷たさが心地好《ここちよ》かった。取り敢えず、妻が一命を取り留めてほっとしたのと、今後の生活の変化に対する不安が入り混じり、心がざわつく。これまでと同じというわけにはいくまい。やはり、手助けしてくれる人を入れないと……それを妻に納得させるのが大変だ。逆に、簡単に受け入れるようなら、それだけ妻も弱っているという証明になる。

しかし、やるべきことに対する気持ちは揺るがない。妻が認めてくれたので、さらに決意は固くなった。「後悔して欲しくない」。まさにその通りだ。だったら、散々苦労をかけた妻の予後は気になるが、それでも停まるわけにはいかないのだ。今まで以上に自分の能力を解放して、必死でやるしかない。そのためになら、死んでも構わないと思った。もちろん、成功を見届けるまで、死ぬつもりはなかったが。

「私は、信頼できる人と一緒に、ある会を作ることにした」

「会、ですか」松島は事情が呑みこめない様子だった。

「そうだ。重要な集まりだ。ある目的のために……これは正義の戦いになる。少しは痛みが生じるかもしれないが、この国の将来のために、今やらなくてはいけないことなんだ。引き返せなくなる前に。このまま日本が豊かになれば、誰も嫌なこと、面倒なことなどしたくなくなる。そうなる前に、何とかしなくてはいけない」

「すみません、仰る意味が分からないんですが」

「君には、この国の将来についてよく考えて欲しい。私はそう言ったな？」

「その話ですが……私にはやはり大き過ぎる問題かと思います」

「そんなことはない。誰にとっても身近で大事な話なんだ。私の目標のために、君の力を貸してはくれないだろうか。君の頭脳が必要なんだ」

「いや、私に先生の手伝いなど……」

「君ならできる。いや、君でないとできないんだ。うちにいる、他の学生たちには声はかけない。私は君だけを選んだ」

「いったい、何を……」

「革命を起こすんだ」

5

約束の土曜日に学食で落ち合うなり、竹田は「図書館に行こう」と誘ってきた。彼が学食でなく図書館で話そうとした理由は、簡単に想像がつく。今日の学食はやけに人が多く、内密の話ができる雰囲気ではなかったのだ。

図書館は、松島の通う大学の象徴だ。現存する一番古い建物なのだが、他の建物に比べてずっとしっかりしている。「ボザール様式」と呼ばれる建築で、それを入学時にわざわざ学生たちに説明するのが、大学の恒例行事になっていた。正面入り口には背の高い列柱が十二本並び、大袈裟《おおげさ》に時代的な雰囲気を醸《かも》し出《だ》している。そして屋根の上はドーム状の装飾。これらが、ボザール様式の特徴である。アメリカ人がヨーロッパで学んで持ち帰った建築様式で、アメリカン・ルネッサンスと呼ばれることもある。代表的な建物はニューヨークのグランド・セントラル駅——そんな説明を今でも覚えているのが、松島は不思議だった。入学当初は、これからどうやって大学で学んでいくかを考えるのに必死で、建物になど興味がなかったのに。

しかし今やこの図書館は、松島が大学で一番長い時間を過ごす場所でもある。特に初夏から秋の初めにかけては、快適な場所だ。中にはひんやりとした空気が流れており、涼むにも格好である。

二人は、図書館の二階にある自習室に向かった。壁際に並んだ小さな個室で、一人用の小さなテーブルと椅子を入れてあるだけだが、ドアが閉まるので、中で小声で話していれば誰かに聞かれる心配はない。二人で入るとさすがにきついが、それさえ我慢すれば、格好の密会場所だった。ここに女子学生を連れこんで、悪さをしている人間もいるらしい――その噂を思い出すと、松島は自然に鼻に皺が寄ってしまう。馬鹿どもが、何しに大学に来ているんだ。

竹田は、松島を奥の椅子に座らせた。いいから、と断ったのだが、お前はメモを取りたがるかもしれないから、と押し切られてしまう。せめて向き合って話せるようにと、松島は椅子を回してドアの方を向いた。

「さて、国重さんだが……やっぱり複雑な人のようだな」ドアを背中で塞《ふさ》ぐように立ち、竹田が切り出した。

「大変な人生を送っていることは、何となく知っているよ」

「戦争のことは……聞いたか？」

「曖昧に。終戦の前後に、満州で相当苦労されたようだ」

竹田がうなずいた。そのまま視線を落として、自分の靴の爪先をじっと見詰める。何となく、話し辛そうだった。

　国重は、自分のことをほとんど語らない。満州時代の話も、書生と車座になって呑んでいて、少し酔った時につい漏らした、という感じだった。傷ついた部下を見捨てて敗走せざるを得なかったこと……実質的に参謀格だった自分に全ての責任がある、と。あの時の満州の嫌な暑さは、二度と経験したくない……。

「戦争の苦労は、多くの人が経験している。俺たちには縁のない話だが」

「当たり前だ」正直、戦争の話など、真っ平ごめんだった。松島自身、戦時中の記憶もほとんどない。もしかしたら、意識して記憶から消してしまったのかもしれないが……五歳ぐらいだったら、多少は覚えているものではないだろうか。

「いろいろ話を聞いたんだが、父上との確執があったようだな」

「同じ不動産の仕事をしていたはずだが？」

「戦後、米軍相手の住宅を売りまくって財を成したのは、国重さんじゃなくて父上の方だ。元軍人としては、それが許せなかったらしい」

　松島は首を捻った。だったら何故、父親と同じ仕事をしているのか――もちろん今、国重がかかわる商売の中で、不動産業はほんの一部に過ぎなくなっているが。最近、最も力を入れているのが原油だ。石炭に代わる、新たなエネルギー資源。中東という日本には馴《な》染《じ》みの薄い地域で、利権を求めて戦っている。松島にとっては想像すらできない世界だ。

それに加えて革命とは。

「あまりにも……純粋な感じがするな」松島は、失礼にならないように感想を捻り出した。

「それに加えて、奥さんとのこともある」

「奥さんがどうかしたのか？」松島はふと、苦い物がこみ上げてくるのを感じた。この前の日曜日に倒れたみつは、まだ入院中である。間もなく退院できるとは聞いているが、国重の悲痛な表情を、松島は何度も目にしてきた。

「戦争中に、最初の息子さんを亡くされている」

「ああ」松島は、喉を締めつけられるような苦しみを感じた。「それは知っている」

「奥さんはそのことをずいぶん、義理の父上に詰られたらしい」

「病気だったんだぞ？　それに戦時中だし、どうしようもないじゃないか」

「戦後、二番目の息子さんも亡くなった」

「……そうだな」

「国重家にとって大事な跡取り息子が、二人も亡くなったんだ。自分がいない間に奥さんが責められたことで、親子の間でだいぶ激しいやり取りがあったらしいよ」

「しかし、もう亡くなってるじゃないか」

「確執は消えても、嫌な記憶は残るんじゃないかね」訳知り顔で竹田がうなずいた。

「それと、今の国重先生に何の関係が？」

「いろいろ複雑な人だ、ということだよ。それに国重さんは、お父さんの会社を引き継いでから、軍隊時代の自分の部下を何人も迎え入れている。要するに、罪滅ぼしみたいなものなんだろうな。普通はなかなか、そういうことはできない」

「それは分かるが……」松島は軽い苛立ちを覚えた。竹田はいつも、話が少しだけくどい。今も明らかに、本題に入っていなかった。

「国重さんは、政治家ともつき合いがある」

「それは知ってるよ」

「じゃあ、玉川っていう元代議士を知ってるか？」

「いや」

「しっかりしてくれよ。東京の代議士だぜ」

「俺は元々、東京の人間じゃないよ」

「俺もそうだけど、常識じゃないか」にやりと笑い、竹田がドアに背中を預けた。薄いドアが、ぎしりと嫌な音を立てる。「元外務官僚だ。戦後は、講和条約締結の時に活躍したらしい。昭和二十七年の総選挙で初当選したけど、三十三年の選挙で落選している。当選三回」

「で？」

「国重さんはこの人と、ずいぶん深い関係にあるらしい。選挙でも、だいぶ金を突っこんだようだ」

「そうか」選挙に金がかかる、というのは本当のことらしい。国重がそんな話をするのは聞いたことがなかったが。「で、その人がどうかしたのか？」

「いわゆる国士なんだ。日本が戦争に深入りしてしまったことに責任を感じている。そして戦後は、日本のあり方をずっと憂えてきたようだ」

「それは分からないでもない。今の日本は、何だか変な国だから」だからこそ、革命が必要なのか？　すっとそういう考えが出てきてしまったことに驚く。俺はいつの間にか、国重の考えに影響されていたのだろうか。

「本も書いてるんだ。初当選する前に出た本なんだけど、これが結構過激でね。こういう過激思想を持った人が当時の自由党から立候補して当選したのも、不思議な話だと思う」

「過激というのは、どういうことなんだ？」

「要するに、政治家は必要ない、と」

「政治家がいらない？　だったら国会もいらないってことか」

「ああ。実際、江戸時代には国会議員なんかいなかったわけだから」

「今は時代が違うよ」松島は呆れて肩をすくめた。

「しかしな……そんなにおかしな考えじゃないと思うぞ。官僚が全ての主導権を握って国を動かして、何か問題があるか？」

「官僚の仕事をチェックする人間がいなくなるだろう。戦争だって、官僚の暴走みたいなものだったじゃないか」軍人を官僚と呼べればの話だが。

「その辺も、玉川は本の中で対案を出しているんだ」

「まさか。議会制民主主義じゃなければ、共産主義か？」

「そうじゃないんだな。玉川は、私有財産の制限なんてことにはまったく言及してないんだ。政治と経済は分けて考える、ということなんだろう」

「……お前、その本、読んだのか？」

「斜め読みした」こともなげに竹田が言った。「どうも国重さんは、玉川さんの思想の影響を強く受けているらしい。というより、玉川さんが師匠で、直接薫陶《くんとう》を受けたんじゃないかな。そういう事情が分かったから、参考までに本も読んでみたんだ」

「で、どう思った？」

「うん……理屈は分かるんだけど、実現可能性は低いと思う。机上《きじょう》の空論だ」

「そうなのか？」

「国会議員をなくせば、民意を反映させる仕組みがなくなる。それに対して玉川は、国民投票によるチェックの仕組みを提唱している」

「国民投票？　官僚が打ち出した政策全てを投票で決めるのか？　そんなことをしてたら、実際には何も決まらないじゃないか。それこそ机上の空論だよ」話がどんどん非現実的な方向へ流れていく、と松島は呆れた。

「そうなんだよな……だから玉川は、全国民による投票の他に、もっと現実的な仕組みを提案している。例えば有権者の百人に一人とかの割合で代表者を選出して、その人たちに政策をチェックさせる、とか」

「それでも滅茶苦茶だな」松島は首を振った。確かにあまりにも実現可能性に乏《とぼ》しい。何十万人という人が、四六時中、政策のチェックに追われる——選ばれたら、自分の仕事や生活は放り出さざるを得ないだろう。

松島が呆れているのに気づいたのか、竹田が苦笑する。

「ま、俺の感想はともかく、一度読んでみたらどうだ？　ここの図書館にあるからさ。俺もそこで読んだんだ。国重さんの考えの基本が分かるかもしれない……でもお前、何でそんなことを気にするんだ？　何かあったのか？」

「別にそういうわけじゃない」松島は慌てて否定した。「ちょっと気になっただけだ」

「そうか」竹田が納得していないのは明らかだったが、この男は引くべきタイミングを心得ている。今突っこんでも、松島が何も言わないことは分かっているだろう。

玉川という男の思想……それが、国重の言う「革命」の基礎になったのだろうか。その言葉が持つ血塗られたイメージを想像し、松島は思わず身震いした。

『日本新時代のために』

それは灰色の表紙に黒い文字が浮かぶ、地味な装丁の本だった。竹田は用があると言って早々に引き上げてしまい、一人取り残された松島は、本を持って再び自習室に入った。細い窓から入ってくる陽光を頼りに、本を読み進めていく。

「歴史上、今日に至るまで、多くの政治システムが生み出され、試されてきたが、全てが不完全な代物《しろもの》だった。永続的な政治システムは未《いま》だに発見されていない」

「議会制民主主義は、議論に関して歴史のある欧米には適したシステムだが、元来議論を好まない日本においては、借り物の存在に過ぎない」

「共産主義は、既に失敗しつつある。共産主義が抱えているのは、本質的に政治ではなく経済の問題であり、人々が飢えるだけで、瓦解の芽が生まれる。今日、共産主義の理想を喧伝《けんでん》する人は枚挙に暇《いとま》がないが、そういう人は、実際には共産主義国家の実態を知らない。単にプロパガンダに踊らされているだけである。また、共産主義が内包する残酷さは、戦時中のソ連の行動により、ある程度は証明されたと言っていい」

「この際、政治と経済は分けて考えるべきである。今日、日本経済は急激な復興を遂げており、近い将来国際的な競争力を持つに至るであろうことは、想像に難《かた》くない。経済は、個人、企業の目標設定によって、自由に発展すべきである。政治は、危機的状況に陥った時以外には、経済に影響を及ぼすべきではない」

「日本人に最も合った政治形態は、実は共産主義である。ただし、共産主義の非人道的な実態、公平に見えて実は極めて不公平な実情を鑑《かんが》みた場合、絶対に日本に共産主義を根づかせてはならない。一番大事なのは、共産主義を換骨奪胎《かんこつだったい》し、平等主義だけを植えつけることだ。日本人には伝統的に平等の精神があり、これについては困難ではないと考える」

「政治システムについては、官僚を最大限に利用することを提唱したい。官僚とはすなわち、国家意思の継続である。政治家は選挙結果に左右され、永続的に国家の方針を定めることはできない。仮に交代可能な二大政党制が実現した場合、政権が交代する度に、国家の大方針は変わってしまうだろう。それは、永続的な発展を阻害する要因となりかねない」

「我々に必要なのは、官僚に存分に能力を発揮させると同時に、しっかり監視することである。優秀な官僚には、現在以上の経済的利得を与えても構わない。十分以上の金を与えれば、官僚は己の仕事にのみ、まい進するものである。当然、自分たちが国家を動かしているという自負心も芽生える。ただし我々は、このように絶大な権力を持つようになる官僚を監視するシステムを作らなければならない。それは、国民全員によるものでなければならず、いわば『賢人会《けんじんかい》』のような組織が必要となるだろう。この賢人会は、ただ官僚の不正の調査、弾劾《だんがい》にのみ責任を持つのが理想である」

「国家の方針を左右する重要政策に関しては、国民投票が必要になる。ただし、常に全国民が投票するのは負担が大きいので、選挙人の選定が必要になろう。これには一定の基準を設けなければならない。民度の低い国民の中から、アトランダムに選挙人を選んで、重要政策の可否を判断させるのは危険である」

読み進めていくうちに、目がしばしばしてきた。松島は椅子に背を預け、首を後ろに倒して目を閉じた。一見冷静で筋が通っているのだが、主張は相当過激である。こんなことが世間に受け入れられるとは到底思えない……やはり、実現可能性は限りなくゼロに近いだろう。玉川がこの本を書いたのは、外務官僚を辞して、政界に打って出る直前である。この本の存在は、世間には知られていなかったのではないだろうか。有権者が候補者について知る方法と言えば、新聞記事を読むぐらいである。もしもこの本がベストセラーになって、有権者が玉川の過激思想を知ることになったら、彼は一度も国会の赤絨毯《あかじゅうたん》を踏むことはなかったかもしれない。

過激であるし、理想も高過ぎる。

議会制民主主義の否定。それを旗印に掲げつつ、自らは選挙に出る。大いなる矛盾《むじゅん》ではあるのだが、何かを「やめる」時にも国会の判断が必要なのが、現在の政治の仕組みである。政治家を殺すために政治家になる——矛盾しているような、正しいような……しかしこれ以外に、玉川が主張するような政治体制を作る手は一つしかないのだ。

革命。

松島は、背筋に冷たいものを感じた。これは、「安保反対」を叫んで国会を取り巻くのとは、まったく次元が違う話である。国会を取り囲んだのは、無名の学生たちだった。そうではなく、それなりに地位と権力を持った人間が本気で社会改革を叫ぶ時、影響力ははるかに大きくなる。

もっとも選挙に落ちた玉川は、今や「ただの人」である。年齢的なことを考えると、これから政界に復帰して、自分の信じる政治体制に向けて尽力するのは難しいだろう。自分の理想を、国重に託したということかもしれない。

しかし何というか……全体にひどく子どもっぽい感じもする。松島はこれまで政治的な思想を一切持っていなかったが、社会経験の少ない自分たちの年代の人間だったら、こんな風に考えるのもおかしくはないだろう。極端に走る——それこそ若気の至りというやつだ。しかし、いい年をした大人たちが、真剣にこんなことを考えているとは。

本を閉じ、図書館を出る。いつの間にか午後も遅くなっており、構内に学生は少なくなっていた。頭を激しく殴られた後のような衝撃が残っている。

構内をふらふらと歩いて行くと、手書きの立て看板が嫌でも目に入る。「安保反対」「対米従属を打破せよ！」「自主独立国家・日本」……国重が言っていたのと同じようだ。だったら国重が「左」かというと、そんなことは決してない。

目指すところは同じでも、方法論が違う？　しかし、玉川や国重が想定する政治体制が出来上がったら、それは政治的に見て「右」になるのだろうか、それとも「左」なのか。あるいは、そういう既成の政治思想を乗り越えた、まったく新しい政治体制が出来上がるのだろうか。

分からない……しかし、国重は自分を求めている。いったい何をやらせようというのだろう。何のポリシーも持たない自分に、政治を語る資格などがあるとは思えなかった。単なる道具？　だとしても、自分に何ができるというのか。松島の専攻は、あくまで基礎化学である。これが政治に——革命に結びつくはずがない。

背後から、集団が迫って来る足音がする。振り返ると、道着姿の一団がランニングしている最中だった。空手部か……呑気なものだ。この連中は、安保も何も関係なく、ただ体を動かして楽しんでいるだけだろう。勉強だって、まともにしていないに違いない。そして特に得るものもなく大学生活を終え、就職して社会の歯車になる。自分の考えも持たず、ただこき使われて、三十年あまりのサラリーマン生活でくたびれ果て……この連中が——あるいは自分が社会の一線から引退する頃には、時代は二十一世紀になっているわけだ。二十一世紀……はるか未来のことに思えるが、実際にはあっという間だろう。

松島は学部を卒業してすぐに、本格的な研究生活に入るつもりだった。大学院に進み、そのまま大学に残って、一生を研究室の中で過ごす。大きな成果が生まれるかもしれない。それこそ、ノーベル賞に値するような……自分がノーベル賞を取るのと、国重の革命を成就させる確率と、どちらが高いだろう。

——どちらも同じぐらい低いか。日本は、そう簡単には変わらないはずだ。もう一度戦争が起きるぐらいの衝撃がなければ、全部をひっくり返すような改革は成就しないだろう。それでも、ノーベル賞よりは革命の方が簡単かもしれない。ノーベル賞は、研究に打ちこんだ人間が選ばれるものだ。自分で手を挙げて候補になるわけではなく、ある意味、主体性はない。しかし革命なら、自分からかかわっていける。

……まさか、な。いったい自分に何ができる？

もちろん松島とて、今の社会に不満がないわけではない。細かいことをあげつらえばきりがなく、苛立つことも多いのだ。しかし自分は、たぶんそういうことをずっと我慢しながら生きていく。自分以外の人も……何事も我慢するのが日本人の美徳なのだ。不満たらたらの声を上げる人間には、冷たい視線が突き刺さる。

だが、突き刺さったから何だというのだ？　松島はゆっくりと歩きながら、自分の卑《ひ》小《しょう》さについて考えた。結局自分は、早くに将来の目標と道程を決めてしまっている。そこに向かって努力することこそ大事だと、信じて疑わなかった。

しかし何も、自分の可能性をそうやって小さくまとめてしまうことはないのではないか？　今は政治の季節だ。理想に燃えて熱中する友人たちに比して、自分のこの考え、態度はやはりまずいのではないだろうか。将来、彼らと何十年かぶりに再会した時、胸を張って「あの頃は頑張った」と言えるだろうか。

国重からは、その後何も言われなかった。みつが倒れて、家の中がばたばたしていたせいもある。国重も、普段より忙しくしていた。会社の方では石油問題が佳境に入りつつあるようだし、暇があれば病院にみつの見舞いに行っていたから。意外な夫婦愛に驚きながら、同時に松島は少しだけほっとしていた。革命……やはり、話が大き過ぎる。自分がそれに正面から向き合うのは無理だと思った。

竹田からいきなり電話がかかってきたのは、週明けだった。夕食を摂った後の、午後七時半。ゼミの課題があったので、それを始めなければならなかった。しかし気が重く、お茶を啜りながら何となく先延ばしにしていた時に、電話が鳴ったのだった。

自分たち書生に電話がかかってくることなど、ほとんどない。夜に電話が鳴る時は、必ず国重への緊急連絡と決まっていたので、竹田から自分への電話だと気づいた時には驚いた。

「悪いけど、会えないか?」竹田の声は切羽詰まっていた。

「これからか?」

「忙しいのか」慌てて電話してきたにしては、竹田は遠慮がちだった。

「いや、大丈夫だけど……何かあったのか」

「ちょっと話しておきたいことがあるんだ」

国重さんのことか、と聞こうとして言葉を呑みこんだ。国重本人は不在だが、他の書生たちに聞かれたくない。

「急ぐんだな」

「ああ……あまり時間がない」

「分かった。どこにする?」

「三軒茶屋《さんげんぢゃや》でどうだろう」

竹田がすぐに提案した。二人の家の中間地点であり、今から出れば、三十分後には会える。

「それでいいよ」

「玉川《たまがわ》通りに遊技場があるの、知ってるか？」

「パチンコ屋と映画館の間だろう？」

「そこの前で会おう。じゃあ」

　普段は口数の多い竹田が、ひどく急いでいる。いきなり電話を切ってしまったので、松島は一人取り残されたような気分になった。財布だけを摑み、部屋を出る。雨が降っていた。梅雨時特有の、じっとりと体にまとわりつくような雨。靴がぐずぐずするのが嫌で下駄を履いてきたのだが、足が濡れて、足元から冷えこんでくる。

　三軒茶屋は、世田谷区内では一番の繁華街で、夜になってもまだ明るい。遊技場は、松島の記憶にあった通りに、「囲碁　将棋《しょうぎ》」の大きな看板を掲げている。隣のパチンコ屋の看板には「銀河」。そのまた隣は映画館だ。玉電《たまでん》が、ゆっくりと通り過ぎていく。

　竹田は先に来ていて、遊技場の前に立っていた。忙《せわ》しなく煙草を吸いながら、周囲が気になるのか、きょろきょろしている。そんなに心配なことがあるのだろうか。

「来たぞ」

「ああ、悪いな」暗いせいもあるが、竹田の顔色は悪かった。「トリスバーでも行かないか？　ここで立ち話も何だから」

「いいよ」基本的に酒は呑まないのだが、仕方ない。竹田には、深刻な相談事があるようだ。

竹田の方が、この辺りには詳しい。先導を任せると、玉川通りから狭い道路に迷わず入って行った。すぐに、映画館が二軒並ぶ通りに出る。今、映画は何をやっているのだろう、とぼんやりと看板を眺めた。最近、映画なんかすっかりご無沙汰だな……映画館の向かい側には、オートバイがずらりと並んでいる。車には興味がないが、オートバイがあれば便利だろう、とは思う。終電がなくなって、しばしば研究室に泊まりこんでしまうのだが、オートバイがあれば何時でも部屋に帰れる。研究室のソファで寝ると、どうしても翌日に疲れが残ってしまうのだ。そういえば、竹田は免許を持っていたはずだ……。

「そこでいいか」独り言のように言って、竹田が店に入って行く。

カウンターしかない小さな店だった。先客は、中年男の二人連れだけ。座り心地の悪い椅子に何とか尻を落ち着けると、竹田はこちらの意見も聞かずに、「ハイボール二つ」と注文した。トリスバーに来れば、他に頼む物もないのだが……肴《さかな》はピーナツだけ。もっとも食事の後で腹が膨れているから、ピーナツも邪魔なぐらいだ。ラジオでは、プロ野球の中継が流れている。

酒が出てくると、竹田が自棄《やけ》になったように半分ほどを一気に呑んだ。

「女にふられたか？」少しからかいたい気持ちになって、松島は言った。竹田は普段、こんな緊張した様子を見せることはない。

「まさか。ふることはあっても、ふられることはないよ」

「じゃあ、どうした」

「うん……実は、田舎に帰らないといけないようだ」

「甲府へ？　大学はどうする？」

「辞める、かな」

「何があったんだ？」松島は顔から血の気が引くのを感じた。竹田も、それなりの覚悟を持って東京に出て来た男である。大学を辞めるとなると、それ以上の覚悟が必要になるだろう。今まで使った金が、全て無駄になってしまうのだ。

「オヤジが倒れたんだ」手で包んだグラスにじっと視線を落とす。

「ええ？」酒に口をつけようとした松島は、思わずグラスを叩きつけるようにカウンターに置いた。「病気か」

「ああ、心臓で」竹田が自分の胸を右の拳《こぶし》で叩いた。

「無事なのか？」

「いや、危ない……危ないというのは、死ぬという意味じゃないけどな。仕事に復帰できるかどうかは分からない」

「そうなのか……」

逆に心配されるほど、自分は不安そうに見えているのだろうか、と松島は思った。それも仕方がない。たまたま身近な人が二人、立て続けに心臓の病気で倒れたのだ。病気の連鎖に、何かあるのでは、と思ってしまう。事情を話すと、竹田の顔も蒼くなった。「お前、そんなこと、一言も言ってなかったじゃないか」と松島を詰る。

「お前に言っても仕方ないだろう」

「そうかもしれないけど……」

竹田が煙草に火を点ける。カウンターの向こうに向かって煙を吹き出し、「変なことが続くな」とぼそりと言った。

「オヤジさん、深刻な症状なのか？」

「まあ……死にはしないよ。死なないけど、これから議員として活動を続けていくのは難しいかもしれない」

「引退するつもりなのか？」

「そうならざるを得ないんじゃないかな」

「で、お前が後を継ぐ？」

「それは無理だ。年齢的に、まだ選挙に出られない」竹田が力なく首を振る。

「県会議員の被選挙権も、二十五歳からだったかな」

「どうした」

「ああ……だからタイミング的には次の次になる。昭和四十二年だな」

「ずいぶん先の話だ」その時、自分たちは二十七歳。県会議員としてはずいぶん若いが、それでもまだ七年も待たなければならない。選挙の事情などは分からないが、仮に竹田が父親の後を継ぐにしても、間が空き過ぎていないだろうか。親の後を継いで選挙に出るなら、引退を表明した直後、というのが理想だろう。「竹田」の名前が七年間も選挙に出なければ、気紛《きまぐ》れな有権者は忘れてしまうはずだ。

「そうだな」

「だったら、大学を出る時間的な余裕ぐらいはあるじゃないか」

「そうなんだけど、商売のこともあるから」

「そうか……」

竹田の実家は、甲府で古くから続く造り酒屋である。父親の仕事はあくまで県会議員だが、酒屋の仕事もないがしろにしているわけではない。実家が酒の小売りをしているせいもあり、松島もその辺の事情は何となく知っていた。

「それは分かるけど、誰か他にやってくれる人はいないのか」

「いない。お袋はあくまで、店の手伝いをしていただけだし、急に人を雇うわけにもいかないんだ。杜氏《とうじ》はいるけど、経営にかかわれる人はいないんだよ」

「お前が造り酒屋の社長かよ……ウイスキーなんか呑んでる場合じゃないな」

「日本酒は嫌いなんだ」竹田が苦笑した。「必ず二日酔いするからな。そんな人間が、造り酒屋の後を継ぐっていうのも変な話だけど」

「で、どうするつもりなんだ？　本気で商売を継ぐのか」

「仕方ない」竹田が溜息をついた。「こういうもんだよ。血筋を絶やすわけにもいかないからな」

「その先は？　県会議員に落ち着いたら、国会議員にはなれないだろう」

「そんなこともないさ。もしかしたら、これはむしろチャンスかもしれない」自分を納得させるように、竹田がうなずく。「オヤジが元気だったら、いつまでも県会議員に居座るだろうな。まだ五十一歳だぜ？　本人は、七十まではやるっていつも言ってたから、俺が出て行く隙間《すきま》はないよ。甲府市議から始めるのも……何だか、オヤジに頭を抑えつけられてるみたいな感じがしないか？」

「だけど、いきなり代議士に打って出るのは、危険も大きいんじゃないか？」

「まあな……だから階段を上るようにするのが一番いいんだ。そのために、最初の一段は甲府市議じゃなくて山梨県会議員の方が、その後はやりやすいと思う」

「だったら、今回の件もマイナスにはならないわけか。オヤジさんが倒れたのを踏み台にするみたいで、嫌な感じかもしれないけど」

「政治の世界っていうのは、そういうものじゃないか」訳知り顔で竹田がうなずく。「とにかくオヤジが弱気になって、お袋もあたふたしちまってな。自分の親が、あんなに弱いとは思わなかった」

「だいたい、オヤジさんが倒れたの、いつなんだよ」

「土曜日。お前と会った後に急に連絡があって、慌ててその日のうちに甲府へ戻ったんだ。で、週末はずっとオヤジの側《そば》にいて、お袋とも話して……甲府へ戻るのが当然、みたいな流れになっちまった」

「しかし、あのオヤジさんがね……」松島はハイボールを一口呑んだ。きつい炭酸が口の中で弾《はじ》け、目が覚めるような思いを味わう。普段呑まないので、いきなり酔いが回ってきたようだった。

松島は、何度か竹田の父親に会ったことがある。一言で言えば豪快な男だった。あの年代の人間にしては体が大きく、腹が突き出ているのに太った感じがしない。よく笑い、大声で話をし、自分の家で作っている酒を湯呑《ゆの》みで水のように呑む。山賊の親分のような雰囲気もあったが、背広を着るとまた印象が変わった。何となく、腹に一物《いちもつ》ある感じがするのだ。田舎の政治家はそういうものかもしれないが、どこか胡散臭い印象があったのも確かである。

「お前、それでいいのか?」

「まだちゃんと返事はしてないんだ。東京でやりたいこともあるしな。田舎へ帰れば、少しだけ夢を捨てることになるかもしれない」

「そうなのか？」

竹田が溜息をついた。

「俺は、最年少の国会議員になりたかったんだよ。そのためには、大学を卒業してからもずっと東京にいるべきなんだ。実力のある政治家のすぐ側《そば》で勉強するのが、一番近道だと思う」

「分かるよ」

「田舎だと、情報が遅いからな。東京と甲府は遠いよ……」頬杖《ほおづえ》をつき、ずっと灰皿に置いたままだった煙草を揉み消す。すぐに新しい煙草に火を点け、盛んにふかし始めたが、すぐに飽きてしまったようで、灰皿に強く押しつける。煙草が折れ、暗い茶色の葉が灰皿の中に散らばった。ハイボールを一口。小さく溜息を漏らし、静かに目を閉じた。

「疲れてるな」松島は同情して言った。

「考えただけで疲れるよ……なあ、やりたいこと、やるべきことは、なるべく早くやっておかないといけないよな」

「どういう意味だ？」

「自分の意思と関係なく、外的な要因で、やりたいことがやれなくなる時もあるだろう」

「そうだな」自分の場合も、他人事ではないと思う。実家の商売は兄が継いでいるが、この先何が起きるかは分からないのだ。

「お前は、研究室に籠りっきりになるなよ」

「どうして」

「お前がやろうとしているのは、基礎研究だろう？　大事なことだけど、それだけやってたんじゃ、世の中が見えなくなるぞ」

「世の中の動きは、俺の研究には関係ないじゃないか」それまでの主張を繰り返すしかなかった。今まではだったらそれが本音《ほんね》だったが、今は自分が偽善者のように感じられる。

「基礎研究っていうのは、将来的には応用されて、人の役に立つわけだろう？　自分の研究がどんな風に使われていくのかが想像できないと、何のために研究しているのか、分からなくなるんじゃないか。そのためには、世間を見ておかないと」

「それはそうだけど……」

「俺たち、嫌でも社会とかかわって生きていかなくちゃいけないんだから」

それが革命なのか？　まさか。未だに現実味がない話である。しかし、いい大人である国重が、そういうことを冗談で考えているとは思えない。そして、自分にとって社会の窓といえば、国重なのだ。国重を見て社会を知る……それはあくまで社会の一面だけかもしれないが、窓が開いていないよりはましではないだろうか。

6

夏。

松島は久しぶりに実家へ戻った。とはいっても、わずか一週間の夏休みである。大学での実験は相変わらず忙しいし、国重の妻、みつの容態《ようだい》が上向かないのも気になっている。国重は「君たちが気にすることではない」と言ってくれたのだが、その言葉に甘えるわけにもいかない。国重はみつに気を遣って、家に手伝いの人間を入れようとしなかった。そのため家事を書生たちで回しているので、相談して、夏休みも順番で取ることにしたのだ。結局、その後国重から「革命」の話は一切聞いていない。彼にしても、それどころではないのだろう。ほっとする反面、重大な問題を先送りにしている、という後ろめたさもあった。自分から話し出せば、国重は喜んでくれるかもしれないが、踏ん切りがつかない。研究と政治活動の両立……自分に、それほどの時間と精神の余裕があるとも思えなかった。

それでも実家に戻っている時だけは、自分に甘えを許すことにした。特に何をするわけでもなく、毎日遅くまで寝て、あとはだらだらと本を読んで過ごす。もっとも、ただ文字を追っているだけで、中身は頭に入ってこなかった。

里帰りしていた竹田や地元の友人たちと会った時にも、何となくぼんやりとした気分のままだった。竹田にも「友だちと会っている時ぐらいしっかりしろ」と注意されたが、どうしても集中力が続かない。だいたい、集中しなければついていけないような話題が出ているわけではなかった。基本的に、どうでもいい昔話ばかりだ。同時に高校を卒業した仲間の多くは、地元に残って就職している。現在の話をしても何となくピントがずれてしまうので、どうしても高校時代の想い出話になりがちだった。しかし今は、彼らの方が自分よりもはるかに輝いているようだ、と後ろめたい気持ちになる。働き、自分で金を稼ぐ……自分は人の世話になりっ放しで、将来がどうなるかも分からない。

料理屋の二階で開かれた宴会で、松島はずっと、後ろめたい気分を味わっていた。会話も弾まず、竹田にどう言われても、次第に自分の殻の中に閉じこもってしまうのを感じる。

宴会が始まって三十分、早くも苦痛を感じ始めた時、空気が一変した。階段を駆け上がる音が響き、その直後、甲府市役所に勤めている奥脇《おくわき》が、転がるように部屋に入って来たのだ。

「大変だ！」

「お前はいつも大袈裟なんだよ」

竹田が茶化すと宴席に笑いが広がったが、奥脇の真剣な表情は崩れなかった。額は汗で濡れ、色の抜けた唇は震えている。いち早く異変を感じ取った松島は、「どうした」と低い声で訊ねた。

「堀内《ほりうち》が……自殺した」

一瞬、完全な沈黙が部屋に満ちた。自殺、という言葉がゆっくりと松島の頭に染みこんでくる。自殺？　どうして？　何であいつが？　次々に疑問が浮かんだが、それが言葉にならない。いつの間にか、自分がぽっかりと口を開けていることに気づいた。慌てて唇を引き結んでから、何とかまともな質問を発しようと思った。その矢先、その場にいた十五人ほどの同級生が一斉に口を開く。

「自殺ってどういうことだ」

「場所は」

「どうして自殺するんだ！」

自分の知りたいことは、他の人間が全部口にしてしまった。奥脇は仁王立《におうだ》ちしたまま、何も答えられない。突然全身の力が抜けたように、膝から畳に崩れ落ちた。

「分からない……死んだとしか……さっき、あいつの弟から連絡があったんだ」

馬鹿な。家族から話があったといっても、松島はまだ信じられなかった。堀内は、松島と同じように東京の大学に進んだ同級生である。母校が県内随一の進学校といっても、大学へ進むのは卒業生全体の二割から三割。それ故東京の大学へ進学した人間の間には奇妙な連帯感があり、卒業後も何かと連絡を取り合うことが多いのだが……松島は、卒業後にいたことがある。

堀内と一度も会ったことがなかった。ただ風の噂で、学生運動にのめりこんでいる、と聞
「もっと詳しいことは分からないのか」竹田が苛立った口調で訊ねる。高校時代に生徒会長も務めた竹田は、こういう集まりでも自然とリーダー格になる。

「いや、とにかくそれしか聞いてないんだ」言い訳するように奥脇が言った。

「分かった。だったら家に行ってみよう」竹田が早くも立ち上がる。呆然《ぼうぜん》としていた松島を見下ろし、すぐに声をかけた。「お前も来てくれ」

「どうして」

「とにかく、来い！」大声で言うと、松島の腕を引っ張って強引に立たせる。

何で俺が……と思いながら、松島は竹田に引っ張られるまま、階段を下りた。かなり速いペースで呑んでいたはずの竹田からは、アルコールの気配が感じられない。一気に酔いが醒《さ》めた、ということか。そのまま店を飛び出さず、竹田は一階の奥の方で、店員となにやら交渉していた。やがて出て来ると、「バイクを借りた」と一言。

「バイク？」

「奴の家は、ここから遠いだろうが」

外に出ると、竹田は店の前に停まっていたホンダのベンリィにキーを差しこんだ。後端部が垂直に切り立ったタンクと、随所に赤が使われた派手なデザインが目につく。ハンド

ル位置はぐっと低く、乗る時は前傾姿勢を強いられそうだ。竹田がシートに跨《また》ってキックペダルを踏み下ろすと、すぐにエンジンに火が入り、野太い音が周囲に響き渡る。一、二度アクセルを吹かすと、松島を見て「後ろに乗れよ」と声をかけた。

「お前、酒呑んでるじゃないか」

「そういう問題じゃない。お前は運転できないだろうが」

今は緊急時だ。後ろめたい気分はあったが、仕方なくシートに跨る。竹田はすぐに、バイクを発進させた。体を揺さぶる振動はすぐに消えて、エンジンが甲高い金属音を立てる。体が後ろに置いていかれそうになる強烈な加速に、松島は思わず竹田の胴にしがみついた。むき出しの腕を、熱い風が叩いていく。

しかしどうして……ぼうっとしていると危ないと思いながら、意識は堀内のことに向かってしまう。堀内は陸上部での活動と勉強を両立させ、現役で大学に合格した。松島は、高校の卒業式で会ったのが最後である。その時は、「大学に入ったらまた陸上をやる」と明るい表情で言っていたものだ。それがいつの間にか、安保反対運動に巻きこまれて……本人としては、積極的に参加したつもりかもしれないが、堀内の大学は、特に安保反対運動に熱心な学生が多かった。いつの間にか運動の中にいたのではないだろうか。

竹田と話したかったが、エンジン音と風を切る音が激し過ぎて、会話は不可能だった。とにかく早く家に着いてくれ……竹田の運転は乱暴で、無理矢理トラックを追い越した際には、対向車線のオート三輪と正面衝突しそうになった。肝《きも》を冷やして、ステップに乗せた足に力を入れてしまったが、竹田は気にする様子もなく、スピードを緩めようとはしない。奥歯を嚙み締めて恐怖を押し殺し、松島はバイクと一体化しようとした。とにかく早く……何があったのか、一刻も早く知りたい。

葬式の準備が進んでいるだろう、と松島は想像していた。しかし実際には、身延《みのぶ》線の南甲府駅近く、国道二〇号線の側にある堀内の自宅は静まり返っていた。雨戸が閉ざされ、人の気配が感じられない。竹田がオートバイを停め、エンジンを切った瞬間、不気味な静けさがその場を支配する。蟬の声さえ聞こえない。

オートバイを降りても、体全体が痺《しび》れた感じがまだ残っていた。竹田も同じようで、その場をすぐには離れず、両手をぶらぶらさせている。痺れているわけではなく、家に入《はい》り辛《づら》いので時間稼ぎをしているようだった。

「行こう」いつまでも待っていられない。松島は先に歩き出した。

「ああ」竹田の声は暗い。

「行かないと」

「分かってる」

どんな時でも先頭を切る竹田なのに、さすがに言葉も動きも鈍い。仕方なく、松島は自分が先に立って、玄関の前に出た。ノックしようかと思った瞬間、ドアが開いて、堀内によく似た若者が顔を見せる。あまりにも似ていたので、堀内本人ではないかと思ったぐらいだったが、すぐに彼の弟の浩次《こうじ》だと気づく。

「松島です」

「ああ……すみません」浩次は、それほど取り乱した様子ではなかった。「ええと、はい、松島さんですよね」

「どこかで会ったかな？」

「一度、遊びに来てくれましたよね……卒業式の前に」

そうだった。昨年の早春、竹田も含めて進学組の生徒たちは、互いの家をよく訪問し合った。東京という見知らぬ街について、情報交換するために。わずかな不安と、それをはるかに上回る高揚。真面目に話していても、いつの間にか盛り上がって、酒盛りになってしまうのが常だった。堀内の家でも、親に隠れてこっそり酒を呑んだのを思い出す。

「何が起きたんだ」兄そっくりの顔を見ながら、松島は軽い目眩《めまい》を感じていた。

「よく分からないんです。今朝、急に……」左腕を持ち上げて時計を見た。「七時ぐらいでした」

「それがどうして、今になって……」宴会は午後一時過ぎから始まった。今は午後二時。連絡が回ってくるのが遅過ぎる。

「いろいろあったんです」浩次の顔が暗くなった。「医者を呼んだり、警察が来たり……」

「ああ」松島はぼんやりと言った。それはそうだろう。人が死ねば騒ぎになる。それが自殺となれば、後始末も大変だろう。「それなのに、連絡してくれたのか」

「ええ、昨夜、『明日は宴会だから』って楽しそうに言ってたんで」

松島は思わず顔をしかめた。今日の会合を楽しみにしていた？　それなのに自殺した？　昨日の夜に、死ななければならないほど嫌なことがあったのだろうか。

「会えるかな」

「いいですけど……ちょっと待って下さい」浩次が家の中に引っこんだ。後ろから腕を引かれ、振り返る。竹田が蒼い顔をして立っていた。

「本当に会うつもりなのか？」

「当たり前じゃないか。これがお別れになるんだぞ」

「いいけど……俺は、死体は……」

「死体なんて言うな」松島はぴしりと言った。「俺たちは堀内に会うんだ」

「……そうだな」竹田の方こそ、死人のように見えた。声も消えそうだった。「俺、あいつがどうして死んだか、たぶん分かる」

「どうして」

「手紙が来たんだ。あいつは、安保に殺されたんだ」

「どういう意味だ」松島は体の向きを変え、竹田と相対した。

「あいつが、安保反対の運動をやってたのは知ってるだろう？　自然成立して何日かしてから、手紙が届いて……」

「自殺するとでも書いてあったのか」

「そうじゃないけど」

父親の浩太郎《こうたろう》が顔を出したので、それ以上説明を聞くことはできなかった。痩せぎすの体は、今にも折れてしまいそうに見える。

「松島です、あの……」

「分かってる。わざわざ来てもらって申し訳ない。でも今日は、このまま帰ってもらえませんか」

思いもかけない言葉に、松島は唖然《あぜん》として浩太郎の顔を見た。すぐに思い直して言葉を継ぐ。

「会わせて下さい。お別れしたいんです」勇気を振り絞って申し出た。

「それは……葬式の時にして下さい。今は、会わせたくない」

そんなに酷《ひど》い死に方をしたのか。首を吊ったのではないかと松島は想像したのだが……酷い死に方となると、どんな感じなのだろう。まさか、腹を切ったとか？　古風で生真面目な堀内には、そういう武士のような死に方が合っているような感じがする。

冗談じゃない。死に方に、合っているも合っていないもない。

「会わせて下さい。これが……最後なんですよ」

「申し訳ないが、もう少し家族の時間をもらえないだろうか」

松島は思わず言葉を呑んだ。家族の時間……家族だけのお別れの時間。しかし、そう言われて引き下がるわけにはいかなかった。短い夏休みを、堀内の葬儀で終わらせるわけにはいかない。そういう場では、家族からきちんと話を聞くことはできず、疑問だけが残ってしまうだろう。

「どうして死んだんですか。それだけ教えて下さい」無礼な態度だとは分かっていたが、どうしても聞かざるを得なかった。

「安保に殺されたんだ」

竹田と同じような説明——松島は歯を食いしばった。俺が知らない間に、いったい何があったのだろう。

父親はすっと息を呑み、静かに話し始めた。彼自身、まだ気持ちの整理がついていないようで、言葉が前後したり説明が矛盾したりしたが、それでも大筋は理解できた。

大学入学後、学生運動に身を投じた堀内は、安保反対運動が広まる中、活動を激化させた。六月十五日のデモにも参加し、樺《かんば》美智子《みちこ》が死んだ現場のすぐ側《そば》にいたという。

堀内は連続的に衝撃に襲われた。樺美智子の死。安保条約の自然成立。その後の、左翼勢力の四分五裂。短い時間に様々なことが起きて疲れ果て、七月になって甲府へ戻って来ていたのだという。しかし家族とはほとんど話もせず、部屋に引きこもったままだった。

「あいつは、おかしくなった。学生運動なんか始めなければ、こんなことにはならなかったんだ」浩太郎が吐き捨てるように言った。

「分かります。でも、あいつにはあいつなりの理想があって、頑張っていたんじゃないですか」まったく学生運動に縁のない自分がこんなことを言っても、言葉は上滑りするだけだ――それは分かっていても、松島は言わざるを得なかった。

「理想なんかで飯は食えない。人を傷つけ、自分も傷つけて……社会に向き合うなら、もっときちんとした手があるんだ」

「堀内は、真面目に考えていました」突然、竹田が割りこんできた。「あいつとは、大学へ行ってから、何回か話したことがあります。すごく真面目に、日本の将来のことを考えていたんです」

「考えるのは大事だ。でも、それと実際の行動との間に乖離《かいり》があったんじゃないのか。デモなんかでは、何も変わらない。あいつは……あいつらは、世の中の仕組みを何も知らなかったんだ。下らない話だ」

「堀内が死んだのに、下らない、はないでしょう！」

激昂《げっこう》した竹田が詰め寄る。松島は慌てて彼の腕を引き、下がらせた。父親に喧嘩《けんか》を売ってどうするんだ……浩太郎の顔は紅潮していたが、すぐに普通の顔色に戻った。

「私の教育が悪かったんだと思う」浩太郎が元気なく認めた。「自分の考えだけを押しつけてきた……アメリカを、現政権を悪だと教えこんだのが、ずっと頭に残っていたんだと思う」

松島は言葉を失ってしまった。浩太郎は、松島たちの母校とは別の高校で数学を教えているが、おそらく日教組で精力的に活動しているのだろう。堀内が、子どもの頃から散々政府批判を聞かされていてもおかしくはない。このままではいけない、間違ったことは間違っていると断じて、世の中を変える努力をしなければ……と堀内は密かに信じるようになったのではないか。

自分に、そんな真っ直ぐな感情があるだろうか。

もちろん松島も、人の役には立ちたいと思う。見えにくいかもしれないが、自分の研究が社会を下支えするものになるのは間違いない。でも、それだけでいいのか？　研究室に籠って、実験を繰り返しているだけで……この社会は、そして政府は間違っている。それは疑いない。そうでなければ、何十万人もの人間が国会を取り囲むわけがないのだ。

まったくふいに、松島は悟った。政治に絶望し、仲間に絶望し、自殺を選ぶような若者がいる国――そんな国が正しいわけがない。もちろん、堀内にも間違いはあっただろう。デモは市民運動の基本の基本だが、それでは何も変わらない。政府側に、傷ついた人間は一人もいないのだ。岸は首相の座を降りたが、それで政治生命を絶たれたわけではない。自民党支配はこのまま続き、対米従属方針も変わらないだろう。何をやっても無駄だということに気づかず、今後も傷つく若者は跡を絶たないはずだ。

何かが間違っている。たぶん、やり方が。

もしかしたら俺は、一番効果的なやり方を手に入れられるかもしれない。人を傷つけずに、確実に世の中を変える方法を。

そのためには、国重について行くしかないだろう。

間の悪いことに、ベンリィは店に帰り着く直前でパンクした。仕方なく、二人で押しながら歩いて行く。二人を軽快に運んでくれたオートバイは、今や鉄の塊に過ぎない。八月の炎天下、オートバイを押して歩くのは、苦行以外の何物でもなかった。すぐに汗が噴き出し、シャツが素肌に張りつく。二人とも、一言も喋らなかった。後ろからシートを押す松島は、腕と脹脛《ふくらはぎ》に緊張感を覚え始めた。何となく、これが天罰のような気がしてくる。堀内の死は防げたのではないか……疎遠にならず、積極的に連絡を取り合っていれば。

ようやく店にオートバイを返した。既に宴会は終わっているだろう。それとも皆、まだ残っているだろうか……竹田が店の壁に背中を預け、溜息をついた。

「お前が貰った手紙には、何が書いてあったんだ」松島は、ずっと気になっていたことを訊ねた。

「基本的には文句ばかりだった。政府への文句、安保闘争への文句、仲間への文句……あいつ、がっくりしてたんだよ。一番嫌だったのは、安保が自然成立して、仲間の気が抜けたことだったようだ。まだ終わっていない、始まったばかりなのに、ああいうのはない、とね」

　確かに……安保闘争は、途中から岸政権に対する倒閣運動の様相を呈《てい》していた。一国の首相をその座から引き摺り下ろせれば、本来の目的を離れてしまっても、ある種の達成感を覚える人間は少なくなかったのだろう。

「あいつ自身も、魂が抜けたみたいになったのかもしれない……あいつ、留年したんだぜ」

「本当か？」

「一年目から、大学にほとんど行ってなかったんだ。それをオヤジさんからあれこれ言われていたようで、それもたまらなかったんだろうな」

「ああ」日教組の活動家であったとしても、浩太郎は「教師」である。学生の本分を果たして、その上で活動するのが正しい、とでも思っていただろう。

「何だか、いろいろ面倒になってきたな」竹田が溜息をつき、煙草に火を点ける。

「ああ」

「俺、やっぱり甲府に戻ることになりそうだ」

「オヤジさん、難しいのか？」

「すっかり弱気になっちまってさ。夏休みの間に、酒屋の仕事もちょっと見てみたけど、何とかなりそうだ。酒を造る方は、専門の杜氏がいるし、俺は金の計算だけしていればいいんだよ。どうせやるなら、そのうちちゃんとした会社組織にして、俺がいなくても回るようにしないと。そうじゃないと、政治なんかできないからな」

「県会議員の選挙には出るつもりなんだな？」

「七年後にな。それまでに、会社の方はちゃんとしておくよ……しかし、変な感じだな」

「何が」

「俺、体制側の人間になるんだよ。政治家になるってことは、まさにそういうことだろう？　今後、安保闘争みたいなことがあるかどうかは分からないけど、堀内のような奴に突き上げられる立場になるかもしれないんだな」

うなずいた。政治を動かす……それは紛れもなく体制側の仕事だ。竹田が体制の中に取りこまれても、そこから引き下ろされる恐怖を感じることはあるまい。日本の反体制勢力に、権力をひっくり返す力はない。政治家は、選挙の心配だけしていればいいのだ。

それで安楽に、今の政治を守っていけばいいのか？　自分たちの立場を保つことだけに拘泥《こうでい》し、民衆のことを考えずに……本当は官僚に操られているのに、操っているように勘違いしたまま、お山の大将になっていていいのか？　自分には、竹田のようなことはできない。地盤も金もなく選挙に出るなど、絶対にあり得ない。だが松島は急激に、この世の中に対する不満が高まるのを意識していた。理想に絶望した若者が権力によって逮捕されたり、自殺に追いこまれたりするような社会……この背景に何があるのか探り、変えていかなければならないのではないか。

変える。一気に。最も効果的な手段で。

7

「三楽荘《さんらくそう》」と名づけたその別荘に、国重は特別の想いを抱いている。

そもそもは、戦前に帝国議会議員を務めていた祖父が所有していた土地で、一族が夏場を過ごすための別荘が建っていた。祖父が亡くなり、戦後人手に渡っていたのを、国重が五年前に買い戻したのだ。だいぶ足元は見られたが、そんなことは大した問題ではない。金で買えるなら、何を悩むことがあるだろう。今、この程度の買い物は、国重にとっては痛くも痒《かゆ》くもない。

三楽荘は、前橋市の中心部から赤城高原《あかぎこうげん》へ至る道の途中にある。民家が消え、本格的な山道が始まる直前だ。人の世界の果て、という感じがして、国重はそれも気に入っている。周辺は鬱蒼《うっそう》とした森で、子どもの頃には、鹿やイノシシをよく見たものだ。子ども心には、鹿の方が怖かった。あの目……やたらとつぶらで大きな目は、まるでガラス玉のように見えた。生きた動物の目が実はガラス玉だったら、と想像してぞっとしたのを、今でも覚えている。

さすがに最近は、鹿が出るようなことはない。自動車が増えたせいではないか、と国重は疑っていた。日本全土に広がりつつあるマイカーブームのためか、最近は山に近いこの辺りも、排ガスで空気が汚れている。これでは鹿もイノシシも驚いて、山奥に引っこんでしまうだろう。

国重は、三楽荘の広い部屋に集まった六人の顔を見渡した。自分を入れて七人。今、これ以上は望むべくもない仲間たちである。スポンサーの赤坂と、思想的な師である玉川は、この会には参加させない。あくまで外側から応援してもらうつもりである。機密を守ると同時に、何かあった時に迷惑をかけないためでもあった。もしも自分たちが失敗して、彼らの名前が表に出たら、日本の政治・経済・社会に少なからぬ影響が出る。国重には、彼らを守る義務があった。もちろん、失敗する前提で計画を進めるつもりはなかったが、万が一を考えずに突進するだけでは戦争は勝てない。国重はその原則を、満州で散々学んだ——痛い目に遭い、部下を何人も亡くした後で。

松島。松島の大学の先輩で、製薬会社に勤める原《はら》。軍隊時代の部下で、戦後は商社マンに転じて世界各地を飛び回ってきた岩城《いわき》は、荒巻と同じように自分に忠実だ——今でも。弁護士の岩本《いわもと》。法務官僚の満井《みつい》。元日本社会党職員で、国会議員を目指して浪人中の小森《こもり》。荒巻は部屋の外に控えている。岩城と同じ軍隊時代の部下ではあっても、今は自分の会社の社員である。万が一の時のために、距離を置いておきたい、という気持ちもあった。手伝わせるが、一切話は聞かせない——少なくともしばらくの間は。

国重は立ち上がった。自分が最年長で、その次は岩城、続いて弁護士の岩本と小森になる。その三人にしても、まだ四十歳にならない。松島と原、それに満井は二十代であり、全体に若い顔ぶれだった。

「総理大臣になりたい人間は、この会から出て行ってくれ」国重は第一声で、いきなり爆弾を落とした。その目は、小森に向いている。社会党の職員——党生え抜きの人材なのだが、党の正式な了承を得ないまま前回の総選挙に強引に立候補して、落選した。その後は社会党にも戻れず、浪人生活を続けている。本人曰く、「社会党の政策は生ぬるい。本気で政権を取りにいく気概がない」。その心意気は分かるが、少し前に出過ぎる、というか周りの状況を鑑みないで暴走する悪癖がある。

「議会制民主主義は限界ですよ」にやにや笑いながら、小森が首を振った。「私はもう、夢を見ていません」

「結構だ。あなたが今まで考えていたような政治は、我々の目指すものではない」

「承知していますよ。それが分かっていなければ、私はここにはいない」

うなずき、もう一度一人一人の顔を見渡す。最年少の松島は、まだ緊張しきっている。体を固くしたまま座り、お茶にも一切手をつけようとしない。それにしてもこの男は、どこで気持ちが固まったのだろう。妻が突然倒れたこともあり、この件についてはしばらく話をしてこなかったのだが、ある日いきなり「国重先生と一緒にやらせて下さい」と申し出てきたのだった。夏の終わり……短い夏休みの間に、何かあったのかもしれない。本気だということは、目を見ればすぐに分かったが。

「ではここに、正式に『七《なな》の会』の発足《ほっそく》を宣言する……昭和三十五年九月二十四日、午後九時五分」

拍手も賛同の声もなし。これはあくまで儀式であり、既に全員が意識を共有しているのだった。国重はゆっくりと腰を下ろし、両手を広げてテーブルの上に置いた。思い直して茶を一口飲んで口を湿らせ、話を続ける。

「今さら言うまでもないが、我々の目標は新たな政治体制の確立である。議会制民主主義の呪縛《じゅばく》を脱し、官僚主導、国民総参加型の、これまでに例のない直接民主主義を目指す。これは、古代ギリシャの伝統を現代に蘇《よみがえ》らせるものであり、国民全員が深い政治意識を持つように、努力しなければならない。国内政治に関しては、この理念を最重要課題として、必要な法整備、組織の整備を進めていく。当然、現行憲法は廃棄し、新たな憲法制定を目指す。現在の屈辱的な対米従属状態からの脱却を狙い、完全なる独立国家を確立するのが、まず第一の目標だ。外交的には、アジアの東端という特殊な地政学的状況を念頭に置き、バランスの取れた国際国家を目指していく。日本が資源を持たず、今後は特に中東からの原油に頼らないと、産業が成り立たないのは明白である。この線を守るためには、不要な争いは避け、各国家の共通の利益を探る中でバランスを取っていくことが重要だ。対米、対中、対ソ連外交に関しては、是々非々《ぜぜひひ》で対応していく。間違ったことに対しては、断固拒否する姿勢を貫くのが基本で、そのために自衛隊はより戦力を充実させていく必要がある。ただしこれは、戦前の帝国主義とはまったく意味合いが違い、完全に自衛のためのものだ。そこを世界に向けて宣伝していかないと、また味方を失うことになる。戦前の失敗を、二度と繰り返してはならない。我々は政治的なアジアの盟主を目指すのではなく、精神的、経済的なリーダーとなるべきなのだ。そのためには、企業の国際的な活動を今以上に重視し、後押ししていかなければならない。企業活動を妨げるような法律、行政は全て改め、政府機能は最小限に止めたい。外交と防衛に専念させるのが理想であり、地方自治体への権限委譲を積極的に進めていかなければならない。法律面の細部に関しては、今後岩本君と満井君の主導で、理論を詰めていく」

一気に喋って言葉を切り、また全員の顔を見回す。温度差があった。松島は緊張したまま。原は少し不安気。岩本と満井は、弁護士と官僚という仕事柄か、極めて真面目で冷静な表情を浮かべていた。ただ一人小森だけが、自信ありげに薄く笑っている。まあ、いい……全員が同じ表情、同じ反応をしたら、軍隊と同じだ。基本的な意思の統一だけできていれば、後は自由にやってもらっていい。

「今後、連絡網に関しては電話を使う。証拠が残る可能性のある手紙や電報は、極力避けること。また、全員で顔を合わせる場合、場所は必ずここだ」人差し指を下に向ける。「毎月最終土曜日の夜、ここに集まって勉強会と打ち合わせをしたい。当面、この予定を崩すつもりはないから、何があっても集まるようにしてくれ。一人でも欠けた場合、その回は何もせず、その場で解散する。強制的なのは、私がこの件を極めて真面目に捉《とら》えている証拠だと考えてくれ」

「欠席は許されない、ということですね」小森が確認する。

「その通りだ。諸君らも、そういう覚悟でここに集まってくれていると思う」

「当然です。今の政治は葬り去らなければならない」小森が調子を合わせた。

国重は、この男に少しだけ危険な香りを感じていた。調子のいい人間は、あっさり裏切ることがあるのだ。そして敵側に寝返れば、向こうでも調子のいい話をする。しかも蝙蝠《こうもり》のように行ったり来たりを繰り返す恐れがあり、集中して監視していかねばならない。山っ気があるのも気がかりだ。ただし、政党職員として豊富な経験を重ねてきたこの男は、与野党問わず、パイプと情報源を持っている。これは、七の会にどうしても必要なものだった。

「国重さん、一つだけはっきりさせて下さい」小森が急に口調を変えて質問した。「七の会の目標達成のために、どうしても知っておかねばならないことです」

「どうぞ」

「我々はこれまで、国重さんと個別に話をしてきました。その中で、全員が――」ぐるりと周囲を見回す。「革命という言葉を聞いているはずです。それは実際には何を意味するのですか？　たとえ犠牲者が出ても、現在の政治体制を崩壊させる、という意味ですか」

「血は流さない」

「それで革命ができると？」

「血が流れる恐怖感があればいい」

「意味が分かりませんが」小森が目を細めた。

「東西冷戦の現状について、君はどう分析する？」

「冷戦……」小森が眉をひそめる。「米ソの争いが、我々に何の関係があるんですか」

「冷戦の肝は何だと思う？　核兵器だ。あんな物が実際に使われるとは思わないが、持っているだけで、大きな力になる。存在だけで、十分過ぎるほどの戦力になるわけだ。それは理解してもらえると思うが」

「ええ」馬鹿にされたと思ったのか、小森が少しだけ表情を硬くした。

「片方だけが大量殺戮《さつりく》兵器を持っていたらどうなる？」

「……やりたい放題でしょうね」

「使わなくても問題ない。そこにあるだけでいい」

「その通りですね……しかし、我々は核は持てませんよ。仮に持てても、使うことはできないでしょう。どうするんですか？　東京の真ん中で爆発させる？　そんなことをしたら、関係ない人間まで大勢死ぬことになります。それは、我々が目指していることとは違いますよね」

「そうだな」国重は、顎が胸につくほど深くうなずいた。

「革命と言えば武器、かもしれません。でも、核に匹敵するような兵器を持つのは不可能です。徒手空拳《としゅくうけん》のまま、無血《むけつ》で革命を成し遂げるつもりなんですか？　それは机上の空論でしょう」

「武器は手に入れる」国重は両手を組み合わせ、テーブルに置いた。「極めて効果的な武器だ」

「それは何ですか」小森はまだ、疑っている様子だった。

「これから研究する」

「何だ」小森が両手を広げ、呆れたように言った。「それではやはり、机上の空論じゃないですか」

「戦時中、日本軍の技術力は、実際にはどの程度だったと思う？」

「それは……私には分かりません。ただ、戦争に負けたんだから、世界に誇れるものではなかったはずですよね」

「技術力――発想力については、決して他国の後塵《こうじん》を拝するものではなかったと思う。問題は、それを具体化させる予算と人手がなかったことだ。十分な時間と金があったら、日本はあの戦争に勝てたかもしれない」

「それは歴史のイフ、ですよ。もしも――と仮定するだけなら誰にでもできます」小森の声からは熱が消えていた。

「表沙汰《おもてざた》になっていなかった研究もたくさんあったんだ。当然、君も知らないと思うが……私は、そういう研究を現在に蘇らせようと思う」

「そんな、昔のことを言われても」

小森が鼻で笑う。苛々させられる態度だったが、国重は敢《あ》えて警告を与えなかった。今の段階では、きちんと話しても納得してもらえるとは思えない。もう少し具体化した時点で明かす予定だった。そしてこの件は、松島と原の二人――七の会の技術陣――だけに任せるつもりである。素人《しろうと》の小森たちが首を突っこんでも、ろくなことにはならない。

「新たな武器を手に入れて、それを使って現政権を脅し、権力を放棄させる――詳しいことについてはいずれ話す。今は私を信用してくれ」

「まあ、こっちは国重さんについていくだけですけどね。その覚悟がなければ、こんなところへは集まりませんよ」

結局、小森も折れた。この男にしても、ここ以外に行き場はないのだ。

「それを分かってもらえると、ありがたい」山は越えたな……国重は、両手を一度だけ叩き合わせた。すぐにドアが開き、荒巻が一升瓶をぶら下げて部屋に入って来る。瓶をテーブルの中央に置き、一礼するとすぐに出て行った。国重は、全員の前に置かれた空の湯呑みに、少しずつ酒を注いで回った。

自席に戻り、湯呑みを摑む。腕を前に突き出すと、全員が立ち上がって国重に倣《なら》った。古臭いし、別れの水杯《みずさかずき》のようで嫌な感じもするが、けじめは大事である。

「血を流さずに、目標を達成する。そのために知恵を絞ろう」

一気に酒を呑み干す。喉の奥が熱くなり、気合いが入った。全員が、誰かがかけ声をかけたように一斉に湯呑みを干す。何かとつっかかってきた小森も、素直に合わせた。何だかんだ言って、我々の意識は一つになっている、と国重は強い自信を持った。意志さえ統一されていれば、道は開ける。

そして、その意志が間違っていなければ――日本が戦争に負けたのは、間違った意志、間違った方法論に導かれていたからだ。俺はその轍《てつ》は決して踏まない、と国重は固く決心した。

満州で終戦を迎えたあの日……流された多くの血。帰国して、すっかり変わってしまった祖国の姿を見ながら、国重は決意を固めた。間違った歴史を繰り返してはいけない。しかし戦後政治は、あまりにも弱い。必死に金儲けをしながら、日本の明日を変える――そのための準備が、いよいよ始まる。


九月も終わる頃になると、この辺りの夜は一気に秋の気配を帯びる。それにしても、工事の人間は怠慢だ……国重は一人ポーチに佇《たたず》み、まだ造成が終わらない庭を眺めてむっとした。庭の整備は遅れていて、あちこちに掘り返した跡がある。セメントの袋が壁に立てかけられ、いかにもまだ工事中、という雰囲気だった。もちろん、人が住む分には問題ないのだが、国重は工期が遅れるのが嫌だった。約束の時までに仕上がらないとは、どういうことか。人としての基本が成っていない。

籐製の椅子に腰を下ろす。他の連中は部屋に残って酒を呑んでいたが、国重は一人になりたい気分だった。ウイスキーの水割りを一口啜って、ピースに火を点ける。蒼白い煙はすぐに空気に溶け、見えなくなった。

部屋に続くドアが開き、遠慮がちな足音が聞こえる。国重はそちらを見もせず、暗い庭に意識を集中し続けた。今夜はひどく疲れた……一番嫌いな、儀式めいたことをしなければならなかったせいでもある。何か事を始める時に「けじめ」としての儀式は必要なのだが、自分が音頭を取って、というやり方は未だに照れ臭い。というより、軍隊時代から嫌いだった。上級将校ともなれば、人前で話したり命令を下したりというのが日常茶飯事だったのだが、最後まで慣れなかった気がする。今も、社長という立場上、人前で話す機会は多いのだが、やはり毎回かすかな緊張感を味わうのだった。自分はつくづく、背後に回る仕事――それもナンバーツー、参謀として働く方が向いていると思う。

「失礼してよろしいでしょうか」

「松島君か……どうぞ」国重は、隣の椅子に向かって手を差し伸べた。

松島は遠慮がちに座ったようで、椅子はほとんど音を立てなかった。煙草を吸わない彼の方へ煙がいかないよう、国重は灰皿を右手から左手に持ち替える。それでも風の関係か、煙はかすかに松島の方へ流れていった。仕方なく煙草を揉み消し、灰皿を床に置く。

「先生、先ほどの兵器の話なんですが」

「ああ」

「その開発が私の仕事、なんですよね」心配したような口調で念押しする。

「そうだ。君にしかできない仕事だ」

「私は……人を殺すような仕事はしたくありません」

「我々は誰も殺さない。血も流さない。さっきもそう言ったと思うがな」

「しかし、人は武器を持てば使いたくなります。原爆がそうじゃないですか」

「アメリカは、原爆を使った事実に長く苦しめられるだろう」実際には決してそんなことはない。広島と長崎に原爆を落とした記憶など、とうに忘却の彼方に消えているだろうが、松島を安心させるために国重は強調した。

「兵器は、持っているだけで……」

「使わなくても効果のある兵器もある。それは先ほど言った通りだ」

「それは、机上の空論ではないのですか」

大人しい松島にしては、かなり突っこんだ反応だった。国重は少し驚き、彼に顔を向ける。松島は顔を真っ直ぐ前に向けて、暗い庭を凝視していた。

「こう考えてくれないか。仮に君が、力の拮抗《きっこう》した相手と仲違《なかたが》いしたとする。今にも喧嘩になりそうだ。しかし、片方がナイフを持てばどうかな。それが分かっていて、無理矢理喧嘩をしかけるだろうか。持っていない方が引くしかないだろう。怪我《けが》すると分かっていて、遮二無二《しゃにむに》突っこんでいく馬鹿はいない」

「――理屈の上ではそうかもしれません」

「私が、何のために金儲けに力を入れてきたと思う？」国重は話題を変えた。松島の戸惑った顔を見ながら続けた。

「資金源のため、ですか？」

「それもあるが、この国では金は権力だ。より正確に言えば、金があれば権力に接近できる。私は、財界で一定の地位につくことによって、政治家にも会いやすくなっているんだよ」

「ええ」松島はまだ事情が呑みこめていないようだった。

「仮に私が、総理大臣と面会する時に武器を持っていたらどうなるだろう。目の前でその威力をちらつかせながら、権力の座から降りるように説得するというのは」

「それは……」

松島は納得していないようだったが、これが彼の想像力の限界かもしれない。人間は、いとも簡単に力に対して屈服するものだ。ましてや、各地で毒ガスを使う準備をしているという条件があれば、たとえ総理大臣でもこちらの要求を呑まざるを得まい。腹をくくって勝負すれば、必ず落とせるという自信があった。

「この件については、これからおいおい勉強していこう。君には、実験と研究に専念できる場所を用意した」

「そうなんですか？」松島が目を見開く。

「ここからもう少し山の方へ入った場所に、古い山小屋を用意してある。いずれは会社の保養所にするつもりだが、今のところは君に自由に使ってもらって構わない。そこで研究を進めてくれ」

「ええ……」

「あれは……危険だからな」国重は言い切った。「東京の真ん中で開発をするわけにはいかない」

「分かります」

松島の疑念は少しは薄れたようだった。この男は、理系の人間に特有の性癖を持っている。巨視的に物を見るのは苦手だが、目の前の課題に対しては、信じられないほどの集中力を見せる。

「一つ、聞かせてもらっていいかな」

「何でしょうか」少し離れた椅子に座る松島が、にわかに緊張するのが分かった。

「どうして私の誘いに乗った？」あれからろくに話もしなかったのに」

「……高校時代の友人が、自殺しました」

「何だって？」国重は眉をひそめた。松島の方へ向かって少し体を倒し、声を低くする。

「それは、どういう……」

「安保闘争で疲れ果てたようです。幾つか、悪い条件も重なったのですが」

松島は、堀内という友人が自殺した背景を、ぼそぼそと説明した。甲府の実家で首吊り自殺したのは八月。その時は詳しい事情が分からなかったが、後で色々調べてみると、様々なことが分かったという。安保条約が自然成立し、学生運動グループの分裂なども重なって、一気に虚脱状態になったようだ。さらに体調を崩した上に、家族との確執もあったという。

若者は純粋なものだ。純粋で単純であるが故に、一つ失敗すると逃げ場を失ってしまう。自分のようにあれこれ経験した人間だと、失敗した時のために逃げ道をいくつも用意している。予《あらかじ》め脱出できる方法を準備しておくのは卑怯だとも思うが、大人とはそういうものだ。もちろん、今回の件に関しては退路を断つ覚悟で進めていくつもりだったが。

「その友人の意志を継ぐつもりか」

「ええ。しかし……よく分かりません」松島が苦笑した。「私も、この世の中に不満がないわけではないです。でも今までは、少し我慢すれば何とかなる、と思っていました。でも実際には、苦しんでいる人がたくさんいる。一生を我慢したままで終わる人もいると思います。私には、自分のためだけではなく、他人のために何かをする義務があるのではないでしょうか」

「滅私奉公《めっしぼうこう》ということだな。日本人は今、そういう心を忘れつつある。しかし、馬鹿にしたものではないぞ。大事なことだ」

「分かります……一つ、伺っていいですか」

「何だ?」何でもこい、という気分になってきた。松島は今まで、どこか遠慮がちで、こちらが十の話を持ちかけても、一の答えしか返してこないような人間だった。それが今は、積極的になっている。これは大事なことだ、と思った。自分は今、一人の人間が変わる瞬間に立ち会っているのかもしれない。

「国重先生は、どうしてこういうことをしようと思われたんですか」

「私も、いろいろなことを経験してきた。戦争も大きかった。日本と日本人を、二度とあんな不幸に巻きこまないためには、新たな政治が必要なんだよ。だいたい、誰も責任を取らないような仕組みは、根本的に間違っている。責任を取らなくて済むと思えば、間違った方向へ突っ走ってしまう」

「それが直接民主制につながるんですか」

「代議士に自分の判断を付託するのが、議会制民主主義の特徴だ。自分たちが選んだ代議士に、国政の舵取《かじと》りを任せる、ということだな。このやり方に重大な欠点があることは、簡単に分かるだろう」

「仮に代議士が間違った方向へ行ってしまっても、簡単に交代させるわけにはいかないですね」

国重は満足してうなずいた。松島は、短い時間で急速にいろいろと考えたようだ。

「現在の選挙制度では、どうしてもそういうマイナス面が出てくる。中央政界で阿呆だと批判されている代議士も、地元へ戻れば英雄だ。地元に利益をもたらす代議士は、簡単に選挙には落ちない。その代議士の普段の活動が、国益を損ねるようなものであっても、だ」

「だから、政策を国民に直接判断させるわけですね……そういう考えは、全て先生がご自分で考えられたことなんですか？」

「どういうことかな」

松島が一冊の本を差し出した。これは……『日本新時代のために』。玉川の本ではないか。ほぼ新品。彼はこれをどこで手に入れたのだろう。背を調べると、大学図書館のラベルが張ってあった。

「君の大学には、こんな本が置いてあるのか」

「ええ」

「世が世なら、発禁処分になって、玉川先生も逮捕されていたかもしれない」

「非常に反社会的な本だと思います」

「言論の自由、万歳だな。それに君の大学は、えらくリベラルなようだ」

国重は冗談のつもりだったが、松島の表情は崩れなかった。相変わらず硬い調子で続ける。

「玉川先生とは、個人的なお知り合いなんですか」

「玉川先生は、ずっと外務官僚だった。優秀な外交官だったよ」国重は、松島の疑問に直接は答えなかった。

「ええ」

「息子さんの一人が……私の部隊にいてね」国重は目を閉じた。「満州を引き上げる直前に亡くなった。私の作戦ミスだった」

重い沈黙。木の葉が触れ合う音だけが、かさかさと響いた。国重はグラスを口元に持っていって、水割りを少しだけ啜った。口中に苦い味わいが広がる。両手でグラスを包むと、冷たさが掌《てのひら》から全身に伝わるようだった。

「戦後、玉川先生に謝りに行ったんだ。先生は驚いていたけどね……軍人はそんなことをすべきではない、と。大昔の――戦国時代の武将じゃないんだから、一つ一つの戦闘で、誰かの責任を問うことなどできないだろう、と言われた。それを聞いて、ますます申し訳なく思ってね」

「分かります」松島の喉仏が上下した。

「玉川先生に言わせれば、日本人は無責任な民族なんだそうだ。誰も責任を取らない。それに海外の人から見れば、何を考えているか分からない。アメリカも、実際には日本を恐れていた、というのが玉川先生の持論なんだよ」

「まさか……日本はアメリカに負けたんですよ」

「それとこれとは別の話だ。日本人は、直接会って話していても、本音を絶対に見せない。それでいきなり真珠湾攻撃をしかけてくるんだから、それこそ必死になって叩き潰したくもなるだろう。戦後、アメリカが日本を核の傘の下に入れようとしたのも、アジア地域の戦略的な問題のためだけではない。アメリカは日本を抑えつけたいんだ。二度と変なことをしないように、な。もしも日本人が、一人一人しっかりした考えを持っていれば、こんな風にアメリカの属国のようになることもなかったし、戦争自体、あんな形で終わらなかったかもしれない」

「ええ」

「私は今でも、玉川先生の息子さんが死んだのは、自分の判断ミスが原因だったと思っている。偵察の情報を読み違えて、部隊の展開に失敗したんだが……今、こんなことを話しても仕方ないな」

「いえ」松島は以前と同じように、言葉数が少なくなっていた。

「とにかく玉川先生は、私を許してくれた。いろいろ話をしてね……終戦後の混乱期で、先生も私も今よりはるかに忙しかったんだが、徹夜で語り合ったりしたものだ。そのうち先生が、直接民主制と自主独立を基本にした政治理念を持っているのを知った。最初は私も、馬鹿馬鹿しいと思ったよ、以前の君と同じように」

「別に、馬鹿馬鹿しいとは……」抗議しかけて、松島が口を閉じる。「すみません」

「いや、いい」国重は煙草に火を点けた。松島の方へ煙が流れないように、顔の向きに気をつける。「実際私も、そんなことはできっこないと思ったんだ。しかし、玉川先生と知り合ってからの日本の変化を見るとな……決して正しい方向へ向かっているとは思えない。経営者としての私が一番おかしいと思うのは、この国が孕《はら》んでいる無駄なんだ」

「日本には無駄があるとお思いですか」

「あるね。総合すれば、七割方は無駄なことだと思う。この無駄を少なくすればするほど、日本は強い国になれるんだ。もちろん強いというのは、戦力的に強い、ということではないがね。そもそも、日本には『戦力』がないことになっている」

「それはそうです」松島が、厳しい表情でうなずいた。

「まあ……玉川先生が国政に打って出ると聞いた時には驚いたが、私は応援したよ。官僚なんていうのは、金を持っていないからね。先生は、自分が国会議員になって、中から日本を変えていこうとしたんだが、それは難しかった。何だかんだで、国会議員というのは忙しいものでね。それに玉川先生には、外交のエキスパートという顔がある。理想は理想として、目の前の問題は片づけなければならないと考えてしまうのは、官僚出身者の性《さが》なんだ」

「分かります」

「それに、この前の選挙……国会議員は、議席がなければ只《ただ》の人だ。玉川先生も、年を取った。今後、議席を奪還することは難しいだろう。それに先生もご自身の経験から、国会議員としてできることの限界は分かっている」

「ええ」

「だから今、私が立たなければならない。正確には私たちが、だ」

国重は煙草を揉み消し、立ち上がった。水割りの残りを一気に呑み干し、松島を見下ろす。

「やってくれるな?」

「はい」

「犠牲者は出さない……人が死ぬのは嫌なものだ。その事実を一生背負っていくことになる。君たちを、そんな目に遭わせるつもりはない」

「はい」松島も立ち上がった。「よろしくお願いします」

「お互い、死んだ人のために頑張るようなものだな。二度と無意味な死者を出さないために」

「はい」

「我々は、日本を変えなければならない。誰もが積極的に政治に関与し、誰も不幸にならない社会を作ろう。君はまず、武器の製造に専念してくれ。具体的にそれをどう使うかは、我々が考えておく」

松島が無言でうなずく。それで国重は一安心したが、同時に、人は誰かの死がきっかけにならないと、思い切った動きができないのだろうかと愕然《がくぜん》とした。いつか誰かが、自分の死をきっかけに立ち上がることがあるのだろうか。

　初めて七の会の会合が開かれた日、一行は国重の別荘に泊まりこんだ。やはり緊張していたのか、あくる朝午前六時に起き出してしまった松島は、一人散歩に出た。

　秋の気配が色濃く、空気が冷たい。吐く息が白くなるほどではないが、むき出しの手は冷たかった。両手を丸めて口元に持って行き、息を吐きかける。それから、歩幅を広く取ることを意識して歩き出した。

　緩い上り坂。この道を真っ直ぐ行くと、赤城山なのだが……この辺を歩くなら、もう少し暖かい季節でないと厳しい。この空気の冷たさは、既に冬の訪れを予感させるものであった。

「よう、おはよう」

　声をかけられ、驚いて振り向く。小森がズボンのポケットに両手を突っこんで立っていた。用意周到な男なのか、既にセーターを着こんでいる。にやにや笑っているのが何となく気に食わないが、この男はいつもこうなのだろう。昨夜も、終始にやけた感じだった。

　松島は軽く頭を下げ、その場に立ち止まったまま、小森を待った。

　小森が軽い足取りで近づいて来る。髪はぼさぼさで、そのせいか昨夜《ゆうべ》よりも若々しく見えた。

「朝の散歩かい？」

「ええ。何だか早く目が覚めて」

「若いねえ。昨夜は結構呑んだから、俺はまだ眠たいよ」

小森が両腕を突き上げて大きな欠伸《あくび》をした。確かに目が赤い。二日酔いなら、こんな時間に起き出す必要もないのに。

「寝てればいいじゃないですか」

「俺も何となく目が覚めてね」小森がにやりと笑って歩き出す。道路にまではみ出している木立に手を伸ばし、枝を一本折り取った。それを指揮棒のように振る。「しかし昨夜は、楽しい一夜だった。久しぶりに興奮したよ」

「そうですね」実際はそうでもなかった。国重の考えは、ここへ来る前にも聞かされていたから。松島にとっては、それを確認する場に過ぎなかった。

「さすが国重さんは大物だ。考えのスケールが違う。俺なんか、とてもあんな発想はできないね」

「そうですか」

「でも、あの人こそ、本当は総理大臣になりたいんじゃないかな」

「まさか」不快感を覚えて、松島は即座に否定した。国重は、いわゆる現在の社会における権力に興味のない人間である。

「要するに権力の奪取だろう」

「権力の再構築です。それが、今までの革命との違いですよ」

「あんたは、ずいぶん先んじて勉強してるんだね」

「いろいろと教えを受けました」

「一番の生徒っていうことか」

「そう思います。国重さんは、私にとって大事な先生です」

「そうか……いいように使われるなよ」

「どういうことですか？」松島は眉をひそめた。

「何だかんだ言って、あの人が七の会の頭脳でありエンジンだ。我々は、結局道具に過ぎないと思うよ……最初は使われてるだけで満足かもしれないが、それじゃ駄目だ。自分の意志を持ってやらないと」

「ここに参加しているのが自分の意志なんですが」

「それならいいがね」小森がにやりと笑い、木の枝を左右に振りながら歩調を速めた。邪魔者を全部蹴散らそうとでもいうように。

「何か、不満でもあるんですか」松島は小森に追いつき、きつい調子で訊ねた。

「いや、別に……俺はいろいろな人を見てきたんだけど、あんたみたいな人は危ないんだよ。誰かのためにと思って誠心誠意やっていても、相手はそれほどありがたいと思っていないことも多くてね。それに気づいた時は、空しいもんだぜ。特に今回のように大きな仕事をしようとする時は、単なる駒になっちまう。それに気づいた時には、もう手遅れなんだよな。自分の業績を刻むこともなく、歴史の彼方に消える……なんてな」

「よく分かりませんが」

「あんたは、何か特殊な仕事を任されたんだろう？　たぶんそれが、今回の計画の要諦《ようてい》だ。だからあんたは、自分の仕事に誇りを持つべきなんだよ。自己主張しろよ、な？　国重さんに自分を認めさせるんだ。下っ端気分でいたら、本当に下っ端のままで終わってしまう。本当に大事なのは、革命が成就《じょうじゅ》した後なんだぞ。それで終わりじゃなくて、そこから長い戦いが始まるんだ。そこで自分の立ち位置をしっかり確保しないと、大変なことになる」

「大変なこと……何なんですか」

「世の革命とやらを研究してみろよ。すぐに分かることだ」小森が急に表情を引き締めた。「革命の後に待っているのは、反対派の粛清《しゅくせい》だ。それは、革命勢力の中心にいる人間でも免《まぬが》れないことなんだぞ。少しでもトップに反対すれば、潰される。でもあんたの場合、自分の能力を生かせば、そんな目には遭わないだろう。自分の力を見せつけろよ。あんたなしでは革命は上手くいかないと、国重さんに納得させるんだ」

「それは、つまり――」

「あんたが革命の主導権を握るんだよ。あんたと俺とで」

8

「元軍人らクーデター計画」

何だ、これは。

国重は読売新聞の夕刊の見出しを見て愕然とした。まさか、これほどの大事になっているとは……クーデター計画が発覚して逮捕者が出たという話は聞いていたのだが、詳しい情報を入手している暇がなかった。唇を嚙み、心臓が破裂しそうなほど激しく打つのを意識しながら、記事を読み始める。少し読んだところで電話を取り上げ、秘書に「しばらく電話を取り次がないように」と命じた。声が震えているのが自分でも分かる——寒さのせいもある。一九六一年十二月十二日。この冬は、いろいろな意味で寒さが厳しくなりそうだった。

とんでもない事件だった。逮捕者は十三人。しかも国重は、そのうちの一人を知っている。陸士で自分の後輩に当たる男なのだ。これはまずい……まさか、自分たちと同じようにクーデター計画を立てている人間がいたとは。

だが新聞を読み進めるうちに、その計画が極めて杜撰《ずさん》なものだと分かってきた。容疑は殺人予備と銃刀法違反。しかし押収された物の中に、武器らしい武器はない。ライフル銃三、日本刀六、サーベル一、手榴弾《しゅりゅうだん》一、という程度である。これでは絶対に、クーデターなど起こせない。

自衛隊を巻きこんで要人暗殺を企てていたようだが、当てにしていた自衛隊には参加を拒否され、学生の勧誘にも失敗した。ライフルなどを購入した時点で、既に警視庁にマークされていたらしい。摘発に関する警察の見解は「予防的検挙」だが、実際には「予防」する必要もなかっただろう。

自衛隊は「調査中」だが「具体的行動をとった者はいない」と全面否定し、警察庁は「旧軍人右翼の動向には注目したい」とコメントしている。

冷や汗ものだ……この連中は、明らかに注意が足りなかった。堂々とライフル銃を買えば、警察の目を引く。記事の中で、「警視庁公安部や福岡、長崎、千葉など各県警にかすかに情報がはいった」とある件《くだり》も気になった。この「情報」とはいったい何なのか。どこかに籠って謀議を進めていれば、簡単に表に漏れることはない。となると、調子に乗ってどこかで喋ってしまった馬鹿がいたのか、あるいはメンバーの中にスパイがいたのかもしれない。逮捕者が十三人ということは、かかわっていた人数はもっと多いだろう。秘密が漏れやすくなる状況になっていたのではないだろうか。

だいたい、逮捕者の中にもふざけた奴がいる。詐欺《さぎ》事件にかかわっていた人間がいるようだから、当然警察もマークしていただろう。こういう犯罪者は、政治にかかわってはいけない。クーデターを金儲けの手段と見ていた可能性もある……メンバーを選ぶ時には、どれだけ注意を重ねても足りない。

自分たちは違う、と国重は己に言い聞かせた。この連中の場合は、中途半端な思想的背景に基づいた、中途半端な計画だったのだろう。これでは上手くいくわけがない。

電話は鳴らさないように命じていたが、逆に自分から電話せざるを得なくなってきた。この事件が自分たちに直接影響を与えるとは思わないが、情報は収集しておかねばならない。国重は受話器を取り上げると、ある電話番号を回した。ここに電話をすることなど滅多にないし、できれば避けたかったのだが、今回ばかりは仕方がない。摑まらないだろうな、と思っていたのだが、相手は呼び出し音が一度鳴っただけで電話に出た。

「工藤《くどう》です」

「私だ」電話では名乗らない。電話は盗聴されているのでは、と国重は常に怯えていた。我ながら馬鹿らしい妄想だと思ってはいるが、用心に越したことはない。

「ああ、どうも」工藤の声に緊張感はない。

「忙しいかね」

「まあ、多少は」

それはそうだろう。この事件の捜査を直接担当しているはずだから。

「話ができないか？」

「今は無理ですよ」工藤が苦笑した。

「だったら、今夜にでも」

「そうですね……」工藤が黙りこむ。周りに聞かれないように用心しているのだろう。

「九時ぐらいに、お電話差し上げるというのでは？　ご自宅の方へ」

「結構だ。家にいなかったら、会社へ電話してくれたまえ」

「ずいぶん遅くまで働いてますねえ」

「私は二十四時間営業だよ」

その言葉は大袈裟ではなかった。月に一度は七の会の集まりで週末が潰れるので、その分仕事に皺寄せがきている。石油ビジネスの進展も思わしくなく、そちらにも傾注しなければならないのだが……一日が二十四時間では足りない。結果、自宅に戻ったものの体調が思わしくないみつの面倒を看《み》る時間が減っていた。申し訳ないとは思いながら、「大丈夫ですから」というみつの言葉に甘える毎日が続いている。

電話を切り、煙草に火を点けると、社長室が薄《うっす》らと白くなっていった。立ち上がり、窓辺に寄って、外の光景を眺める。このビルに会社を構えて七年。その間、社長室はずっと同じ場所にあるが、そこから眺める街の景観は大きく変わってきた。ビルが次々に建ち並び、空は見えなくなっている。東京は日々変わっているのだが、それが良い方向へ行っているのか、おかしな方向へ進んでいるのかは分からない。いずれにせよ東京オリンピックで、この街は決定的に変わってしまうだろう。戦前の、古きよき街並みは完全に消えるはずだ。そして古い街並みが消えれば、人の気持ちも変わる。東京人独特の洒脱《しゃだつ》さなどは、人の記憶の中にしか残らないだろう。

溜息をつき、煙草をふかす。煙が窓ガラスに当たって跳ね返り、風景が一瞬曇《くも》った。この視界と同じように、自分たちの将来があやふやになってしまったように感じた。

工藤は、午後九時過ぎに会社に電話をしてきた。取り決め通り、電話を取り次いだ会社の人間に対しては、「三上《みかみ》」と名乗る。そこまで用心する必要もあるまいと国重は思っていたのだが——工藤というのはよくある苗字で匿名性が高い——工藤は頑《かたく》なに、自分を「三上」という偽名の中に押しこめようとしている。

「どこでお話ししますか」

「今、どこにいるんだ」

「桜田門《さくらだもん》を出ました。公衆電話から電話しています」確かに工藤の声の背後には、街の騒音があった。

「虎《とら》ノ門《もん》にしよう。そこまで車を回して拾うから」

「分かりました……国重さんが運転するんですか？」

「いや。運転手は口の堅い人間だから、大丈夫だ」

「では、十分後ぐらいに。桜田通りの虎ノ門交差点にいますから」

電話を切って、工藤はどこから連絡してきたのだろう、と不思議に思った。警視庁のある霞《かすみ》が関付《せき》近には、街中に公衆電話などなかったはずだ。もしかしたらもう、虎ノ門の近くに来ているのかもしれない。

まだ秘書部で待機していた荒巻に声をかけ、車を出してもらう。毎度申し訳ないなと思いながら、彼に何かで恩を返すのは難しいだろう、と考えて落ちこんでしまう。せいぜい、給料に手当てを上乗せするぐらいだが、あまりにも露骨過ぎると経理から文句が入る。会社を民主的に運営してきたツケがこれだ、と皮肉に思った。俺がワンマン社長なら、特定の社員の給料を二倍にしたり、いきなり馘《くび》にしたりしても、文句など言われないだろうに。

電話を切ってからちょうど十分後、国重を乗せた車は虎ノ門交差点に到着した。工藤は黒いコートを着て街の闇に溶けこんでいたが、国重はすぐにその姿を認めた。日本人にしては背が高く、周囲にいる酔っ払いたちからは、完全に浮いているのである。背の高い日本人は、目立つのを嫌って猫背になることも多いのだが、工藤の場合、実際よりも自分を長身に見せようとするように、常に背筋をぴんと伸ばしている。

車が停まり切らないうちに工藤が車道に飛び出し、ドアに手をかけた。危ないな……と思ったが、この男の反射神経は図抜けている。平然とドアを開けると、国重の横に体を滑りこませてきた。

「出してくれ」荒巻に命じてから、ちらりと横を見て工藤を観察する。疲労感が強いようだった。おそらくあの事件の捜査で、ここ数日、夜も昼もなく働いてきたのではないだろうか。かすかに体臭が漂うのは、風呂に入る暇もなかったからに違いない。

工藤が両手で顔を擦り、盛大に溜息を漏らした。

「お疲れのところ、申し訳ないな」

「いや、それは大丈夫ですけど……」

「例の件で、仕事も忙しいんじゃないか」

「問題ないですよ。自分のような下っ端には、重大な仕事は回ってきませんから」

「そんなものかね」

「こんな大事件は、そうそうはないでしょうからね。上には張り切ってる連中も多いんです。普段暇な分、特にね」

本気でそんなことを言っているのか？　もしや荒巻の存在を気にしているのではないかと思って、国重は「ここで話したことは、外には漏れない」と告げた。

「ええ……でも、できれば二人だけでお話ししたいんですがね」

「東京で、二人きりになれる場所はあまりないぞ」

「そうですね……では、まあ、それなりに」工藤が言葉を濁した。

「今回の件は、そもそもどうして発覚したんだ」

「それが、はっきりしないんですよ」工藤の表情が歪んだ。「我々が知らされていないだけで、上層部は何か知っているようですが」

「内部からの情報提供じゃないのか」

「その可能性もありますね。かかわっていた人間が多かったので、情報統制もできなかったんでしょう。それに、既に警察に目をつけられていた人間もいましたから」

「自衛隊は本当に関与していなかったのか」これが一番気になるところだ。クーデターでは、「軍」と警察を味方につけなければ、すぐに立ち行かなくなる。

「今のところ、そういう証拠は出ていないですね」

「クーデターにしては幼稚だと思わないか」もっと強力な武器を持っていれば、もう少し状況は変わっていたかもしれないが。それも、自分たちとの大きな違いだ。

「そこは、警察を褒めてもらえませんかね」工藤が苦笑した。「大変なことになる前に検挙したんですよ。放っておいたら、何が起きていたか」

「まあ……日本の警察の力を舐めてはいけない、ということだな」

「そうですよ」工藤が快活に笑った。

単純に、詰めが甘かったということか……国重は、何とか自分を安心させようとした。

気持ちを解すために、窓の外に目をやる。車はいつの間にか麻布《あざぶ》付近を走っており、東京タワーが間近に見えている。こういう風に、誰かを車に乗せて密談することはままあるのだが、そういう時、荒巻は必ず東京タワーの近くを走る。こんな場所が好きなのだろうか、と国重は訝った。国重に言わせれば、東京タワーこそが戦前と戦後を分ける象徴だ。古い、国重が愛した東京の街並みを一変させ、人を白痴《はくち》化させるテレビという機械の普及に一役買った存在。

「それで、この件はどう決着をつけるんだ」

「まだ分かりませんよ。捜査は始まったばかりですからね」

「自衛隊は？」

「こっちでは触れないでしょう。いや、触りたくない、というのが正確かな。仮に内部で何かあったとしても、警察としては見なかったことにしますよ。寝た子を起こすような真似はしたくないんで」

「そんなに自衛隊を危険視しているのか？」

「何しろ連中は武器を持ってますからね。自分より強力な武器を持った人間とは、喧嘩したくない」

国重はうなずき、再び窓の外に目をやった。工藤は、警察の上層部が何を考えているか、この事件をどのように処理しようとしているか、正確には知らないだろう。知ることもできないし、嗅ぎ回ったら捜査から遠ざけられるかもしれない。当面は、自分の仕事をこなしながら、様子を観察してもらうしかない。彼の立場を危険に晒すこともできないのだから。

このまま日比谷《ひびや》通りに入れば、すぐに新橋《しんばし》だ。あの辺には、一杯引っかけられる気楽な呑み屋がたくさんある。アルコールが必要だ……胸の奥にもやもやしたものを抱えたまま家路につくのは、気が進まない。

「どうだ、新橋辺りで一杯やっていかないか?」

「遠慮しておきます」工藤が即座に言った。「明日も早いものでして……国重さんにつき合うと、夜が長くなるから」

「俺はそんなに深酒はしないぞ」

「俺に言わせれば、十分深酒ですよ」

国重は思わず苦笑した。自分に対して、こんな生意気な台詞を吐くのはこの男だけだ。小森にもそういう傾向はあるが、それはあの男の性格から来ている。工藤の場合、長年の信頼関係による「甘え」であり、国重もそれを許している。遠慮せずに済む、数少ない人間なのだ。

「分かった。じゃあ、どこか近くで下ろそう」

「それこそ、新橋駅の側《そば》でいいですよ。山手線で帰りますから」

「電車の方が早いんです。別に遠慮してるわけじゃないですよ」

「家まで送るぞ」

いつもの、軽い調子のやり取り。国重は、今夜はこれ以上真面目な話をしないことにした。代わりに、最近気になっているもう一つの問題――工藤の結婚について話題に出す。

「まだ早いですよ」工藤が顔を歪めた。確かに早いと言えば早い。この男はまだ、二十五歳なのだ。

「警察官は、なるべく早く結婚した方がいいんじゃないか」

「上司も同じ事を言うんですよね。まったく、大きなお世話です。見合いの話も、結構ですからね。女房ぐらい、自分で見つけますから」

「分かった、分かった。君のことだから、そう言うと思ったよ」

「分かってくれてるなら、結構ですけどね」工藤がにやりと笑う。

その後は他愛もない話が弾んだ。国重は、自分でも他人にあまり心を開かない人間だと思っているが、工藤は数少ない例外である。それもこれも、十数年のつき合いの賜物《たまもの》だ。

車は西新橋の交差点で右に折れようとしたが、工藤は慌ててそれを止めた。

「ここ、右折すると、この後帰るのが面倒ですよ」

「気にするな。このまま銀座《ぎんざ》に呑みに行ってもいい」

「今日は大人しくしていた方がいいんじゃないですか」

「……何かあるのか?」国重が声を潜めた。

「そういうわけじゃないですが。あ、そこで停めて下さい」

荒巻がブレーキを踏みこみ、車を路肩に寄せた。工藤がドアに手をかけると、十二月の冷たい風が吹きこんでくる。国重は思わず首をすくめた。

アスファルトに足を下ろした工藤が、振り返る。

「身辺、十分に気をつけて下さい」

「そんなに危険な状況なのか?」

「国重さんが具体的に危ないわけではないですけど、上が神経質になってますからね。変な動きをする人間がいたら、目をつけますよ」

「我々に関しては、そういう心配はいらない」

「あまり人を絡ませないのが肝心です」

「ああ」

「ところで、連中がどうして失敗したか、分かりますか?」

「いや」

「警察の中に、いい情報源がいなかったからですよ」

にやりと笑って、工藤が姿を消した。そう……俺は警察に情報源を持っている。それが、ヘマした連中との最大の違いかもしれない。

それでも道は遠い。甘い道程でないとは分かっているが、それでもふと不安になる。自分はいつまで生きていられるだろう。今のところ、健康にはまったく不安はないが、何が起きるか分からないのが人生だ。特にみつが倒れて以来――未だに本調子ではない――何かに追われるような気分になっている。あれだけ健康だったみつが倒れるのだ、自分だって、どうなるか分からない。

間もなく五十歳。日本人の平均寿命は六十八歳ほどだ。それを考えると、国重はいつも愕然とする。明治維新以来、日本を大きく変えた一番の出来事は先の大戦だが、あれを支《し》那《な》事変の始まりから敗戦までと考えれば、八年かかっている。物事が大きく変化する時には、それなりの時間が必要なのだ。

八年。今の自分にとって、それはひどく長い時間に思える。

9

七の会では、新しい政治の形が次第に具体化し始めていた。憲法を改正して国会は解散。省庁はそのまま残し、大臣も置く。総理を含めた大臣は国民投票で選出し、四年に一度改選。その間、不祥事などがなければ交代はない。地方の行政組織は、県単位からより大きな州単位に再編し、中央同様の官僚主義を導入する。

一方で、革命の手法については未だに意見が分かれている。最近大きな議論になっているのは、シンパを増やしていくかどうかという問題だ。これに関して、理論面で会を支えている岩本と満井は一貫して否定的だった。七の会の思想は、並み外れて過激である。ある意味、「日本を共産主義化する」よりも、実現可能性に乏しい。大衆の理解を得るのは無理で、人を増やしても仕方がない、というのが二人の主張だった。「大衆を教育する暇があったら、頭を変えてしまえ」。

国重も、強硬に主張したりはしなかったが、「上からの革命」になるように会をリードした。最終的な方法については、最後まで譲らないつもりだった。自分が直接、首相官邸に乗りこんで説得する。「脅迫者」の烙印《らくいん》を押されようが、構わなかった。他には数人の実行犯がいればいい。街に散り、「街頭で毒ガスを使う」と脅せば、二重の脅迫になる。

小森ら「大衆動員派」は、この時に賛同者が国会議事堂を取り巻くような手法を考えている。安保闘争の時とは違い、総理大臣が人質に取られている状況では、警察も手を出せまいというわけだ。

昭和三十七年晩秋。いつものように三楽荘に集まった七の会の面々は、岩本と満井がまとめた憲法草案を前に議論を交わしていた。現行憲法と大きく変わる部分もあるし、変わらない部分もある。その最中、革命初期段階で大衆を巻きこむかどうかについて、またも激しい議論が始まったのだ。口火を切ったのは、普段から大衆動員路線を持論にしている小森だった。

「例えばこの七人だけで勝手に事を始めても、誰もついてこないぞ」この男は、自分の役割をこういうものだと認識している。誰もが賛成に流れそうになった時、突然反対意見を打ち出して皆の頭を冷やす。

「一揆《いっき》で何か変わったか？　明治維新は誰がやった？　太平洋戦争を起こしたのは誰だ」すかさず岩本が反論する。「大衆が何かやろうとしても、絶対に上手くいかない。一揆の時代から六〇年安保まで、まったく同じだった。この国の人間はな、お上がやったことを素直に受け入れるべきなんだよ。大衆の教育なんて、最初から無理だ」

「この話は、いつも堂々巡りになるな」小森が肩をすくめる。「真面目に考えてくれているのか？」

「まず、我々の力を示すべきだと思います」

突然松島が発言して、その場にいた全員が――国重も含めて――凍りついた。松島は、こういう勉強会ではほとんど発言しない。ひたすら他人の話を聞いて、メモを取っている。自分の仕事はあくまでS号の研究だとわきまえ、こういう場で発言してはいけないと自己規制しているかのように。それが何故……国重にはすぐに、松島の真意が読めた。

「S号が完成したんだな」

「はい」松島が立ち上がる。どよめきが起きたが、松島は得意げな顔をすることもなく、淡々とした調子で続けた。「完成品が用意できました。今後、動物実験が必要ですが、許可をいただけますか？　仮にも命が失われるのですから」

「続けてくれ」

「実際に使えるようにするまでには、もう少し時間がかかると思います。ご存知の通り、毒ガスを使うには、適切な場所と時間を選ばなければなりません。今のところ我々には、S号の入った容器をどこかへ撃ちこむような——例えばミサイルのような——技術はありません。適切な場所に設置し、時限装置で作動させる方法しかありませんが、これをある程度の数、揃えたいのです」

「分かった。予算のことは心配しないでくれ」

「承知しました……明日の早朝、実験に入ろうと思います」

国重がうなずくと、松島は椅子を引いて腰を下ろした。が、思い直したように、すぐまた手を挙げて発言を求める。彼にしては珍しく積極的だなと思いながら、国重は発言を認めた。

「S号を実際に使ってみたらどうでしょう」

「何だと？」唐突な発言に、国重は顔から血の気が引くのを感じた。原爆を完成させた途端に、ミサイルでどこかの国へ撃ちこむ、と言っているようなものである。「実験ではないのか」

「違います。実戦投入です」

「何のために」気持ちを落ち着かせるために、国重はわざと低い声で言った。

「社会不安を煽《あお》るのです。もちろん、人が死ぬようなことは絶対にありません。S号は量によって効果を簡単に調整できますし、しかける場所を間違わなければ、せいぜい軽い症状が出るだけです。深夜か早朝、都心部の駅が適当かと考えます」

「待て」国重は短く言って彼の発言を断ち切り、顔をまじまじと見た。本気なのか？　松島がこれまで、クーデター計画の具体的な方法について言及することはまったくなかった。S号が完成して、妙な自信を持ってしまったのだろうか。「君は少し先走り過ぎる。まずは、S号を完璧《かんぺき》なものにすべきだ。今はそれに専念してくれ。他のことを考える必要はない」

松島の顔色がはっきりと変わった。言い過ぎたかもしれない、と国重は悔いた。「余計なことはするな」と言ったも同然である。

「では、いったいいつ、S号を使うのですか。革命はいつ実行に移すのですか」

松島に嚙みつかれ、国重は腕を組んだ。警察に摘発された元軍人らのクーデター未遂事件——今では「三無《さんむ》事件」と呼ばれている——から一年近くが過ぎたが、事を起こすのはまだ早い、というのが国重の判断である。工藤からも、警察は依然として他のクーデターに対する警戒を続けている、という情報が入っていた。罠が張ってあるような状況でわざわざ事を起こすのは、賢いやり方とは言えない。

「まだ時は来ない」

「我々がここに集まるようになってから、もう二年が経ちます」松島が反論した。「その間、理論面では大きく進みました。S号も完成しました。時は来たのではないですか？不安を煽って、それを利用して一気に政府に要求を突きつけるのが、一番効果的な方法だと思います」

「私も賛成ですな」

小森が同調すると、松島の言葉に勢いが増した。

「今の日本はどうなっていますか？オリンピックを前にして、浮き足立っているだけだ。こういう状態に冷や水をかけることは、効果的ですよ」

「それは否定しない」否定したかったが、国重は七の会の中では、頭ごなしに相手をやっつけるような真似は禁じていた。理想を同じくする仲間の集まりでは、誰が偉いということはないのだから。

「そうですよね？松島君の言うことはもっともなんです」小森も応援した。「何も、人を殺すことはない。ただ不安を高めるだけで、足元は揺らぎますよ。要は、政府を恐喝してやるんです」

「言葉がよくないな」

国重は顔をしかめた。小森の言っていることは、かつて国重が語ったことの繰り返しなのだが、調子はずっと激烈だった。こいつらは、いつの間にか過激路線に走ったのか？ 国重は内心、不安を感じていた。政府を脅して降参させるための材料——それがS号なのだが、どう使えば一番効果的なのかは、国重もまだ摑みかねている。本当に総理を脅すのに使えるのか……この二人は、具体的な結論に至ったのだろうか？

「言葉は何でもよろしい」小森が顎を上げ、さらに勢いをつけた。「いつかはやらなくてはならない。それはいつなんですか？ 今こそ、具体的に政府に突きつける要求と、それを吞ませる方法を検討すべきですよ」小森がノートを取り出し、顔の横で振った。「私はもう、具体的な作戦を練っています。どこにしかけるか、その後でどのように政府に要求を突きつけるか。その方法がここにあります」

「この場では、そこまで具体的な話はしていないが」国重は忠告した。

「自習ですよ、自習」小森がにやにや笑った。他人を馬鹿にしたような、嫌らしい笑い。

「とにかく皆さんに、S号をお見せします。何でしたら、これからすぐ実験をしてみてもいい」松島も加担した。「見てもらえれば、必ず納得していただけます。やれると分かるはずです」

しばらく押し引きが続いた。国重は、二人の言い分を頭から否定しないように気をつけながら、話が危険な方向へ行かないように牽制《けんせい》した。しかし、完成したS号の実験は避けられそうにない。しかも松島は、朝を待たずに今からやる、と言い出した。

「こんな夜遅くに大丈夫なのか？」国重は慎重に訊ねた。

「遅い方が目立ちません」松島は既に立ち上がっていた。少し遠慮がちにつけ加える。

「実は、もう実験用のマウスを用意しています」

「……分かった。出かけるか」

俺をさし置いて、入念に準備を進めていたのか……そして一時間後、国重は松島の才能の凄《すご》さを実感することになった。


S号は、元々陸軍で研究が進められていた神経性の毒ガスである。「S号」という名前は研究を進めていた陸軍大尉、佐藤某の名前からつけられた。佐藤某は実験中の不幸な事故によって死亡したが、彼の独創的なアイディアを名前の一部に残そうと、関係者の間で自然にその名が定まったのだ。本来の名称は、国重も覚えていない。最大の特長は、製造が簡単なこと。可搬性も高く、非常に手軽に使える。終戦で研究がストップし、その技術は失われてしまったのだが、国重の頭の中には断片が残っていた。そして松島は、断片から全体像を復元してしまったのである。国重が見こんだ以上の「頭脳」だった。

実験は、ひどく緊張した雰囲気の中で進められた。研究所と工房に使っている山小屋から一キロほども離れた山中に、S号の容器と時限装置、二匹のマウスが入った籠《かご》を設置する。

「危険なことはありません……今日は風もありませんから、百メートルも離れていれば、十分安全です」

設置を終えた松島が立ち上がって言ったが、国重としてはその言葉だけで安心できるわけではなかった。今は無風状態だが、風向きによっては、どこまで逃げても毒ガスは追ってくる。

「タイマーは十分にセットしました。それだけ時間があれば、安全な場所まで逃げられます。では、退避して下さい」

メンバーが動き始めたが、国重は最後まで残った。小さな籠の中に閉じこめられた二匹のマウスを凝視する。真っ白なマウスは、当然何が起きるか分かっていない様子で、籠の底をかりかりと引っかいていた。その動きを止め、ふと上を見る。目が合ったように国重は感じた。マウスがこちらを認識しているかどうかは分からないが、思わず目を逸らしてしまう。こんな小さな動物にも命はあるのだ。

「行きましょう、国重先生」

松島に声をかけられ、ようやく歩き出す。籠の隅に置いてあった小さなボトルが、凶悪な雰囲気を発していたのを思い出す。あれがS号の容器なのだ。ごく小さな――それこそ高さ五センチもない容器。あの中で二つの薬剤が混じり合うと、猛烈な神経性のガスが発生する。理屈は分かっているし、実は戦争中に国重は何度か実験を見ているのだが、それでも心がざわつく。

三十分後、七人は暗闇の中を手探りするように実験現場に戻った。松島が懐中電灯で籠を照らし出すと、二匹のマウスは体を伸ばした状態で死んでいた。固まった——硬直したように見える。国重は思わず、鼻と口を掌で覆った。

「大丈夫ですよ、国重先生」松島がさらりと言った。「既に拡散しきっています。現段階では、危険はまったくありません」

「S号を使った場合……即座に死に至る」国重は口を押さえたまま言った。

「致死量は極めて微量です。解毒剤は、今のところありません。皮膚についたら急いで洗浄するぐらいしか手はありませんが、それでは間に合わないでしょう」

国重は唾《つば》を呑んだ。実験で使ったS号は、ほんの一滴程度、と説明を受けている。それなりの量があったら、いったいどれだけの人を殺せるのだろうか。駅にしかけ、それが朝のラッシュ時に作動したら……そう考えると、冷や汗が滲み出てくる。

「ご覧の通りで、S号は予定通り完成しました。我々は、こういう強い武器を持っていることを、世間に示さなければなりません」

松島が宣言すると、小森がすかさず同調した。

「時はきたんですよ、国重さん」

暗闇の中、国重は二人からそっと目を逸らした。しかし二人の視線は闇を貫き、いつまでも追いかけてくるようだった。

国重は車に乗りこむと腕を組み、胸に顎をつけた。ハンドルを握るのは今夜も荒巻。同じ車に岩本と満井が同乗していた。

最初に口を開いたのは満井だった。

「我々が知らない間に、何かあったんでしょうか。あの二人……松島君と小森さんの間に」

「分からん」国重は唸《うな》るように答えた。

「裏でこそこそと相談していた様子でした」岩本が割りこんだ。「二人とも、ずいぶん強攻的な考えに傾いています。しかし、具体的な計画を立てているとは思いませんでした」

小森が示したノートには、実際にS号をしかける場所まで明記してあった。いずれも人が多く集まる、東京の——つまり日本の象徴のような場所である。被害者を出さず、政府を脅して、東京の機能を麻痺《まひ》させる計画だった。政府が警察や自衛隊を使って制圧しようとしても、「毒ガスを使う」という脅しで押し返すことができる——という理屈である。

国重が考えていた計画の「補強版」とも言えた。

「今の時点でS号を使うのは危険です。あれはあくまで見せるためのものであって、人を傷つけてはいけない。それに何より、そこから先のことがまだ決まっていないのですから、時期尚早《しょうそう》です」満井が小声でまくしたてる。

「その通りだ」国重は低い声で認めた。

クーデターを叫ぶのは簡単だ。しかし実際には、解決しなければならない問題が山積している。まず、警察と自衛隊を確実に押さえなければならない。いかにこちらがS号という毒ガスを持っていても、武力では警察や自衛隊の方が圧倒的に有利なのだ。連中が「自分たちの命を犠牲にしてもいい」と覚悟を決めれば、こちらに勝ち目はあるまい。彼らと武力で直接対峙するのは馬鹿げている。だからこそ、警察も自衛隊も手を出せないよう、人質を取らなければならない。それは一般大衆ではなく、国会議員だ。国の中枢部を麻痺させるために、毒ガスを使う――その考え方は松島たちと同じなのだが、国重は無差別に市民を巻きこむのではなく、国会という中枢部だけを効果的に制圧する手段を検討していた。同時にマスコミを押さえ、ニュースが流れないように、あるいはこちらに都合のいいニュースだけが流れるようにしなければならない。国会に対しては、全議員の即時辞職と、暫定政府への権力移管を求め、全てを二日以内にやり遂げる――権力奪取に成功しても、表面上は何も変わらないだろう。官僚が健在なら、きちんと国を動かしてくれる。国民生活に影響は出ないはずだ。

しかし概要は決まっていても、これから決めなければならないことが多過ぎる。これだけの大事業を短時間でやり遂げるためには、やはりそれなりの人手が必要だ。大衆への働きかけはしないにしても、実行部隊は必要である。物言わぬ戦士をどうやって探すかが、最大の課題になっていた。岩本と満井の計算では、数百人単位の実行部隊が必要になるだろう、ということだった。それは間違いない。国会周辺だけで数十人、都内の全ての警察署や自衛隊の施設、新聞社やテレビなどのマスコミにも人を張りつけるとなると、それでも足りないかもしれない。しかもこの数百人の動向を完全に掌握《しょうあく》し、計画とずれるようなことがあれば直ちに訂正、指示するための司令部を作らなければならない。そのためには、通信網を確保する必要がある。数百人分の無線となると、気づかれずに準備するだけでも大変だ。赤坂の援助で、資金面の心配をする必要はなくなったが、金があれば何でもできるというわけでもない。その数百人をどう集めるかは、大きな課題なのだ。忠誠心の高い、しかも能力のある人間をどうやって選抜するか——少なくとも、小森たちが言うような「シンパ」は当てにならない。

「少し様子を見よう」国重は判断を先送りした。

「大丈夫なんですか」満井が心配そうに訊ねる。

「あの二人の力は絶対に必要だ。S号を実用化まで持っていくには松島に頑張ってもらう必要があるし、小森には人集めに尽力してもらわなければならない」

「しかし、彼らは——特に小森は要注意かと」満井がなおも食い下がった。

「そうだな。注意して観察しておいてくれ。松島の方は、私の方で気をつけて見ておく」

言いながら、国重は言いようのない不安を覚えていた。完全に松島を監視下に置くのは不可能なのだ。四年生になっても、松島は毎日大学に通っている。大学院進学も決まっているから、今後も昼間は基本的に、国重の目が届く場所にはいない。一度外へ出てしまえば、小森と会うのは難しくないだろう。

仲間を信じることは大事だが、信じ過ぎてはいけない。人が三人集まれば、必ず派閥ができる。ましてや「七の会」には、個性もばらばらな七人の人間が集《つど》っている。全員の考え方や動きを完全に掌握するのは不可能だ。

窓の外に目をやる。外は暗い山道なので、ほとんど何も見えない。時々、木の枝が大きく揺れる様が、影になって目に入るぐらいだった。ふと冷たい風を浴びたくなり、窓を下ろす。氷点下に近い寒風が車内を吹き抜け、思わず目を瞑《つむ》ってしまった。そうだ、今もまずいことに……松島と原は、山小屋の方に残る、と言い出した。このまま実験結果を検証しなければならない、と。それに小森もつき合うと言い出したのが怪しい。山小屋に籠って、三人で怪しい相談をしているのではないだろうか。

一度怪しみ出したら、きりがない。国重は窓を閉め、シートに背中を預けて目を閉じた。

これまで上手く進んできた計画に、暗雲が漂い始めている。

10

「君さあ、もっと強く言ってもよかったんだよ」気取《きど》った口調で小森が言った。「S号の作り方を知ってるのは君たちだけなんだ。七の会で今、一番強いのは君たちなんだぜ」

「国重さんに対して、失礼なことは言えませんよ」

松島は足を組んだ。目の前には暖炉。長年使われていない様子で、黒い灰が少し溜まっているだけだった。小森がそこへ、短くなった煙草を投げ捨てる。ひどく無礼な仕草に思えて、松島はむっとした。煙草はまだ燃えており、細い煙が煙突の中を立ち上っていく。

国重が用意した「実験室兼工場」は、彼が所有するもう一つの山小屋だった。元々、社員の保養のために手に入れたものだが、まだ改装に着手しておらず、今はほとんど松島と原が使っている。

二人は今、二人きりでそこの一階にいた。原は二階に籠っている。そちらにはS号の素材となる薬剤や、完成したS号が保管されていた。大規模なプラントではなく、狭い部屋でも作れるのが、S号の最大の利点である。おそらく戦時中の陸軍は、完成したS号を戦地に運ぶのではなく、いざとなったら現地でも作れるようにと考えて開発を進めていたのだろう。

それにしても冷える。小森はスキットルを持ちこんで、ウイスキーをちびちび啜っているので、寒さは応《こた》えていない様子だったが……松島にも勧めてくれたのだが、小森と同じスキットルからウイスキーを呑む気にはなれない。この男のことは、初めて会った時からどこか胡散臭く思っていた。調子がよ過ぎて、言葉も態度も軽い。政治家を目指した男、という略歴も引っかかっていた。松島たちの革命は、最終的には現在の政治家という人種を撲滅《ぼくめつ》させる戦いである。そこに、政治家志望の男が入っているのは、いかにもおかしな話だ。国重はこの男の人脈を見こんで引っ張ってきたのだろうが、小森が語る政治家たちの話を、信じていいかどうかも分からない。だいたい今の小森は、単なる無職の男だ。社会党とは袂《たもと》を分かっているし、元々自民党とはそれほど太いパイプがあったとも思えない。どことなく詐欺師の臭いがする。

それでも松島は、この男の言い分に魅力を感じている。「いいように使われるな」「革命の主導権を握るんだよ」。そういう言葉は、いつの間にか松島の心に染みついた。それに引かれる裏には、国重の傲慢《ごうまん》な態度もある。計画が動き出して以来、国重は時折松島に対して、露骨に命令口調で話すことがあった。「余計なことは考えるな」「実験だけ進めていればいい」。

これでは確かに、単なる駒ではないか。

そして国重が常々語っている、「俺が直談判で政権を放棄させる」という計画には、現実味が感じられなかった。やるなら広範囲に、一気に事を起こさなければならない。そのためには、S号の実験を急ぐ必要がある。S号の威力を見れば、国重も特攻とも言える危険な方法は諦めるだろう。国重に対する不満はあったが、依然として松島にとっては大事な男なのだ。何とか自分の力を認めてもらいたい。死者も怪我人も出さずに革命を進めるためには、自分たちが考えている計画の方が適している。

「暖炉に火が入れば、ここも雰囲気があるだろうなあ」

「薪《たきぎ》ならありますよ」松島は、暖炉の脇に積み上げられた薪の山を見やった。

「焚きつけが面倒なんだ」小森が舌打ちした。

「だったら、寒いぐらいは我慢して下さい」実際には、暖房が必要な気温である。この辺は標高が高く、夜は厳しく冷えこむのだ。幾度かの秋と冬を過ごして、その寒さは身に染みていた。

「君は厳しいねえ、相変わらず。国重さんのような鷹揚さを身につけないと駄目だぞ」

「国重先生は、鷹揚なだけじゃありません。深く見ていますよ。三楽荘で我々を見ていた目……私は怖かったです」

「怯える必要はないさ。我々の目的はあくまで一致しているんだ。問題は、手段だけでね」小森が煙草に火を点けた。「だいたい、のんびりやってる暇はないぞ。去年の三無事件《さんむ》――俺は、あれでやばいと思ったね。我々が事を起こせば、三無事件の時よりも騒ぎは大きくなる。手元に大量殺戮兵器があるわけだし、法務官僚に大手製薬会社の社員、弁護士と役者も揃っている。加えてリーダーは、日本有数の会社のオーナーときた。マスコミは大騒ぎだろうな。逮捕されるだけじゃ済まない。俺たちは社会的に息の根を止められるだろうな」小森がスキットルをぐっと呷《あお》った。口元に零《こぼ》れたウイスキーを手の甲で乱暴に拭い、松島の顔を凝視する。

「そうならないようにすればいいじゃないですか」

「警察に察知されないように、早く動かないと駄目だ。突然攻撃が始まれば、警察も対応はできないよ」

「分かってます。ただ俺は、人殺しはしたくない」

「S号の使い方次第で、何とでもなるんだろう？」

「そうです。絶対に人を殺さないで、恐怖心だけを植えつけられますよ」

「だったら、それを使おうじゃないか。今やらなくてどうする」

「……小森さんは、どうしてそんなに急ぐんですか」

「俺は、総理大臣になりたいんだよ」小森がにやりと笑った。

「議会制民主主義はなくなるんですよ」松島は、七の会の最初の会合で国重が言ったことを思い出した。「総理大臣になりたい人間は、この会から出て行ってくれ」。それに完全に反する話だ。やはりこの男はうさん臭い。

「総理大臣や各省庁の大臣は、取り敢えず残す。そういう方向で新憲法案も作っているだろう」小森が立ち上がり、芝居がかった仕草で両手を広げる。「だいたい、国を代表する人間がいないと、外交はできないからな。今後の日本では、外交がさらに重視されるんだぞ」

自分にはそこまで考えられない、と松島は思った。取り敢えず大事なのは、政治の仕組みを変えてしまうことだ。そこに自分の居場所などないだろうが、それでもいいと思っている。新しい国の仕組みを作るのは大事だが、自分の本分はやはり研究生活なのだ。革命が成就すれば、裏に引っこむ——それでいいではないか。歴史の中に埋もれ、陰の存在として生きていく。実績を上げるなら研究活動で、というのが本望だ。

「とにかく、早く事を進めよう。俺と君で強く押せば、国重さんも絶対に折れる。原君は……まあ、彼には自分の意見はないだろうけどね」

先輩のことを揶揄《やゆ》されてむっとしたが、松島は何も言わなかった——小森の指摘が正しいが故に。原は、研究者としては理想的な存在である。納得できる目標さえ設定されれば、ひた走るタイプなのだ。何日徹夜してでも、必ず結果を出してくる。そして、政治的な発言をすることは絶対にない。今回の計画でも、ひたすらS号の研究に打ちこんできた。S

号が完成したのは、自分というより、原の努力によると言っていいだろう。彼は革命の興奮を味わうのではなく、S号を作ることを純粋に楽しんでいた。

「せっかく用意した物を使わないのはもったいない。君も学者の卵なら、自分が作った物がどんな影響力を持つか、知りたいだろう」

それは……否定できない。S号の研究は、大学でのそれと違い、緊張と興奮、それに達成感が得られるものだった。これほどの毒ガスは、人類史上例を見ないだろう。完成すれば効果を試したい、という悪魔の囁きと、松島はずっと戦い続けてきた。しかし小森は本気なのだろうか？　こいつはただ、人を殺したいだけではないのか？　裸電球に照らされ、壁に映った小森の影がゆらゆらと動く。ひどく気味の悪い光景であり、松島は急に居心地が悪くなった。だが実際に小森の顔に浮かんでいるのは、屈託のない笑みだった。それもまた妙である。小森はひどく屈折した男だ。挫折《ざせつ》の繰り返しで、今は人生の底にいるはずなのに、何の悩みもないように見える。そこに松島は、ある種の狂気を感じ取っていた。大丈夫なのか？　こいつの話に乗ったら、大怪我をするのではないだろうか。

小森が、再びスキットルをぐっと呷った。既にかなり酔いが回っているようで、体がぐらつく。

「俺はな」小森が低い声で言った。「国重さんは甘いと思う。考え方が甘い。見通しが甘い。俺たちには毒薬が必要なんだ——おっと、直接S号のことを言ってるわけじゃないよ」気の利いた冗談だとでも思ったのか、小森が甲高い声で笑う。「社会に対する毒薬だ。どうせいつか、S号は使わなければならないんだぜ？　ただ『持っている』と言っても、誰も信じないだろう。実際に効果があることを示さないと、クーデターなんかできないよ。核兵器だって同じだ。何のために、核実験の様子を公開すると思う？　世界にアピールするためだろうが」

　分かっている。小森の考えは一貫してぶれていないし、松島も正しいと思ってはいる。S号を使い、自分たちの優位を世間に示す。そして一気に政府の転覆を謀《はか》る――その考えには、松島も同意している。だからこそ、国重に対して強く出たのだ。

「俺の感触だと、国重さんは落ちる」小森が自信ありげに言った。

「落ちる？」嫌な言い方だと思いながら、松島は繰り返した。

「そう。説得すれば、必ず俺たちのペースに巻きこめるよ。ここで引いちゃ駄目だぜ。国重さんの言う通りにしていたら、俺たちはあっという間に年を取っちまう。クーデターが成功したのは二十一世紀、なんてことになったらたまらない。その頃には、俺たちはジジイだぞ。そもそも、そこまで生きていられるかどうかも分からないがね」

　甲高い声で笑う。それが耳障りで、松島はふっと目を逸らした。小森がスキットルを椅子に置く。「小便だ」と言い残して、頼りない足取りで便所の方に消えた。

松島はのろのろと立ち上がり、窓辺に歩み寄った。室内も外も気温はほとんど変わらないはずだが、ガラスは曇っている。掌のつけ根で擦ると、ガラスに透明感が戻った。もちろん外には灯りはなく、ただ漆黒の闇が広がっているだけだった。この時間になると通りかかる車もないから、山小屋の周辺はほぼ完全な静けさに包まれている。窓に向かって息を吐きかけると、一瞬白くなったガラスは、すぐに透明に戻る。

この国を変えなければならない——松島なりに、七の会の、いや、国重の考えに触れ、自分が変わったのを意識していた。死んだ友人、降りてしまった友人——竹田は宣言通りに大学を辞め、甲府に引っこんでいた——に対する義務感もある。世の中を変えようとして、志半ばで倒れたり、大きく方向転換を余儀なくされた仲間たちがいる一方、自分は今のところ真っ直ぐ歩いている。その道は表通りではなく、誰からも見られない裏通りかもしれないが……それでも構わないと思っている。やはり自分は、表には出ない人間だ。歴史に埋もれる無数の人間の一人だ。

またこんなことを考えてしまったな、と松島は苦笑した。自分はつくづく、人の影響を受けやすいと思う。国重の考えは全て自分のものになっているし、言われるままに極めて危険なS号の製造に成功したのも、彼の理想が頭に染みこんでいるからだ。平和裏に、冷静に革命を叫んでも何も起きない。日本において市民革命が一度たりとも成功しなかったのは、武器がなかったからだ——極めて単純なその理屈を覆すだけの考えを、松島は持っていない。その後は、小森の「過激主義」にも影響されている。

俺は……怯えているのか？　自分の作ったS号で人が死ぬのが怖いのか？　いくら大義名分があるとはいっても、人が死んだら、黒い記憶は永遠に残るだろう。それは長く自分を苦しめ、やがては精神を崩壊させるかもしれない。

これは決して戦争ではないのだ。軍隊では兵士は個ではなく、何かがあっても個人が責任を問われることはまずない。曖昧な共同責任の中で、個人の恐怖や後悔は薄れていく。しかし七の会には七人しかいない。責任は明確であり、もしもクーデターが失敗したら、俺は「史上最も危険な化学兵器を作った男」というレッテルを貼られるだろう。それでもやらねばならない、ということは分かっている。そしてやらねばならないのなら、早い方がいい、という小森の言い分ももっともだった。安定しているとはいえ、長くS号を持っていることに対する恐怖もある。今ここで警察に踏みこまれたら、と考えると体が固まってしまいそうだった。

小森が妙なことを言い出したのは、年が明け、昭和三十八年になってからだった。その頃になると、松島はほとんど東京を離れ、前橋に籠っていた。東京は、オリンピックを控えた工事があちこちで行われ、ひどく騒がしい街になってしまった。新しいビルが建ち、道路が整備され……現在の様子からは、化粧直しが終わった東京の姿を想像できない。ひどく人工的で情緒のない街になるのは間違いないだろうが。

定例の、七の会の会合。その席上、小森はひどく真剣な表情で、発言を求めた。

「警察が我々の動きを掴んでいる、という話があります」

その場の空気がいきなり凍りついた。ストーブが発する熱が、一気に消えてしまったようだ、と松島は思った。小森とはよく話しているのだが、こんな話は初耳である。

「どういう筋からの情報だ」国重が冷静に訊ねる。

「確かな筋、としか言いようがありませんね」小森は情報源を明かさないつもりのようだった。

「それだけでは、間違いない情報とは言えないな。裏を取らなければならない」

「それは、やめていただきたい」小森は強硬だった。「動き回って情報を集めようとすれば、それこそ警察の網にかかってしまう恐れがあります。この情報に関しては、私を信用していただきたい」

国重が満井を見た。満井が蒼い顔で、首を振る。法務官僚とはいえ、彼は検察官ではないし、普段捜査当局と接触することもない。捜査の動きを知らなくとも不思議ではないのだ。

「具体的にはどういうことだ？」国重は小森に説明を求めた。

「情報収集をしている、ということです。まだ七の会の存在そのものが知られたわけではない。しかし、時間の問題でしょう。連中には、三無事件を立件した実績がある。馬鹿にしたものではありません」

「そうか……」

「身辺には気をつけていただくとしてですね、ここはやはり、一刻も早い作戦実行を提言します。向こうが本格的に乗り出す前に、手を打つべきでしょう」

「むしろ危険ではないですか」満井が遠慮がちに言った。「警察が網を張っている状態で、事を起こせば、捜査のきっかけを与えてしまう」

「そんな弱気でどうする！」小森が突然、声を張り上げた。「やるべき時がきたんだ。躊躇すべきではない。国重さん、決断をお願いします」

「もう少し情報が欲しい」

「私も、自分の身は可愛いので」小森が肩をすくめる。「変に動き回って、相手に姿を晒す気はありませんよ」

「私も賛成です」松島は思い切って立ち上がった。去年の秋以来、いろいろなことを考えた。論理的な考えも感情的な考えもあったが、最も大きいのは「恐怖」だった。いつまでもS号を持ち続けなければならない恐怖。できれば一刻も早く、使ってしまいたい。

「松島君」国重が鋭い視線を飛ばしてきた。まるで裏切りを非難するようだった。

「時はきました。S号の準備もできています。理想の政治を実現するには、今このタイミングしかないのです」いつしか、松島の声は熱を帯びていた。強攻派の小森を胡散臭く思う気持ちはあるのだが、松島自身、気持ちは逸《はや》っている。「今、日本中がオリンピックで浮かれています。こういう時こそ、チャンスではないですか？　浮かれている人間は、足元が見えなくなるものです。それに今、所得倍増についていけない人の不満は、爆発しそうになっていますよ」

　池田内閣が打ち出した「所得倍増計画」は、熱狂的に受け止められた。というより、マスコミによって熱狂が作り出された。オリンピックを機に、世界の一流国として再浮上し、真に豊かな社会を目指す――分かりやすいスローガンだが、スローガンだけで所得が倍になるわけではない。白けた気持ちで、表面上の発展を見ている人が多いのも事実だ。

　しかし表面上は――静かだ。松島の大学では、六〇年安保闘争の時のような雰囲気は影を潜めている。学内を埋め尽くしていた立て看板も全て撤去された。何とも情けない……当時デモに参加していた人の多くは普通に就職し、当時の事などなかったような顔をしている。そういう先輩たちに会う度に、松島は白けた気分になるのだった。

「それは分かっている。今の日本は、上辺《うわべ》を上手く化粧しただけの社会だ」

「上手いこと言いますね、国重さん」小森がにやりと笑った。「仰る通りですよ。綺麗に見えますけど、足元は危ないものです。頭だけが重くなって、足場は揺らいでいる。こういう時こそ、一気に行くべきです」

「少し考えさせてくれ。最終的には多数決で決めるが、今は――」

「この場での決定を提案します」松島は思い切って言った。いつまでも中途半端な状態でいたくない。それに最近の国重は、少し弱気になった、と松島は感じていた。みつがまた発作を起こし、年明けから入院しているのである。家族の世話に気を取られて、肝心のクーデターに意識が向かっていないように見える。これでは駄目だ。リーダーが個人的な心情から弱気になってしまったら、計画は絶対に崩壊する。

「少し落ち着け」

国重が低い声で脅しつけたが、松島は引かなかった。両足を踏ん張り、背筋をぴんと伸ばして「決議を求めます」と宣言した。これは違法でも何でもない。七の会のメンバーは、全て平等な立場だ、というのが大原則である。何か決めなければならない場合、誰でも決議を提案できる。松島はその原則を最大限に生かすことにした。

「決議に賛成します」

テーブルを挟んで松島の向かいにいた岩本が立ち上がった。国重の眉がぴくりと動くのを、松島ははっきりと見た。勝てない、と慌てているのだろう。この件に関して、松島は小森の外交力というか説得力に驚かざるを得なかった。仮にも政治の世界に身を置いていた経験のせいか、人を説得――たらしこむのが抜群に上手いのだ。岩本は元々、国重に非常に近い立場だったのだが、小森はあっさり寝返らせた。

「では、決議をお願いします」松島は、勢いに乗じて言った。「クーデターの決行は――

三月を提案します。賛成の方は、起立をお願いします」

椅子を引く音が響いた。既に立っている自分、岩本、小森。それに加えて原も立ち上がっている。国重は憮然《ぶぜん》として、腕組みをしたまま、視線を宙に彷徨《さまよ》わせていた。誰を見ているのか分からぬまま、「考え直した方がいいぞ」と忠告する。

「これは、七の会の正式な決議によって決まったことです」松島は声の震えを抑えながら言い放った。「正式決定、方針とさせていただき、三月のクーデター決行に向けて、準備を進めます」

11

「そいつは危険ですねえ」工藤があっさりと言った。

「簡単に言うな。今まで築き上げてきたものが一気に崩壊したよ」

「まさか、七の会の中で過激派が出てくるとは思いませんでしたねえ」工藤がのんびりした口調で言って、煙草に火を点ける。車の窓を細く開けて煙を外へ逃がすと、おもむろに真剣な表情になって訊ねた。「で、どうなさるおつもりで？」

「まだ決めかねている。そっちはどうする」

「決めかねている、というのは右に同じくですね」

相変わらず口調は軽い。だが、ちらりと横を見ると、顔つきは真剣そのものだった。

「一つだけはっきりしているのは、私は国重さんの意見に常に全面的に賛成だということですよ。それがどんな意見であっても」

「君にも、七の会に入ってもらえばよかった。そうすれば、同数だった」

「警察官がクーデター組織に？　冗談でしょう」声を上げて笑ったが、面白がっている様子ではない。「私はあくまで、外部の人間ですよ」

今の言葉は冗談ではない。本当はこの男をこそ、七の会に引き入れたかった。外部の世界とのパイプ役は果たしてくれているが、目端が利き、忠誠心が強いこういう男をこそ、右腕として側《そば》に置いておくべきだった。

「ちょっと歩きませんか」

工藤の言葉に反応して、荒巻が車を路肩に停める。

「大丈夫なのか？　誰かに見られるかもしれないぞ」

「特に問題ないでしょう。銀座の真ん中で、偶然誰かに会う確率は低いんじゃないかな。それに何だか、ちょっと車酔いしたもんで」

言い残して、工藤がさっさと車を降りてしまう。国重は、荒巻に「近くで待つように」と命じてから工藤に続いた。土曜日の夕方、銀座は相変わらず人波でごった返している。

都電と車が入り交じり、最近の銀座は非常に危険で、歩きにくい街になってしまった。都電の廃止が噂されているが、そうなったらまた街の光景は変わるだろう。いい方になのか、悪い方になのかは分からない。

和光《わこう》の前で工藤に追いつく。工藤は晴海《はるみ》方面に顔を向けていたが、信号が青になる直前、体の向きを変えて銀座一丁目に向けて歩き出した。

「群馬県の方で、変な噂が流れていましてね」

「警察で？」顔から血が引く。

「いや、保健所です。その話は当然、警察にも入ってきてますけど、出所は保健所です」

工藤が、話し続けるのを少しだけ躊躇《ためら》う。国重は、彼の口が再び開くのを待った。話すべき事があれば、結局話す男なのだ。しばらく無言で歩いていたが、やがて工藤が「動物の死体」とぽつりと言った。

「死体」国重は繰り返した。脳裏に、山中で硬直して死んだマウスの姿が蘇る。人の死体をたくさん見てきたというのに、あのマウスの死体はそれ以上に衝撃的だった。

「大したものじゃないですよ。狸とか、鹿とかです。だけど、場所がねえ……前橋市内から赤城山の方へ向かう道路の脇に、山小屋がぽつんと一軒あるでしょう？　その近くの山の中で見つかってるんですよね。何か月か前からなんですが、見つけたのは猟師だったり、ハイキングに出かけた人だったり……どういうことでしょうねえ」

国重は唇をきつく引き結んだ。S号だ。実験の結果、近くにいた動物が巻きこまれたのかもしれないし、松島たちが国重に知らせず、実験を重ねていた可能性もある。今や国重は、松島を完全に信用できなくなっていた。あいつは、小森に洗脳されたに違いない。おそらく、ただ自分の腕を試したいがために、S号の実戦投入を望んでいる。もしかしたら松島には、国重も知らない殺人者としての顔があるのかもしれない。人間の本性は、簡単には表に出ないものだ。特に本人が、意識して隠そうとすれば。

「複数の動物の死体が、狭い範囲で見つかったとなると、何かあったと疑うのは当然ですよね。傷もない、病気というわけでもない。保健所の方でも、判断を下しかねているようですよ」

「検出は難しいんだ」

「S、ですか」工藤が声を潜める。お喋りしながら二人を追い越していったカップルの声に、かき消されそうになった。

「ああ」

「実験は進んでいるんですね」

「確実に」

「そいつはまずいな……」工藤がすっと顔を上げた。その目は、中央通りのはるか先、京橋《きょうばし》辺りまでを見通そうとしているようだった。「この程度だったら問題にならないかもしれませんがね、動物の死体が多くなったら、本格的に怪しむ人間が出てきますよ。そのうち、パトロールを始めるかもしれない」

「ああ」

「引くべきですね。一時的にでも」

「しかし、既に強攻案が通った」

「そんなの、あなたがノーと言えばひっくり返るでしょう」呆れたように工藤が言った。

「それは無理だ」国重は首を振った。「うちは、あくまで民主的な運営を重視している。独裁がろくなことにならないのは、歴史が証明しているだろう」

「多数決方式も、往々にしてろくなことにならないですよ。いっそ国重さんだけでも、思い切って手を引いたらどうですか」

「まさか。もうS号はできているんだ。準備は整ったんだよ」

「国重さんだけ、いなくなればいい。連中が何をしても、我関せずで」工藤が鼻で笑った。

「仮に強攻派の連中が何か起こして、どうせ空中分解するでしょうけどね」

「仮に強攻派の連中が何か起こして、君のところにお世話になったらどうなるかね。口をつぐんでいられると思うか？」

「……無理でしょうねえ」低い声で工藤が否定した。「所詮《しょせん》は素人さんですから。我々がちょっと叩いたら、ひとたまりもないでしょう。一日で終わりです」

「非常にまずい状況になった。反対すれば、私が裏切り者にされる恐れがある」

「大スポンサーにしてリーダーなのに？」工藤がどこか面白そうに訊ねた。

「関係ない。S号について、実際の情報を握っているのは松島なんだ。専門的な話になれば、あいつの独壇場だ」

「なるほどね。これは困りました。手詰まりかな」

工藤が歩きながら顎を撫でた。口では「困った」と言いながら、それほど追いこまれた様子には見えない。この男はいつもそうだ。ぎりぎりの所まで攻められても、どこか余裕がある。自分はそれを買ったのだ。

満州で戦死した部下の息子……終戦後初めて会った時、工藤はぼろぼろだった。父親は戦死、空襲で母親を亡くし、家の残骸に一人住みついていたのだ。生きていくだけでも大変な中、彼は廃墟を自分の家として、国重を迎えてくれた。「ご丁寧にありがとうございます」とまで言って。焼け残った畳の上で茶を一杯貰ったのだが、あれほど美味い茶を、国重は飲んだことがない。どこからかっぱらってきたのか分かったものではなかったが……その頃、工藤はまだ十歳。国重はすぐに、自分の家に招き入れて面倒を見ることにした。工藤もそれを受け入れた。高校卒業まで家に住まわせ、その後は警察官になるのを見届けた。

当時、こういう子どもは少なくなかった。度重なる空襲、そして敗戦で大人が萎《しぼ》んでしまった時にも、バイタリティを失わなかった子どもたち。とにかく生き延びようという強い意志を持ち、かっぱらいだろうが置き引きだろうが、何でもして家族を養った。もちろん、真面目に働いていた子どももいただろうが……とにかく工藤は、今に至るまでそういう強さとしたたかさを失っていない。

「一つ、手がありますよ」

「何だ」

「えらく遠回りすることになりますが……実際、国重さんの目標は遠のきますよ」

「何だ」国重は繰り返して訊いた。工藤の弱点の一つが、回りくどいことである。自分の言葉を劇的に飾ろうとして、しばしば一番大事な話題を後回しにしてしまう。

「芝居、です」

「芝居とは？」

「七の会を一度潰す芝居をするんですよ」

「意味が分からないが」

国重は立ち止まり、顔をしかめた。振り返った工藤が、一、二歩近づいて来る。他の歩行者の邪魔になっていたが、国重は気にもならなかった。工藤がちらりと横を見て、国重を路地に引っぱりこむ。銀座は綺麗に整備された道路が縦横に走る街で、ビルに覆い尽くされているが、人がすれ違えないほどの狭い路地も所々《ところどころ》に残っている。二人が入ったのも、そういう路地の一つだった。表の華やかな顔が一気に消え、ビルの裏面が汚い壁を晒している。空気はどこかじめじめしていた。

「クーデター、結構じゃないですか。やればいい」

「本気でそんなことを言ってるのか？」国重は、工藤が警察を介入させるつもりだ、と読んだ。そして自分の手柄にしてしまう。何とか国重を逃がすことさえできればいい、と判断したのだろう。そう、俺がいる限り、七の会の思想は消えない。完成したS号をどこかに隠しておけば、今度はさらに信頼できる仲間を集めて……しかし工藤は、国重の想像の上を行く話を始めた。

「例えばですよ、クーデターの前段階として、どこかにS号をしかけさせるんです。多少負傷者が出るのは覚悟で実験をする、とでも言えばいいんじゃないですかね。自分たちの力をアピールし、それをきっかけに正式なクーデターの準備に入る、ということにしておくんですよ」

「それで？」

「どこか……例えば前橋駅でも群馬県庁でもいいですけど、そういうところへしかけさせるんです。ところがS号は、どういうわけか消えてしまう、と」

「わざと失敗させるわけだな」工藤の考えが読めてきた。

「ご名答です」にやりと笑って、工藤が人差し指を立てた。「午前零《れい》時に時限装置が発動するようにしかける。しかし実際には何も起きない。当然、全員で現場に行くことになるでしょう。その間に、赤城の工場に潜入して、保管してあるS号を全部盗み出すんです。材料も、設計図も。そうすれば、かなり動きを制限できますよね。というより、状況はゼロに戻るのでは？」

「ああ。しかし、それを誰がやる？」

「俺に任せて下さい。S号は、運ぶだけなら安全なんでしょう？」

「ああ。それも利点の一つなんだ。簡単な容器——魔法瓶でも保存できるし、最終状態になる前は非常に安定している。それぞれの薬剤には腐食性も毒性もない」

「えらくお手軽な毒ガスですねえ」気楽な調子で工藤が言った。

「だからこそ怖いんだ。誰でも作れるし、設置も簡単なんだから」

「仰る通りですね」工藤が急に表情を引き締めた。喉仏が上下する。「ですから、その秘密を知っている人が、しばらくは手を出したくなくなるような恐怖を植えつける必要がある。仮に、テロの前段の計画が失敗して、S号が奪われたらどうなりますか？　内部に裏切り者がいるか、外部に情報が漏れたか、疑心暗鬼になるはずだ。そうなったらあなたは、活動の一時停止を宣言すればいい。自然でしょう？」

「それをいつまで続けるかが問題だ」

「いつかまた、再開すればいいじゃないですか。その気持ちはまだなくしてないんですよね?」工藤が真顔で訊ねる。

「ああ。日本はこのままではいけない」国重は表情を引き締めた。計画は新たな段階に入りつつある、と意識する。

「必ずチャンスが来ますよ。それまで、雌伏《しふく》しているだけの忍耐心が国重さんにあれば、ですが」

「待つのは慣れている」八割まで完成した計画が完全に潰れてゼロになるよりは、三割のところまで後退する方がましだ。

「結構です」工藤がうなずく。「それなら私は、お手伝いさせていただきますよ。国重さんの利益を守ることが、私の利益でもあるんですから」

「警察官として、それはどうなのかな?」

工藤が声を上げて笑った。今日初めて聞く、屈託のない笑い声だった。寒さを揉み消すように、両手をしきりに擦り合わせる。

「誰に命を捧げるか、その違いだけでしょう。間違った国家に対してか、自分の命を救ってくれた人に対してか」

「私は何もしていないよ」

「そいつは、認識の相違ってやつですかね」工藤が肩をすくめる。「そうと決まったら、さっそく準備を進めましょう。また連絡しますよ。その前に……腹が減ったなあ。『煉瓦《れんが》亭《てい》』で大カツレツでも奢《おご》ってくれませんか」

「よくあんな物が食えるな」国重は顔を歪めた。大カツレツは、皿からはみ出しそうな大きさなのだ。

「国重さんは、上カツレツにでもしておいて下さい。腹にもたれるのはよくないですからね」

「そこまで年を取っているわけじゃないぞ、私は」

「だったら、大カツレツの食べ比べでもしましょうか」愉快そうに言って、工藤が歩き出した。

この男は……工藤の背中を追いながら、国重は薄ら寒いものを感じていた。敵に回してはいけない男だ。今後、そういうことがあるとは思えないが、気をつけよう。実際俺は、全幅の信頼を置いていた松島に裏切られたようなものなのだから。

12

国重は、三楽荘のよく手入れされた庭に面した和室に陣取り、障子を全て開け放していた。一九六三年三月……山間地に近いこの場所の寒気は半端ではなく、春も近いというのにむき出しの脛《すね》や足首は凍りつきそうだ。籐製のモダンな椅子に座り、手すりを握り締めたまま、じっと暗い庭を見詰める。一応、別荘を取り囲むようにフェンスがあるのだが、庭そのものは、鬱蒼とした周囲の森とほぼ一体化してしまっていた。国重にとって「綺麗に整備」というのは、できるだけ自然に見えるよう手入れすることだが、現状は森が庭に侵入したようだ。

その庭の象徴が、中央付近にある巨大な紅葉《もみじ》の木だ。この季節にはさすがに葉を落としてしまっているが、秋には、庭全体を燃えるような赤に染める。紅葉を愛でるのは、国重の数少ない楽しみだ。

しかし昨年はそれを楽しめなかった。きな臭い計画が進む場所で、秋を楽しむ気にはならない。

「失礼します」

ふすまの向こうから、静かな声が聞こえた。国重は暗い庭を見詰めたまま、「どうぞ」と低い声で言った。

静かな音とともにふすまが開く。中へ入って来た松島が、国重の正面で正座する。国重は苦笑し、傍らの椅子に座るよう勧めた。

「先生、そろそろあちらへ戻られた方が」正座を崩さないまま、松島が言った。

国重は壁の時計を見た。間もなく午後十一時。予定の時刻まであと一時間だった。

「まだいい」

「電話は、向こうの部屋にしかありませんよ」

その「向こうの部屋」からかすかに笑い声が聞こえてきて、国重は顔をしかめた。既に酒が入っている人間もいるのだろう。呑むのを止めるつもりはなかったが、国重は次第に、緩んだ雰囲気に苛立ちを覚え始めていた。

「私は、ああいう山賊の宴会は嫌いでね」依然として庭を見詰めたまま、サイドテーブルに手を伸ばして煙草を取り上げた。昭和二十四年の発売以来、こればかり吸っている缶ピースを一本引き抜き、マッチで火を点ける。鼻先に漂うかすかな硫黄《いおう》の臭いが、気持ちを落ち着かせた。そういえばこの一時間あまり、煙草を吸っていなかったと思い出して、密かに驚く。焦りを鎮めるためには煙草が一番いい。ここ一番という時に煙草の量が増えてしまうのは、これまでの経験で分かっていたのだが、今日は何故かそうならなかった。緊張が頂点を突き抜け、煙草では押さえ切れないほどになってしまっているのかもしれない。実際、ニコチンへの渇望はそれほど強くなかった。

「やめさせましょうか」依然として正座したまま、松島が言った。「確かに緊張感が足りません」

「いや、いいだろう」国重は首を横に振った。逆だ。緊張し過ぎているからこそ、酒を呑まずにはいられないのだ。こんなことを、あまり煩《うるさ》く言っても仕方がない。

「私も、向こうには居辛いです」

「相変わらず堅いな」国重はにやりと笑った。

「実験している時が一番落ち着きます」

「最近の大学生では、君のように堅い人間は珍しいだろう」

「そうかもしれません。皆、呑気なものです」

「これだけ景気がいいと、国のことを真面目に考える人間もいなくなるよ。危機的な状況でこそ、人はあれこれ国の行く末を心配するものだ」

「今は食べていくだけなら、何とでもなりますからね」

「しかも、暇潰しの娯楽には事欠かない」

「テレビのことですか?」

「まさかあんな高価なものが、あっという間に普及するとは思わなかった」

　もちろん国重も、テレビは持っている。東京の自宅でも、会社の社長室でも、テレビは大きい顔をしていた。まるで自分こそが娯楽の王様である、とでも威張るように。それが気に食わなくて、国重は三楽荘にはテレビを置いていない。会社を経営している立場上、常にニュースは耳に入れておく必要があったが、それはラジオで事足りる。それに、何かあったら秘書部からすぐに連絡が入るのだ。あの連中は優秀で、常にアンテナを張り巡らせている。情報を選別し、どうしても国重の耳に入れておかなくてはならないと思ったら、国重がどこにいても必ず摑まえて報告するのだ。

「来年はオリンピックですよ。たぶん、日本人は全員、テレビの前に釘づけになるでしょう」

「だろうな」

「それまでに、既に全てが終わっているということは？」

松島の目つきが鋭くなり、国重は急に落ち着かなくなった。かつて——戦前には、こういう目をあちこちで見かけたものだ。信念を持ち、何かにつき動かされていた軍人たちは、誰もが今の松島のような目つきをしていた。

「そこまで計画は立てていない」

「先生、少し急いだ方がいいんじゃないでしょうか。戦いは続いているんですよ」

「世間はそうは見ていないだろうがな」

六〇年安保の激震と興奮は急速に過去のものになり、今は太平の世だ。金を稼ぎ、使うことこそが美徳。社会基盤の整備は進み、来年にはオリンピックが開催される。それをもって世界の一流国に名乗り出る、というのが政府の目論みだろう。何が一流国か……実際には、不満に被せられた蓋《ふた》が綺麗な色に塗られているだけなのだ。蓋の下では、爆発寸前まで圧力が高まっている。

「世間の人間は、何も気づいていないだけですよ」

「その通りだな」

「日本は、間違った方向へ進んでしまいました」

「まったくその通りだ」

「正す機会は今しかありません」松島の声に、次第に熱が籠ってきた。

「そうだな。何度も話し合った通りだ」

　相槌を打ちながら、国重は胸の中で不安が膨れ上がってくるのを感じた。松島の態度は、まるで青年将校のそれである。この青年は、二・二六事件や五・一五事件を、当然直接には知らない。二つの事件は、クーデターの「入り口」としては成功したが、結局政府に大きな傷を与えられなかったという「結果」を、しっかり理解しているだろうか。自分たちがやろうとしていることには時間がかかる。それが分かっていて、なお性急に事を進めようとしているなら、自分の教育が間違っていたことになる。

　国重たちが組織した「七の会」は、軍隊ではない。暴力的な支配も強圧的な命令もなく、むしろ非常に民主的な組織と言える。毎月開かれる勉強会では、常に活発な意見が出され、それが磨き上げられて、七の会の基本理念が出来上がった。真の独立、真の民主主義を目指し、世界に類のない政治体制を整える——五十歳になる国重にすれば、こういうことに時間がかかるのは分かっている。一歩間違えれば、戦前のクーデターのように致命的な間違いを犯すかもしれない、ということも。しかし松島のように若い人間ほど、「時間がない」と焦るものだ。早急《さっきゅう》に結果を求めたくなり、やらなくてもいいことをやってしまう。今回のように。

松島は暴走した。自分もそれを容認してしまった。だが、まだ間に合う。この男は今のうちに、一度引くことの大事さを知っておくべきである。

国重は腰を上げた。松島が正座したまま、見上げる。

「しょうがない……私も、山賊の宴会に参加しよう。いつ電話がくるか、分からないからな」

「分かりました。でも、酒はやめましょう。やはり緊張感が足りません」

「そろそろ、連中にも冷たい水を飲ませるか。その瞬間には、素面《しらふ》でいないとな」

「仰る通りです」大きくうなずき、松島が立ち上がる。

気合いが入り過ぎだな、と国重は心配になった。その気合いが折れてしまった時、松島はどうなってしまうのだろう。

国重は便所に寄り、入念に手を洗った。水は氷を意識させるほど冷たい。鏡を覗きこむと、難しい顔をした初老の男がこちらを見返してきた。疲れている。緊張は頂点に達しており、鼓動をはっきりと感じることができた。戦時中でも、こんなに緊張したことがあったか……何度か死地を潜り抜けてきたものの、あの戦争はどこか他人事のような感じがあった。しかし今夜の状況は、自分たちが作り上げたものである。

肩を上下させて息を吐き、気合いを入れ直す。今日で全てが終わるわけではないのだ。むしろ新たな出発点になる。

いつも会合に使っている十二畳ほどの洋室に、今日も七の会の全員が集まっていた。大正時代の洋室のイメージで作られた部屋で、大きなテーブルと金華山織《きんかざんお》りの椅子、それにソファが置いてある。五人は思い思いの場所に座って談笑していたが、国重が入って行くと、ぴたりと声が止まった。

国重は、いつも座っている上座の椅子に腰を下ろした。後から入って来た松島は、テーブルを挟んで向かいの場所に座る。これも定位置だった。一度は右腕と頼んだ男……国重は松島に向かってうなずきかけ、口を開いた。

「もう少しだ。焦らず待とう」

部屋に、帯電したような緊張感が満ちる。その緊張した空気を自分でも吸いこみ、国重は腕時計に視線を落とした。部屋の片隅に置いた黒電話にちらりと視線を投げる。今にも鳴り出しそうに見えるが……一つ咳払いして、煙草に火を点けた。部屋の中には紫煙が充満しており、そこに新たな煙を加える形になる。煙草を吸わない松島にとっては、拷問のようなものだろう。国重は立って窓を開けた。部屋に満ちた煙が薄れるより先に、寒さが襲ってくる。恐らく外は、氷点下。こういう夜に外で作業をするのは辛いものだ。戦時中長らく満州にいた国重は、寒さが人に与える悪影響についてよく知っている。手先の感覚が鈍り、思考力が落ち、集中力は薄れていく。だいたい、軟弱になってきた最近の日本人には、この程度の寒さも地獄のように感じられるだろう。

国重は、テーブルに置いてある一升瓶に目を向けた。既に三分の二ほどがなくなっている。ウイスキーの瓶も、残りは半分だけ。まったく、勝手に祝勝会を始めるとは……苦々しく思いながら、国重は一升瓶を取り上げ、湯呑み茶碗に半分ほど注いだ。呑まないつもりだったが、やはり呑まずにいられない。最近はなるべく酒を控えるようにしているが、さすがに今夜は、アルコールの助けが必要だった。たとえ「山賊」の一員になってしまっても……一気に呑み干し、少しだけ酒臭くなった息を吐く。ゆっくりと煙草を吸い、もう一杯酒を呑もうかどうしようか迷いながら、湯呑みの上で掌を伏せる。今夜はまだ長い……酔っ払うわけにはいかないと思い、一升瓶を押して少しだけ遠ざけた。

「腹が減っている奴はいるか？」

何人かが手を上げた。うなずき、「台所に握り飯が用意してある」と告げる。手を上げた連中が出て行き、すぐに皿に山盛りの握り飯を持って戻って来た。夕方、手伝いの女性が作っていったものである。あとは漬物だけ。四十七士の討ち入り前の食事も、もう少しましなものだった、と聞いたことがある。しかし取り敢えず空腹をしのぐには、これで十分だ。

冷たい握り飯だけの食事が始まる。飲み物は酒。言えば誰かがお茶の用意ぐらいはしただろうが、そういう命令を発するのも面倒臭い。ここは軍隊でも会社でもないのだ。

「そろそろだな」握り飯があらかたなくなったタイミングで、国重は独り言のように言った。全員の動きがぴたりと止まる。

しかしそこから先、何も起きなかった。十二時を回り、十分、二十分……無言の時間が流れる。十二時半になった時、国重は立ち上がった。何人かが、釣られたように慌てて椅子を離れる。

「遅過ぎます」座ったまま、松島が言った。いつも冷静で表情が変わらない男なのだが、今夜に限ってはわずかに緊張を露《あらわ》にしている。眉間に皺が寄っているのがその証拠だ。

「分からん」国重は声を荒らげた。

「確認は……」

「確認しようがない」国重は、音を立てて椅子に腰を下ろした。「おい、窓を閉めてくれ！とにかく、もう少し待とう」

寒さを我慢しながら午前一時まで待った後で、国重は何かが起きた、と全員に告げた。告げざるを得なかった。

「この時間まで連絡がないのは、明らかにおかしい」

難しいことをやろうとしていたわけではない。失敗しようがない単純作業なのだ。何か重大な失敗か妨害があったに違いない。高揚した表情は消え、焦りと恐怖がそれぞれの顔を支配する。

「おい、現場に行こう。準備してくれ」

国重は着替えるために、大股で部屋を出た。松島がすぐ後に続く。

「先生……」

「何か起きたとしか考えられない」

「失敗するとは思えません。連絡がないだけではないでしょうか……電話が故障しているとか」

「考えられない。何か、こちらが想像もしていなかったことが起きたのかもしれない」

「それは……」

「君は、想像力が足りないのが欠点だ」立ち止まり、国重は振り返った。「君の能力には全幅の信頼を置いているが、そこが唯一の問題点かもしれないな」

「すみません」松島が頭を下げる。「とにかく、現場に行きましょう」

「分かっている。何人かはここへ残すとして……君は来てくれ。もしかしたら、S号そのものに問題が生じたのかもしれない」

「それは絶対にありません。あり得ません」松島の顔が蒼褪《あおざ》める。

「取り扱いに失敗した可能性はどうだ？　もしも、間違ってどこかで混合させてしまったら……」

「確実に死にます」

「そんなことがないように祈りたいが、連絡がないということは、何かしら危険な状態にあると考えるべきだろう」

「急ぎましょう」

「ああ」

国重は急いで洋装に着替えた。分厚いセーターにズボン、ジャケットの上にコートも着こむ。これでも寒いだろうが、何も現場まで歩いて行くわけではないのだ、と自分を納得させる。外に出ると、既に二台の車が用意できていた。自分は愛車のトヨペット・クラウンに乗りこむ。少し前までは、自分たちのような立場の人間が乗る車と言えば、巨大なアメリカ車しかなかったのだが、最近はやっと、国産車でもそれに対抗しうるだけの高級車が登場している。愛国者の国重としては当然国産車、それも最高級車を選ぶ。クラウンは昨年モデルチェンジしたばかりで、丸目二灯のヘッドライトはなかなかシャープなデザインだし、乗り心地も前のモデルに比べてぐっとよくなっている。

「社長……」ハンドルを握る荒巻が振り返り、不安気な顔を見せる。

「何も言わないで運転に集中してくれ。夜道は危ない」

「分かりました」

「焦るなよ」

「はい」

タイヤが枯れ枝を踏む音が、車内にも入ってきた。本当は車回しを作っておくべきなのだが、無粋なアスファルトで庭が埋められるのには我慢がならなかったのだ。

道路に出て、ひたすら前橋の市街地を目指す。ひたすらと言っても四キロほど、まだ田園風景が広がる場所が目的地だった。蕎麦屋《そばや》の駐車場……当然、店は閉まっている。国重は車を降りると、背筋を思い切り伸ばした。刺すような寒気が、コートを突き抜けて襲いかかってくる。蕎麦屋の隣では工場を建設中、裏には畑が広がっている。道路の反対側には、新しい家が続々と建っているが、今は音のない世界だった。突然、鳥が羽ばたく音がして、国重はびくりと体を震わせる。こんな夜中に……。

二台目の車が到着した。下りてきた松島の顔は、夜目にもはっきり分かるほど蒼白い。

「いませんね」心配そうに周囲を見回しながら松島が言った。

「おかしい」国重は唇を噛んだ。

「この場所を見逃すとは思えません」

「当然だ。何度も下見しているんだからな」

下見——それこそ昼飯ついでに蕎麦屋に入ってまで、周囲の状況を頭に叩きこんでいた。国重は蕎麦屋の駐車場を抜けて、畔道《あぜみち》を歩き始めた。人気《ひとけ》はなく、深い闇に包まれていると、ひしひしと孤独感を覚える。それを打ち破るように、背後から足音が聞こえてきた。振り返ると、松島を始め、数人の男たちが追って来ていた。

「一か所に固まるな!」国重は低い声で命令を飛ばした。軍隊時代の記憶がふと蘇る。「分散して探せ」

松島が立ち止まる。後続の男たちにぶつかられ、体がぐらりと揺れた。

「松島君、車のヘッドライトを点けておいてくれ。これでは何も分からん」

「分かりました」松島が踵《きびす》を返す。しばらくすると、幾筋かの光が闇を切り裂くように走った。しかし、自分たちが先ほどまでいた場所が確認できるだけで、とても照明代わりにはならない。

「社長」荒巻が追いついて来た。立っていると身がすくむほどの寒さなのに、額には汗が浮いている。

「緊張するな」国重は低い声で脅しつけるように言った。「緊張するな」と言われてリラックスできる人間はいないのだが、何も言わないよりはましだ。「もう少し先まで行ってみよう」

先まで行っても何かがあるとは思えなかったが、他の連中から少し距離を置きたかった。一人で冷静になり、考える時間が必要である。荒巻だけは別だ。この男は、必要なら完全に「影」になれる。

荒巻を従えてゆっくりと歩いて行く。車のヘッドライトはまったく当てにならず、ほぼ暗闇の中を手探りで歩く感じだった。遠くでエンジン音が聞こえるだけで、近くで聞き取れるのは、自分の足が枯れ葉を踏む音と、荒い呼吸の音だけ。闇に次第に目が慣れてきたが、見るべき物がない場所だ。細い道路の両側には畑が広がっているだけ。道のずっと先には、何軒かの民家が影になって浮かび上がっていたが、人の気配はまったく感じられなかった。この辺は基本的に農家ばかりだから、朝も夜も早い。今は全てが死に絶えたような状態だ。

車から十分離れると、国重は振り返った。少し間を置いて立ち止まった荒巻の顔色は、夜目にも分かるほど蒼い。

「何もないな」

「はい」

「とにかく落ち着いて行動しろ。お前のことは頼りにしている」

「はい」荒巻は直立不動の姿勢を保っていた。またも軍隊時代を思い出してしまう。危機の中、この男に何度命令を下しただろう。二人とも致命傷を負わずにここにいるのは、奇跡のようなものである。敗走しながら、「生きて帰ろう」と何度も話し合った。それからわずか十八年……日本がここまで復興することを、国重も荒巻も想像していなかった。

それは間違った復興であるのだが。一つの国が大きく変わる時に必要なエネルギーは、莫大なものである。間違った方向に行ってしまった時、引き戻すにはさらに大きなエネルギーが必要になる。

「落ち着いて、これから起きることをきちんと見ておけ。そして口はつぐんでおくんだ」

「はい」荒巻の目の端が引き攣った。

「よし」国重は少しだけ声を大きくした。「ここには何もない。誰もいない。そうだな？」

「仰る通りです」

「戻ろう。今のところ状況は分からんが、何かが起きたのは間違いない。長くここにいると危険だ」

「承知しました」

人がすれ違うにも難儀するほどの細い道である。畑に降りれば、乾いた土で靴が汚れてしまうだろう。「回れ右だ」。国重は荒巻に命じ、方向転換させた。機敏な動作で荒巻が方向転換し、国重をリードして歩き始める。

「足元が悪いです。お気をつけて」

「分かってる」

俺も心配されるような年になったか、と苦笑した。終戦の年、国重は三十二歳。それが今は五十になるのだから……時は流れる。四十歳を超えたばかりの荒巻は、さすがにまだ身のこなしが軽かった。それは軽快な歩き方にも現れている。大股で、リズムを保って、視界が限られている悪条件にもかかわらず、ぐんぐん進んで行く。ふと、満州の暗闇を思い出した。都市部はそれこそ東京のように明るかったが、少しでも郊外に出ると、呑みこまれてしまうような暗闇が広がっていたものである。

満州はよかったな——地獄になる前は。もしかしたら自分が目指す理想の国は、あそこだったかもしれない。もしも戦争があんな展開にならなければ……いやいや、あれは負けるべくして負けた戦争だ。

蕎麦屋の駐車場に戻ると、不安気な顔に出迎えられた。

「誰もいません」松島が暗い顔で報告する。

「分かった」一呼吸おいて、「戻ろう」と命じる。

「まさか——このまま放っておいていいんですか？」松島が血相を変えて反論した。

「仕方ない。探すにしても、この暗闇じゃどうしようもないだろう」

「しかし——」

詰め寄る松島を、国重は首を振って制した。松島が唇を引き結び、目を細くする。握り締めた拳は白くなっていた。

「これは重大なミスですよ」

「ミスか、あるいは事故か」国重は首を振った。「今の段階では分からない。焦るな」

「いや……焦ります」松島が乾いた唇を舐めた。

「気持ちは分かるが、今焦っても何にもならない」

「よもやとは思いますが、警察が――」

「それはない」国重は即座に否定した。「情報統制は完全だ。漏れるとは考えられない。それとも、この中に誰か、裏切り者でもいるというのか？」

「それは……考えられません」松島が唇を噛んだ。

「そうだろう。仲間を信じなければ、何もできない」

「しかし、不可解です」

「右に同じく、だ」国重は首を振った。「分からないことをあれこれ考えても仕方ない。明日の朝になれば、もう少し状況がはっきりするはずだ。今夜は引き上げよう」

「もう少し探さなくていいんですか？」

「どうやって？」

二人の視線が衝突した。国重はふっと笑みを漏らし、松島の肩を叩いた。

「これだけ暗いんだ、事故でも起きたら大変なことになる」

「車がありますよ。ヘッドライトで照らせば、何とかなります」

「ずっとヘッドライトがついていたら、近所の人たちが怪しむぞ。とにかく待機だ。今はそれが最善の選択だろう」

「……分かりました」

明らかに納得していない様子だったが、松島はうなずいた。言葉を抑え切れない様子で、すぐに話を続ける。

「事故が起きる可能性もあります」

「そうだな」

「例えば、東京に持ちこまれたら……」

「大変なことになるだろうな」

「それはまずいのではないですか。やはり、一刻も早く回収しなければ」

「そもそも、テストすることを提案したのは君だ。どれだけ危ういかは、提案した時点で分かっていたはずだと思うが」

「ええ」松島が唇を引き結ぶ。

「それが、君のやりたいことではなかったのか？　人を傷つけ、自分たちの力を誇示することが」

「傷つけるというのは、あくまで結果に過ぎません。これは、大義のためではないですか」必死でまくしたてる松島の目は、真っ赤になっている。

「そうだな」

国重は、松島の脇をすり抜けてクラウンへ戻った。この話が平行線を辿るのは分かっている。そして今は、そんなことを話している場合ではなかった。

国重は、三楽荘の二階にある自室に引っこんだ。他の連中は、一階で雑魚寝《ざこね》している。一人で過ごす部屋は、寒さが肌に張りつくようだった。

椅子に腰かけてどてらを引っ被ったまま、電話を見詰める。この家に引かれた二本の電話のうち、こちらの番号を知る人間は、七の会の中にもいない。完全に個人用の電話なのだ。

すっと手を伸ばし、受話器に置く。ベークライトの硬くひんやりした感触が、心をざわつかせた。予想外の事故が起きたせいではないか。簡単に済む予定なのに、どうして連絡がない？　何か、予想外の事故が起きたせいではないか。受話器に掌を置いたまま、壁の時計を見上げる。午前三時十分。相手は約束を違《たが》えるような男ではないはずで、秒針が進むごとに、不安がいや増していく。

電話が一瞬、甲高い音をたてた。国重はすぐに受話器を取り上げ、耳に押し当てた。階下の連中には聞こえないはずだが、念のために声を潜める。

「俺だ」

「遅くなってどうもすみません。全て終わりました」

「何か問題でもあったのか？」

「いや、特には……予定よりも時間がかかっただけです」

「問題はなかったんだな？」国重は念押しした。実際には何かあったと確信している。

「ありませんよ。本当に、時間がかかっただけです」

工藤にしては暗い声である。間違いなく計画外のことが起きたのだ。工藤は俺に心配をかけまいとして、隠しているだけだろう。だが、ここで追及する気にはなれなかった。面倒な仕事を頼んでいるのだ……彼の気持ちも大事にしなければならない。

「大丈夫です。全て無事に終わりました」

国重は受話器を一瞬耳から離し、大きく溜息をついた。工藤がそう言うなら信じよう。これで当面の心配はなくなった。後は、軟着陸の機会を逃さなければいい。

「ご苦労だった」

「いえ」

「この借りは何かで返す」

「そんなことを考えて手伝ったわけじゃないですよ」

「ああ、それは分かっている。ただ、私がそういう気持ちでいることは覚えておいてくれ」

「分かってます」

気安い工藤の声は、耳に心地好かった。「聞き取りやすい声」というのはあるのだが、彼の声がまさにそれである。それは子どもの頃から変わらず、役者にしたいな、と思うことさえあった。それともラジオのアナウンサーか。

「結構だ。では、後はゆっくり休んでくれ。その他のことに関しては……」

「心配無用です。私の方で、然るべく処理しておきます」

「分かった」処理、という言葉は嫌だったが、ここで文句を言っても仕方がない。全て終わったことであり、今さら時間を巻き戻すことはできないのだ。もう一度「ご苦労だった」と言い、電話を切る。

溜息をついてから立ち上がる。電話を待って椅子に座っていたのは三十分かそこらだったのだが、ひどく緊張し、疲れているのを意識した。こういう、待つだけの時間は嫌いだ。自分で攻めていってこそ、生きる意味がある。しかし今回、国重は完全に受け身に回っていた。慣れないことだと思いながら、これは避け得ない。

窓辺に寄り、真っ暗な庭を見下ろす。静かだった。木の葉が擦れ合う音が聞こえるだけで、他には生きる物の気配がない。

これでよかったのだ、と思う。俺は戦争をくぐり抜けてきた。目の前で何度も戦友を、部下を死なせてしまった。人の命の重さについては、重々承知している。

13

朝七時に階下に降りると、偵察に出した一人を除いて、既に全員が顔を揃えていた。暖炉にも火が入っており、部屋はすっかり暖まっている。ほっとしながら、国重は全員の顔を見回した。いつもの席につくと、もう一度一人一人メンバーの顔に視線を投げてから口を開く。

「まだ状況は分からないが、重大な問題が起きたのは間違いない」

「具体的に何か分かったのですか」すかさず松島が訊ねる。

「分からない。現段階では、実行部隊の人間が消えた、としか言いようがない」

ざわついた空気が流れた。消えた……人は簡単に消えられるものではない。そんなことは分かっているが故に、誰もが不審がっている。

「消えたというのはどういう意味ですか。S号はどうしたんですか」松島の顔からさらに血の気が引き、紙のように白くなる。ほとんど徹夜だった様子で、一晩経っても衝撃は薄れていないようだった。

「分からない、としか言いようがない。S号を持ったまま消えてしまったとか……」

「そんなにいい加減な人間だったんですか」松島が食い下がる。

「どうかな」国重は顎を撫でた。髭の剃り残しが鬱陶しい。「信用してはいたんだが、私の見る目がなかったのかもしれない。これは私の責任だ」

「元々、先生の会社で働いていた人、でしたよね」松島がなおも突っこんだ。

「ああ。今でも私に従ってくれると思っていたんだが……とにかく、君たちは気にする必要はない」

「探さないんですか」原が手を挙げて発言する。

「探し回れば、我々の姿が表に出てしまう恐れがある。それはまずい」

原がむっつりと黙りこんだ。それきり質問は出なくなる。不可解な状況に、全員が頭を悩ませているのだ。そして何よりも、不安が言葉を奪う。

「情報が漏れたとは考えたくないが、絶対ということはない。警察が、こちらの動きを察知していた可能性もある」

「それはないと、昨夜《ゆうべ》仰ったじゃないですか」松島が抗議する。ゆっくりと顔を上げ、国重を睨んだ。

「いや、可能性というだけなら、何でもあり得る。何も分からない以上、はっきりしたことは一切言えない。それにこの件では、可能性をあれこれあげつらって議論するつもりもない。そんなことをしても何にもならないからな」国重は声を尖《とが》らせた。「一つ、諸君らに徹底してもらいたいことがある。この件については、今後も極秘扱いとする。消えたあの男がどこかに現れるか、あるいは消えたままなのか分からないが、本日この時点をもって、あの男は我々とは無関係になる」

「それでいいんですか？」「危険じゃないんですか」疑問の声が次々に上がった。

「分かっている」国重は右手を上げて、重なる発言を制した。「しかし、これ以上話を進めても、危険になるだけだ……可能性の話はしないと言ったが、一つだけ言わせてくれ。おそらくあの男は、怖じ気《おけ》づいて逃げたんだと思う。先に金を払っておいたのが、そもそもの失敗だった。私の判断が甘かったんだ。ここで謝罪したいと思う」

国重が頭を下げると、再び重苦しい沈黙が満ちた。ゆっくり顔を上げ、話を続ける。

「今後、あの男がどういう動きに出るかは分からない。警察に駆けこむ恐れもあるし、我々を脅迫してくるかもしれない。だが、そういう問題に関しては、私が全て対応する。君たちは一切、表に出てはいけない。七の会の規約を思い出してくれ。全員で責任を取るような馬鹿なことはしない。危機に際しては然るべき人間が矢面《やおもて》に立ち、全てを受け止める——そういうことだったな？」

「先生、それではあまりにも……」松島がいきり立って言ったが、途中で言葉を失ったようだった。

「これは七の会にとって、非常に大きな危機だ。私は、こういう時に責任を取るためにここにいる」

「先生に全ての責任を押しつけることはできません！」松島がついに立ち上がった。今度は顔を真っ赤にしている。

「もちろん私も、腹を切るつもりはない。もしも何か起きたら、その時は然るべく対処するだけだ」国重は少しだけ表情を柔らかくした。「もちろん、何も起きない可能性の方が高い。あの男は金を受け取り、その後で怖くなって逃げただけだと思う。だから放っておけばいい。あの男も、我々が本気だということは知っているはずだからな。妙なことをすれば、自分の身が危うくなるぐらいは分かっているだろう」

そこで立ち上がり、もう一度全員の顔を見回す。戸惑い、恐怖、怒り……様々な表情が並んでいた。

「ここで一度、引くべきだと思う」

「まさか」松島がつぶやく。原も同調して「弱気になられたんですか」と詰め寄ってきた。普段、こういうことはしない男なのだが。

「違う。今回の一件は小さな失敗だが、致命傷になる可能性も秘めている。何事もなかったとはっきり分かるまで、頭を下げて塹壕《ざんごう》の中に隠れている必要があるんだ」

「しかし……」松島が歯を食いしばる。顔はまだ紅潮していた。

「悔しいのは分かる。君ら若者が先を急ぎたがるのも理解できる。しかしこういう遠大な計画には、必ず停滞する時期があるものだ——だが私は、これを単なる停滞だとは考えない。次の機会に対する準備期間だと解釈したい。あくまで、一時的に身を潜めるだけだ」

電話が鳴った。自分が一番近いのだが、国重は無視した。隣に座っていた荒巻が急いで立ち上がり、受話器を取る。相手の声に耳を傾けていたが、途中で彼らしくない、甲高い声を出した。

「消えた？」

その場にいる全員が、一斉に荒巻の顔を見る。荒巻は、焦る気持ちがそのまま現れたように、背中を丸めて早口で話した。

「どういうことなんだ？　しっかり確認したのか？　ああ……分かった。とにかくないんだな？　もう一度工場へ戻ってくれ。我々もそちらに行くが、それまで番を頼む」

荒巻が、普段の丁寧な態度をかなぐり捨てて、受話器を叩きつけた。硬く重い音が、部屋の緊張感を加速させる。荒巻は緊張のあまり、すぐには喋り出せないようだった。国重はすぐに助け舟を出した。

「岩城だな？」工場の様子を偵察に行かせたのだ。

「はい。S号が消えています！　全てなくなっているそうです」荒巻の声は震えていた。

「クソ、誰が……」松島が立ち上がる。拳をテーブルに叩きつけ、怒りを露にした。すぐ我に返り、「とにかく、確認しましょう」と言った。

全員が立ち上がったが、国重はすぐに両手を広げて制した。

「全員で行っても仕方がない。取り敢えず、松島君と原君だけ来てくれるか。後はここで待機だ。荒巻、車を出してくれ」

三人が慌ただしく部屋を出て行く。最後になった国重は、振り返って、釘を刺した。

「何かあっても慌てないように。仮に警察がここへ来ても、全て私しか知らない、と言い張るんだ。余計なことは一切言うな……一時間ほどで戻る」


「工場」の建物の前は土がむき出しの駐車場で、荒巻が乱暴にブレーキを踏みこむと、クラウンが少しだけスリップしてから停まった。助手席に座っていた松島が、最初に飛び出して行く。あまりにも慌てているせいか、転びかけた。国重は最後に車を出て、荒巻と並んで小屋の方へ向かった。薄曇り、気温は零下だろう。吸いこむ空気は冷たく、肺に無数の細かい針が刺さるように感じた。霧が出ており、小屋の周りの緩やかな丘は、霞んで見える。

実際には「山小屋」などと呼べるようなささやかなものではなく、建物自体は三楽荘よりもはるかに大きい。戦前、東京の銀行家が夏場の別荘として建てたものだが、戦後に本人が死んだ後、遺族が相続税を払い切れずに売りに出した、という経緯がある。実際には、戦時中からほとんど使われていなかったようで、今は幽霊屋敷のようになっていた。

建物の前で、岩城が不安そうに周囲を見回しながら立っていた。体の大きな男なのだが、ほっそりとした松島に詰め寄られ、言い返すこともできずに、ただ首を振っている。まるで自分の責任ではないと言い訳するように。そのままだと松島は殴りかかりそうな勢いだったので、国重は彼に近寄って、後ろから肩を叩いた。荒い息を吐きながら、松島が凄まじい形相で国重を睨みつけてくる。ここは宥《なだ》めても無駄だと思い、国重は前に出て岩城に話を聞いた。

「鍵はこんな感じです」岩城が、震える手で玄関のドアを指差した。南京錠で封鎖してあったのだが、ドアの鍵部分が丸ごとくり抜かれている。木製のドアは古くなっていたから、こんな乱暴な手を使っても、こじ開けるのにさほど時間はかからなかっただろう。

「せめて鍵回りだけでも、もう少し補強しておくべきだったな」国重は顎を撫でながら言った。

「すみません」岩城が頭を下げる。

「君のせいじゃない。中は確認したんだな？」

「はい。ご覧になりますか？」

「当然だ。そのために来たんだから」うなずき、国重はドアを肩で押し開けた。人が通れる隙間ができた瞬間、松島が中へ飛びこんで行く。普段見せない無礼な態度に一瞬むっとしたが、彼の焦りは理解できる。何も言わずに、松島の背中を追って室内に入った。

小屋は、入ってすぐのところが、広い居間になっている。二十畳ほどもあり、暖炉も切ってあった。その横には、うず高く積み上げられた薪。実際に使われていた証拠に、古い灰が未だに暖炉の中に残っている。松島は迷わず、階段に向かった。二階の一室、八畳ほどの洋間が松島と原の研究室になっている。拍子抜けするほど普通の部屋で、がっしりした背の高い金庫が二つあるのが目立つぐらいである。金庫の扉は破られたわけではなく、ただ開いていた。それぞれ中は三段に区切られており、そこに完成したS号と、材料となる薬剤が保管されていたのだが、全て消えていた。

「クソ、何だ、これは！」松島が金庫を蹴飛ばした。硬い音がして、扉が閉まってしまう。

「どこから暗証番号が漏れたんだ！」

重苦しい沈黙が満ちる。確かに、暗証番号を知らないとこの金庫は開けられない。物理的に破るには、バーナーなどの大がかりな道具が必要なのだ。そんな準備までする手間を考えると、危険は冒せない。それにバーナーの熱が加われば、S号や他の薬剤にどんな影響が出るか、分かったものではない。松島の説明によると、S号の材料になる二つの物質は非常に安定しており、熱や振動などで変化は起きないということだったが、それはあくまで理論上のことである。

松島が、慌てて机に取りついた。次々と引き出しを開けて中を検《あらた》め、「ない！」と叫ぶ。ほとんど悲鳴のようだった。

「設計図か」国重は重々しい口調で訊ねた。

「ありません。全部なくなっています」机を叩き壊しそうな勢いで、松島が引き出しを閉めていく。ぴしりという甲高い音が、部屋の空気を震わせたようだった。

国重は窓辺に寄り、乱暴にカーテンを開けた。霧の中、眼下に広がる緩やかな丘の全貌が視界に入る。所々に、背の低い木が固まっているほかは、雑草に覆われていた。その向こうに、先ほど自分たちが走ってきた県道が見える。

「七の会の中に、誰か裏切り者がいる」松島が低い声で言い、国重に詰め寄った。「いったい誰なんですか？　誰が裏切ったんですか？　もしかしたら、昨夜の実行部隊も、裏切り者に襲われたのでは……」

「そういうことを軽々しく言うものではない」

国重はたしなめたが、松島の怒りは収まりそうにない。目は真っ赤になり、涙さえ浮かんでいる。握り締めた拳は、誰かを殴りたがっているようだった。もう少し顔を突き出したら、この男は自分を殴るかもしれない、と国重は思った。

「危険はないか？」国重はわざと軽い調子で訊ねた。

「はい？」

「薬物はなくなっている。その辺に零れていないだろうな」

「S号が零れたら、盗み出した人間も死んでいますよ」松島の表情が歪む。「間違いなく、扱いがある程度分かっている人間の仕業です。だから、内部の人間としか考えられません」

「少し無用心だったかもしれない」

「そうです。最高機密に関しては、情報を共有すべきでは――」

「そうじゃない」国重は首を振った。「もう少し鍵の管理をきちんとしておくべきだった」

瞬時に松島の耳が赤くなった。この男の冷静な研究者の仮面の下に激情的な性格が隠れていることを、国重はよく知っている。怒りに火が点くと、簡単には止まらないのだ。国重が声をかけてさえ難しい。

「国重先生、この件について、きちんと話をしませんか。活動停止も理解できますが、このままだと内部の裏切り者のせいで、我々の目標は永遠に達成できなくなります」

「君は、誰が裏切っていると思うんだ」

松島が唇を噛んだ。途端に血の気が引き、顔面も蒼白になる。国重は細く息を吐いて緊張を解き、松島の肩を軽く叩いた。やはり緊張して盛り上がっていた松島の肩が、すっと落ちる。二度肩を上下させてから、大きく深呼吸した。

「七の会に裏切り者はいない」

「……はい」

「そういうことがないように、我々は意思統一してきたはずだ」

「仰る通りです」

「仲間を信じられなくなったら、新しい社会は実現できない。理想を共有する仲間を信じることが、革命の第一歩なんだ」

「……すみませんでした」

松島は素直に頭を下げたが、その直前に目を逸らしたのを、国重は見逃さなかった。疑っている。誰か内部の人間がこの計画を潰したのだと確信している。しかしこの男は、所詮何もできまい。理想家肌、それに加えて化学知識も豊富だが、実行力に乏しいのが欠点だ。自分では何もできないが故に、現実の失敗に焦る。要するに頭でっかちなのだ。

「これからどうなさるおつもりなんですか」

「引き上げる。ここは入念に封鎖しなければならない——岩城君」

国重に呼ばれ、岩城が一歩前に踏み出した。この男も軍隊経験者で、終戦時には軍曹だった。中佐で終戦を迎えた国重に対しては、未だに頭が上がらないようである。国重自身は、そういう序列にいつまでも囚われているつもりはなかったが、こういう時はどうしても「上官」の顔が出てしまう。

「ただちにこの工場を閉鎖してくれ。ドアは打ちつけて開かないようにしろ。必要な道具は三楽荘に揃っているから、ひとっ走り行って持ってきてくれ」

「分かりました」ほぼ直立不動の姿勢のまま岩城が答えた。

「すぐに取りかかるんだ。荒巻、君が車を運転しろ。原君も協力してくれ」

三人がすぐに飛び出して行く。松島は窓を向いて、両の手を拳に固めている。まだ肩が震えている。

「松島君、取り敢えずこの部屋を先に封鎖してしまおう。ここにも少しは使える物があるはずだから、先に運び出すんだ」

「危険です」振り返った松島が、突然蒼い顔で言った。

「何がだね」

「考えてみて下さい。S号の作り方が流出したんですよ？　あの設計図があれば、誰でも作れます」

「そうだな。それがS号の最大の利点だ」手軽さ。「毒ガス」という禍々《まがまが》しい響きと裏腹に、製造も運搬も簡単だ。

「そんなに呑気に構えていていいんですか」

「君が怒る気持ちは分かるが、怒っても何にもならないだろう」

国重は部屋を出た。まだ話し足りないのか、松島がすぐ後に続く。話しかけられないように、国重は急いで階段を下りた。居間の裏側に台所、それに小さな道具部屋があるのは知っている。そこに何か、使える物があるだろう。ただ荒巻たちを待っているわけにはいかない。

道具部屋は一人が入ると身動きが取れなくなるほどの狭さだったので、国重は松島を制して、一人で中を検めた。壁に棚がしつらえられており、工具が整然と並んでいる。適当な板があれば、部屋のドアを打ちつけてしまうのだが、さすがにそんなものはなかった。仕方なく、金槌《かなづち》と釘を持ち出した。これだけでも、取り敢えずドアを封鎖することはできるだろう。

国重が道具を持ち出したので、松島も、やらなければならないことがある、と自覚したようだった。二人は二階に戻り、無言のまま、まず窓に釘を打ちつけた。内部をもう一度点検して、危険な物がないのを確かめてから、外からドアに釘を打ちつけて固定する。釘は錆《さ》びついていたため、入りがよくなかったが、力任せに金槌を振るって何とか打ちこんだ。一仕事終えた後には、国重の額には汗が浮かんでいた。

「少し休もう」シャツの袖で額を拭い、国重はセーターを脱いだ。冷たい空気がシャツに染みこみ、途端に震えがくる。しかし、セーターを着るよりは暖炉の火に当たりたい……これから火を熾《おこ》すのは面倒だったが。

二人は一階に降り、誘い合うでもなく、それぞれ暖炉の前の椅子に腰を下ろした。国重はうんざりしていた。まだ息が弾んでいるし、右手の人差し指にマメができている。金槌を振るったのなど、何年ぶりだろう。すっかり鈍《なま》っている、と自分に嫌気が差した。両手を広げ、皺の目立ち始めた掌を凝視する、この手は、戦争で何人もの人を殺してきた。二度とそんなことがないよう、真に平和な日本を作ろうと、必死で努力してきたつもりだが、その試みはなかなか実現しそうにない。まだ二十二歳の松島と違って、自分には時間がないことは理解していた。焦るなら、松島ではなく自分なのだが。

「国重先生、我々はこれからどうなるんでしょうか」先ほどまでの激昂《げっこう》した様子は消え、松島はいかにも自信なさげだった。

「先のことは何も分からない。だが、これで終わりにするわけではないからな。理想は持ったまま、少し頭を低くして身を隠しておくだけだ」

「それでも不安です」両手を腿《もも》にはさみ、松島は顎を胸につけるようにうなだれる。

「分かる。だが、それを口にしてはいけない。不安は、口にすると増すからな」

「それも軍隊式ですか」少しだけ揶揄《やゆ》するような口調で松島が訊ねた。

「違う。人間としての基本だ」

余計なことを言わない、というのは確かに軍隊の基本ではあったが……嫌なことを思い出させる。戦時中に生まれたこの青年には、当然戦争の記憶などないはずだ。自分のように、満州の凍った泥沼の中をはいずり回って何とか生き延びた人間の苦労が理解できるはずもない。国重は何も、その時代のことを自慢するつもりはなかった——むしろ恥だとさえ考えている——が、あまりにも感情に流され過ぎる松島の態度には、不安を感じていた。この世代の男たちは、自分の目から見れば女々しい。とかく理屈に走る嫌いがあるし、かと思えば感情に溺《おぼ》れて正確な判断を下せなくなる。松島はまだ、ましな方だと思っていたのだが。

国重は暖炉をじっと見詰めた。灰は、底の方に少し残っているだけだった。火掻《ひか》き棒《ぼう》が、灰の上に放り出してある。暖炉の前の絨毯は色褪《いろあ》せ、かつて灰が零れたのか、わずかに黒くなっていた。実は国重は、この建物を結構気に入っている。戦前の洋風建築のためか、天井が高くて開放感がある。自分で稼いだ金を社員のために還元するのだから、気分もいい。しかしこんなことがあったからには、この建物は取り壊さざるを得まい。土地も手放すか……。

「S号の製造方法が分かったとして、実際に作れるものか？」

「どうでしょうか……」居心地悪そうに、松島が椅子の上で尻をもぞもぞと動かした。「設計図に書いてあるのは、化学式と簡単な製造方法だけです。プラントのように大規模な設備が必要ないのがS号の最大の利点ですが、設計図を見ただけでは、そこまで見抜けないかもしれません」

「君の頭の中には、全て入っているんだな」国重は念押しした。細かい専門的な話になると、松島の独壇場になる。

「ええ。ここにあったのは、設計図といっても極めて簡単なものです。もちろん化学の専門家が見れば、意味は分かるかもしれませんが」

「とにかく、悪用されないように祈ろう」

「悪用、ですか」皮肉な口調で松島が吐き捨てる。椅子の手すりを握る手に力が入っていた。「何をもって悪用と言うんでしょうか。我々のように、信念と理念を持った人間が使うなら、悪用とは言わないと思いますが」

「たとえそれで人が死んだとしてもな」

「またその話ですか？」うんざりした口調で松島が言った。「何度も話し合ったじゃないですか。とうに納得していただけたと思いますが」

「S号は、核兵器に匹敵する威力を持っている。いや、核兵器よりも強力かもしれない。核兵器を使うには、レベルの高い軍事力が必要だ。爆弾として投下するなり、ミサイルに搭載するなり……素人が手を出せるものではない」

「しかし毒ガスなら、必要な場所に置けばいい。それだけで、十分過ぎるほどの効果が得られます」

「いつでも使える武器があるとなれば、相手も交渉の席につかざるを得まい」

「そのためにはまず、効果があることを証明しなければならないんです。殺傷能力があると分かってこそ、毒ガスはその効果を発揮するんじゃないですか。口先だけでは、誰も信じませんよ」

この数か月——松島がS号を完成させてから、幾度となく繰り返された会話である。常に平行線を辿り、結局国重が押し切られる格好になった。軍隊時代の忌まわしい上下関係を嫌う国重にしても、年下の人間に屈服させられた、という屈辱感は強い。

「警察に気づかれた可能性はないんでしょうか」松島が切り出した。「ちょっと考えたんですが、この前、金庫破りが連続して起こりましたよね」

「ああ」

三月一日から二日にかけてのことだ。前橋市内で連続六件の金庫破り事件が発生し、市内は騒然としていた。狙われたのは生命保険会社や証券会社の支社などで、金庫やロッカーが破られ、現金などが盗まれたのである。あまりにも連続して発生したので、車を使ったグループの犯行と見られている。二階の金庫が開けられていることから、松島はこの事件を思い出したのだろう。ただ、一連の金庫破り事件はかなり乱暴な手口で行われているのに対し、この建物の金庫はダイヤル錠を綺麗に開錠して、中身を盗み出している。

「金庫の中身は、別に記録してあるのか?」

「設計図に関しては、ここに」松島が耳の上を人差し指で叩いた。「ほかにS号の完成品が七本ありました。これはご存知の通り、魔法瓶を使ったものです。すぐにでも使える状態にしてありました」

「それで、何人分なんだ?」何人「殺せる」とは聞けなかった。

「風向きなどにもよりますが、最大の効果を発揮したとして、十万人。あくまで試算ですが」松島がこともなげに言った。「それと、原料が五リットルずつありました。いずれも小分けしておきましたから、運び出すのは逆に面倒だったかもしれませんね」

「やはり、警察に届け出るわけにはいかないな」

「なかったことにするしかないでしょうね……しかし、犯人は探すべきです」

「内輪の人間だという話なら、聞く気はないぞ。私は仲間を信じている。とにかく、ここの後始末は私がしておくから、君は東京へ戻りなさい。普段通りにやるんだ」

「しかし――」

「しかしもクソもない。これは命令……お願いだ。私は、君を失うわけにはいかない。七の会は、君がいなくなったら頭脳を失うことになる」

「今は、頭脳よりも手足の方が大事なのではないですか。既に我々の計画は、実際に動ける段階まで来ているのです。今回も、もう少ししっかりした人間を使うべきだったんです」松島の口調は、再び力強くなってきていた。激昂するまであと一歩。

「そう言うな」

「悔やんでも悔やみきれません」

「それは私も同じだ」

「先生、これで全てが終わりということはないですよね」

「理想は、駄目だと諦めた瞬間にゴミになる。最後まで信じてこそ、実現できるものだよ」

「それはお題目です」

「そうかもしれん」国重は胸に顎を埋めた。ふと、暖炉で火が燃えているような錯覚に陥る。冷たい灰が積もっただけの暖炉から、熱が発せられているようだった。俺は熱い気持ちを失ってしまったのか？　違う。ただ、今は時期尚早なだけだ。いつか必ず、その時はくる。松島のような若者は、「待つ」ことができないだけなのだ。

「先生、私は――」

「とにかく今は、弾が当たらないように頭を下げておけ。弾は全て私が受ける。それが、私のような年寄りの役目なんだ」

そう、自分はとうに死んでいてもおかしくなかった。死んでいた方がましだったかもしれない。満州のあの凍てついた荒野で……死の気配が忍び寄ってきたことは何度もあったが、「生き延びたい」という一心で必死に踏ん張った。気合いと注意力さえ失わなければ、戦場でも生きていくことはできるのだ。だが、その後の歳月を考えると……戦争に対する責任、ということを今でも考える。自分は士官学校を出て、軍内部の階段を駆け上がってきた人間ではあるが、その立場は中途半端だった。戦犯として責任を問われることもなく、戦後は必死に金儲けをしてきた。それは、かつて共に戦った仲間のためでもある。戦後の職がない時代には、何人もの仲間を会社に受け入れていた。人間、仕事さえあれば何とか生きていけるもので、彼らは軍隊という濃密な空間から、金儲けというもう一つの濃密な空間にやすやすと移動し、国重に金をもたらしてくれた。

その金を元手に自分がやっていることは、正しいのかどうか——国重は軍隊時代、自ら手をかけて敵兵を殺した経験がない。常に後方で命令を出す立場だったからだ。いや、殺したことはあるかもしれない——銃で。しかし、よほど相手が目の前にいるのでもない限り、「銃で人を殺した」という実感は乏しいものである。激しい撃ち合いの中、自分の銃弾が敵を貫いたとは、なかなか確信できないものだ。

「今日は後始末だな。とんだ週末になった」

少しだけおどけて国重は言ったが、松島の表情は依然として険しく、国重の言葉を聞いている様子はなかった。

その日の午後、取り敢えずの後処理を終えて、七の会は一時解散した。メンバーの間に疑心暗鬼が広がっているのを、国重ははっきりと感じたが、「まずは自分の身の安全を確保するのが大事だ」と言い聞かせた。少しでもおかしなことがあったら、必ず自分に連絡すること。自分だけで簡単に判断しないこと。

国重は、東京まで車に乗っていかないか、と松島を誘った。松島はあっさり断った。

「車は苦手です」

「酔うかね」

「ええ……途中、道路が悪いところもありますし」

「そうか。せめて駅までは一緒に行こう」

松島も、そこまでは拒否しなかった。終戦から二十年近くが経ち、前橋市内には戦争の面影はほとんど残っていない。国重は、何度もこの街に通っているうちに、東日本随一と言われるアーケード街などが賑わっている様を目の当《ま》たりにしてきた。結構なことだ。世の中は太平。しかし、それが上辺《うわべ》だけのものであることを、国重は本能で見抜いている。こんな繁栄はまやかしだ。新幹線が通ろうが、高速道路が開通しようが、オリンピックが無事開催されようが、全ては砂上の楼閣である。この国には芯がなくなってしまった。いや、元々なかったかもしれないが、今はさらにふわふわと危うい感じに思える。軍隊が商社に変わり、世界を相手に金儲けを始めただけ。商社は商社であり、最終的に優先するのは自分たちの金儲けだけだ。国のため、という意識など、誰も持っていないに違いない。

「少し歩いていいでしょうか」駅まではまだだいぶ距離があるのに、松島が突然言い出した。

「構わんが、時間がかかるぞ」

「歩きたい気分なんです」

「そうか……荒巻、その辺で停めてくれ」

荒巻が道路端に車を寄せた。松島は何の迷いもなくドアを開け、片足を地面に下ろした。

「松島君」

松島が振り向く。表情はなかった。疑念も怒りも感じ取れない。誰かに感情を抜き取られてしまったようだった。ひょろりとした体形のせいもあって、ひどく頼りなく見える。

「今回の件は、誰の失敗でもない。何が起きたか分からない以上、あれこれ考えるだけ時間の無駄だ。それに、誰かが悪意を持ってあんなことをしたなら、今頃は次の手を考えているだろう」

「次の手とは何ですか」

警察なら、自分たちの摘発。S号を盗んだ人間なら、脅迫とか。しかし国重は、敢えて何も言わなかった。

「それは分からない。とにかく、気をつけなさい」

松島が国重の目を凝視した。何か言いたげだったが、結局一言も喋らず、目礼しただけで車を降りる。

その後ろ姿を見送りながら、国重は松島と出会った四年前のことを思い出していた。あれが……自分の意志が固まったあの出来事――安保デモが、はるか昔のように思われる。

14

何かがおかしい――松島の頭の中は、疑問符で埋め尽くされた。こんなことになるはずではなかった。テロの前触れとも言えるこの計画は単純極まりなく、失敗など考えられなかったのに……濃度を調整したから、死者が出る恐れもなかった。実際には、被害はほとんどないのではないか、と松島は踏んでいた。何しろ、人家が少ない場所である。しかも夜中となれば、通りかかる人もほとんどいない。どちらかといえば、気づかれずに終わってしまうことの方を恐れていたぐらいである。

松島は一人、国鉄の駅前をぶらぶらと歩いていた。考えがまとまらず、このまま東京へ戻る気にはなれない。頭を冷やしたかったが、足が棒になるまで歩き回っても、まだ頭の中は燃えるようだった。

いったい何が起きたのか……警察に感づかれたのか、それとも裏切り者がいたのか。

裏切ったとしたら国重だ。そうとしか考えられない。

S号を使って脅しをかけるやり方に、国重は反対していた――時期尚早、という理由だけで。一応は多数決に従って計画を進めてきたし、実行部隊の人間を探し出してきたのも彼である。だがその「実行部隊」に、実はS号を持ち去る役目を負わせていたのではないか。自分は、あの男——どこか不気味な感じのする男だった——に一度しか会っていない。S号の基本的な性質について説明し、タイマーのセット方法を教えただけだが、あの時既に嫌な予感がしていた。こちらが話している時、じっと目を凝視してきたのだが、話を聞いているかどうか、分からなかった。あんな人間に会ったのは初めてだった。

クソ、これで全ては一からやり直しか。腹の中では国重に対する疑いが渦巻いていたが、一つだけ、彼の言うことは正しいと分かっていた。

しばらく身を隠すしかない。何が起きたのか分からない以上、今は目立ってはいけないのだ。そして国重の調査を待つ……しかしそもそも国重が裏切り者だとしたら、その調査は無意味だろう。

「松島君」

いきなり呼びかけられ、びくりとして立ち止まる。まさか警察……しかし聞き覚えのある声だった。ゆっくりと振り向くと、小森がにやにやしながら立っている。

「何してるんだ」

「小森さんこそ」

「電車が出るまで時間潰しだよ」

嘘だ。両毛線《りょうもう》は、待たなければならないほどの過疎ダイヤではない。それにここは、駅から結構離れている。ずっと自分の後をつけていたのではないか、と松島は疑った。

「それにしても煩い街だよなあ」

小森が声を張り上げた。確かに……自分たちが立っているすぐ近くで、デパートの新築工事中なのだ。何十回と前橋に通ううちに、松島はこの街の変化にも気づくようになった。地上六階建てのこのデパートは、来年には完成するはずである。工事の音も耳障りだが、埃《ほこり》っぽいのも鬱陶しい。

「コーヒーでも飲まないか？　昨夜はろくに寝てないから、眠くてたまらん」

「構いませんけど……」本当は早く前橋を離れるべきだ。この街で何が起きているか分からないのだから、なるべく距離を置いておく必要がある。しかし松島も、眠気覚《ねむけざ》ましが必要だとは思っていた。それに、小森とも話しておかなければならない。

とはいっても、この辺りにはコーヒーが飲めそうな店さえない。二人は上毛《じょうもう》電鉄の中央前橋駅方面へ、ぶらぶらと歩いて行った。小森は気楽な様子で、ポケットに両手を突っこんだまま、コートの裾を風に遊ばせながら悠々と歩いている。松島は周囲に目を配りながら後に続いた。いきなり背後から肩を叩かれたら──それが誰かは想像もできないが──たまらない。先ほど小森に声をかけられた時にも、喉から心臓が飛び出すかと思った。

この辺の光景にもすっかり慣れていた。中央前橋駅を出てしばらく、上毛電鉄の線路は広瀬川《ひろせがわ》に寄り添うように走る。実際、中央前橋駅のホームに出ると、ほとんど川面と同じ高さなのが分かるのだった。電車に乗っていると、まるでボートで川の上を行くような錯覚に陥る。

「お、ここにしようか」

駅の側《そば》で、小森が一軒の店を見つけて足を止めた。「純喫茶」の看板を確認し、松島は先に店に入った。まったく唐突に、喉の渇きと足の疲れを感じる。自分はいったい、どれだけ長い時間歩き回っていたのだろう。腰が沈みこむようなソファに座ると、さらに疲労感を意識した。両手で顔を擦り、出されたコップの水を一息に飲み干す。溜息をついて目を閉じようとしたが、その瞬間、今にも笑い出しそうな表情を浮かべた小森がこちらを見ているのに気づいた。

「何ですか。何が面白いんですか」

「いやいや、えらいことになったな、と思ってさ」

「そんな風に軽く言わないで下さい」

「おやおや、ずいぶんかりかりしてるんだな。若者はこれだからいかんね」素早く煙草に火を点けて、煙を吹き上げる。煙草を灰皿において席を立ち、すぐに新聞を持って戻って来た。一面トップ記事は「予算案、昨夜衆院を通る」。どうでもいい話だ……予算は国の基礎だが、こんなことのために貴重な時間が費やされるのは馬鹿馬鹿しい。官僚に主導権を渡す代わりに、徹底して国民に奉仕させる「専官政治」なら、こんな面倒なことにはならない。

だが今、自分たちの理想は遠くへ去ってしまった。

誰かのせいで。

「今回の件、誰の陰謀だと思う？」

さほど声を低めもせず、小森が聞いてきた。

「今回の件、誰の陰謀だと思う？」小森が聞いてきた。松島は思わず、周囲を見回す。中途半端な時間のせいか、二人の他に客はいないが、カウンターまでが近い。普通の声で話していたら、店員に聞かれてしまうだろう。

「小森さんこそ、どう思うんですか」

「そんなの、決まってるじゃないか」小森が鼻を鳴らす。「反対していた人がいただろうが」

「ええ……」

「他に誰がいる？　警察に嗅ぎつけられたとは思えない」

小森が警察の捜査をほのめかしたのは、計画を先へ進めるための嘘に過ぎなかった——あの話が出た後で、彼から直接聞いたのだ。松島は腕組みをした。小森も「警察ではない」と考えていたか……冷静になってみれば、答えは自然とそこへたどり着く。だが、それを認める気にはなれなかった。コーヒーが運ばれてきたので、二人とも口を閉ざす。小森は新聞を四つに折って横に置き、コーヒーに砂糖をスプーン二杯加えた。丁寧にかき回し、一口飲んでからもう一杯砂糖を入れる。それでは甘過ぎる、と松島は思わず顔をしかめた。

「疲れてる時には、糖分補給が必要だな。あんたも、ホットケーキでもどうだ」

松島は無言で首を横に振り、ブラックのままコーヒーを一口飲んだ。ひどく苦く、煎《せん》じ薬でも飲んでいるような気分になる。

「これからどうする」

「どうするって」

「七の会は活動休止。それだけで済むと思うか？」

「どういう意味ですか」

「たぶん、『休止』ではなく『永久に中止』だよ。雑誌が潰れるのに『休刊』って言うのと同じだ。今までの計画は、全部白紙に戻ったと考えた方がいい。だいたい俺は、もう怖くて手を出せないな。組織の中に裏切り者がいるんだぜ？　あの人は、腰が引けたんだよ。怖くなったんだ。だから、最初から俺たちを引っかけて、活動停止にするつもりだったんだ。途中で気づいておくべきだったと思うよ。あの人が仕切り始めて……あれだけ反対していたのに、どうしてわざわざ仕切る必要があったのかね」

確かに。反対していたなら、全て自分たち推進派に任せてしまえばよかったのだ。もしも失敗しても、「だから俺は反対したんだ」と文句を言えばいい——そういうのは、国重のやり方ではないのだが。

「とにかく、これでおしまいだな。もう、あんな形で理想は追えない」

「諦めるんですか」松島は顔から血の気が引くのを感じた。自分の数年間が無駄になる。

「ここまで頑張ってきたんですよ」

「よく考えろ。命と理想とどっちが大事だ」小森が肩をすくめる。コーヒーを一口啜り、カップを丁寧にソーサーに置くと、いきなり身を乗り出してきた。ほとんど松島の耳に口をつけんばかりにして話し出す。「気をつけないと、殺されるぞ」

「誰に」

「決まってるだろう、あのジイサンだ」

小森がすっと身を離した。彼の体温が感じられなくなり、松島は自分の周囲の温度が少しだけ下がったように感じた。

「あの人は、俺たちを一種の裏切り者だと判断したんだろうな。最初の理想は同じだった。でも、方法論が変わってきて、自分は少数派に追いやられてしまった。自分があの運動の創始者だと思ってるんだから、そういう屈辱には耐えられなかったんだろう。中途半端な民主主義だから、困るんだよ。独裁なら独裁で、貫き通せばよかったんだ。名ばかりの民主主義で、多数決の原則なんかを採用したから、ジレンマに陥ったんだろう」

それは理解できる。表面上は、「多数意見を尊重」。しかし自分で七の会の動きをコントロールできないと悟って、国重は強硬手段に出たのかもしれない。何らかの方法で松島たちを排斥し、自分の意見に素直に従う仲間を新たに見つけ出す。

新しい七の会の活動が始まる時、俺たちはどうなるのだろう。

「俺たちは国重のジイサンにとって邪魔者になるかもしれないぞ」小森が忠告した。

「しかし……」

「しかしもクソもない」小森がぴしゃりと言った。「俺たちは内情を知っている。七の会のメンバーが一新されて、また活動を始めたら、俺たちは危険分子とみなされるだろう。冗談じゃない」

「だけど、このまま諦めるんですか？　また国重先生と一緒にやればいいじゃないですか」

「あんた、正気か？」小森が大きく目を見開いた。「邪魔だと思えば、あの人は俺たちを消すかもしれないぞ。何しろ俺たちは、秘密を知り過ぎているんだから。何かあっても、俺たちには何もできないだろうな。向こうには金がある。俺たちにはない。この差は大きいぞ」

それは事実だ。理論面での「師」である玉川、それに大スポンサーの赤坂が、この半年の間に相次いで死去したために、会には金が入ってこなくなったが、依然として国重は豊富に資金を持っている。

「我々にはS号がありますよ。また作れば……」

「作ってどうする。あの人を脅迫するのか？　そんなことができないことぐらい、分かるだろう。こっちの手の内は、全部ばれてるんだぞ。あの人のことだから、必ず対応策を練り上げてくるよ……というわけで、俺はここで消えるからな」

「消えるって……どういう意味ですか」

「文字通り消えるのさ。取り敢えず、あの人の目の前からいなくなれば、危険なことはないと思うんだ。わざわざ捜し出して何かしようとするほど、あの人も暇じゃないだろう」

「消えてどうするんですか」

「しばらく、穴の中にでも潜ってるさ」小森が頭の上で掌をひらひらと動かした。「頭を出さないようにしてな……ひょっこり頭を出したら、首を刎《は》ねられるかもしれない」

松島は息を呑んだ。確かに。この計画全てが国重から出てきたものなのだから、自分たちが何をしても、彼の予想を上回れるとは思えない。どうする？　このまま東京へ戻り、何もなかったような顔をして国重の家に住み続けることができるのか？　無理だ。自分にはそれほど、度胸はない。

「どこへ消えるつもりなんですか」

「さあな」小森が耳の後ろを擦った。「それを言ったら、消えることにならないじゃないか」

「生活していけるんですか？」

小森が声を上げて笑った。何を馬鹿なことを言っているんだ、とでも言いたげに。その態度に、松島は思わずむっとした。

「今は何をやっても生きていけるんだよ。こんなに景気のいい時代だぜ？　あちこちで工事をやってるのは知ってるだろう。そういう現場へ紛れこめば目立たないし、金も稼げる。ある程度金が貯まる頃には、ほとぼりも醒めてるだろう。そうしたら俺は、また表に出てくるよ」

「表……ですか」

「選挙に決まってるだろうが、選挙」小森がにやりと笑った。「やっぱり、革命なんか無理だったんだよ。仲間内の意志を統一するだけだって大変じゃないか。実際にクーデターを起こすには、何百人もの人間が必要になる。それだけの人間が、一糸乱れず動くのは不可能だ。俺たちは軍隊を作っているんじゃないんだから……とにかく、何年か経ったら、どこかで選挙に出るよ。ずいぶん回り道したけど、俺は最初からその道を歩くべきだったんだ。社会党を追い出されて自棄《やけ》になってたけど、頭が沸騰《ふっとう》してる時は、ろくなことを考えないもんだな」

小森が一気にコーヒーを飲み干した。松島は最初の一口以外、口をつけていない。眠気覚ましの一杯が欲しかったのに、今や目の前のコーヒーは、毒入りの黒い液体にしか見えない。

「じゃあな」伝票を摑んで、小森が立ち上がった。「またどこかで会うかもしれないが、そういう時も知らん振りをしてくれよな。お互い、命が大事だぜ」

金を払うと、小森はさっさと店を出て行ってしまう。これまで濃密な時間を過ごしてきたのが嘘のような、あっさりとした態度だった。今までの歳月は、いったい何だったんだ……呆然として、松島は店内に視線を彷徨《さまよ》わせた。テーブルに視線を戻すと、小森が忘れた煙草とマッチが目に入る。無意識のうちに煙草をくわえ、火を点けていた。今まで煙草など吸ったことがないので、きつい煙が喉に入りこんだ瞬間に思い切り咳きこんでしまう。しかし我慢して、何とか吸い続けた。煙草を吸うと落ち着くという人がいるが、あれは嘘だな、と悟る。こんなものを体に入れて、落ち着くはずがない。

まだ長い煙草を灰皿に押しつけ、ソファに背中を預ける。終わった。全て終わった。ぼんやりとしていると、ラジオから流れるジェリー藤尾《ふじお》の『遠くへ行きたい』が、頭に染みてくる。

俺の「遠く」はどこにあるのだろう。

その日の夜、国重邸へ戻ってすぐに、松島は荷造りを始めた。しかしすぐに、途方に暮れてしまう。大量の本……これを一気に片づけて、どこかへ持ち出すのは無理だ。しかし着替えだけを持って出て行くのでは、夜逃げも同然である。

どうしたものか。本で埋まった部屋の、わずかに空いた場所に座りこみ、松島は考えた。逃げる……そう、夜逃げだろうが何だろうが、逃げなければならない。だが、このまま黙って家を出るのは許されないと思った。こんな状態で生来の生真面目さを発揮しても仕方がないのだが、国重に何も言わず姿を消すのは、抵抗感があった。やはり、挨拶だけはしよう。堂々と別れの挨拶をして、それからゆっくり荷造りを始めよう。

階下へ降り、国重を探す。夕飯の準備をしている書生から「書斎だ」と聞き、意を決してそちらに向かった。彼の書斎で二人きりで会ったことは、ほとんどない。何を言われるか考えると、心臓が破裂しそうだった。

国重は和服に着替え、机に向かって書き物をしていた。急ぎの用件らしく、松島が部屋に入っても、ずっと背中を向けていた。ようやく書き終えると、肩を一度上下させてこちらを向く。「座りなさい」と低い声で命じたので、松島は距離を置いて正座した。

「先生、S号は……」

「見つからなかった」国重が首を振った。「実行部隊の人間も、S号も、まったく見つからない。捜索に人手を割けないのが痛いんだ。大事《おおごと》にはできないからな」

「分かります。このまま見つからなかったら、どうするんですか」

「様子を見るしかない。捜し続けるがね」

「……私は、しばらく頭を下げていていいでしょうか」

「そうか」国重が素早くうなずく。「どこへ行く？」

「実家です。東京にはいられません」喋りながら、松島は明白な敗北感を味わっていた。何とか出て来た東京……大学でも、途中までは目標通りに研究を続けてきた。しかし今、全てを中途半端に放り出さねばならない。

「大学院の方はどうするんだ」

「また機会があると思います。勉強はやり直せるはずです」

「気持ちが折れなければ」

「折れていません……折れません」

「それならいい」国重がうなずいた。

「今まで……ありがとうございました」松島は素直に頭を下げたが、どこか白けた気持ちがあるのは否定できなかった。国重という触媒がなければ、自分の人生は、あっという間に滅茶苦茶に捻れてしまったと思う。国重とここまで革命にこだわらなかっただろう。目の前の国重は……やや悄然《しょうぜん》としながらも、大きな打撃は受けていない様子だ。

もしかしたらこの人は、最初から本気ではなかったのか？　クーデターを自分の金儲けと同列に考えていたのでは？　そうでなければ、これだけ時間と金をかけた計画を先送りしたことで、もっと落ちこんでいて然るべきだと思う。

「こちらこそ、君には申し訳なかった」国重が頭を下げる。

「いえ……」

頭の下げ方が気に食わない。これぐらいなら、心の中で舌を出しながらでもできるだろう。しかし松島は、自分の中に相反する二つの気持ちがあるのを意識した。一つは、国重を「裏切り者」と疎《うと》む気持ち。もう一つは、最初からこの男に対して抱いていた気持ち――尊敬の念だ。

気持ちはぐちゃぐちゃだった。これまでの恩。裏切り。これからの人生につきまとうであろう恐怖。目の前の男に、どんな風に接していいか分からない。

「先生、これだけは言わせて下さい。私は、先生が無駄死にするのに耐えられなかったんです」

「私が無駄死に？」国重が目を見開く。

「先生は、ご自分でS号を持って官邸に乗りこむ、と言われましたよね？　それは死を意味するのではないですか？　私は、先生にそんなことをして欲しくなかったんです。だから、より広がったやり方で――」

「その件は、もういい」国重がぴしゃりと言った。「それより、実家の方には何と説明する？」

「そうですね……まあ、適当に。親は、私が大学で何をやっていたかも分かっていませんから」

「君の親御さんには、申し訳ないことをした」国重の目に暗い影が宿った。

「お気になさらず」

さらりと言った。そこで終わりにすべきだった。余計なことを言えば、国重は瞬時にして敵に転じる可能性がある。しかし今日の松島は、どうしても口を閉ざしておくことができなかった。

「私は諦めません」

「それは私も同じだ」

違う——松島は直感的に悟っていた。いかに理想があっても、国重には年齢の壁が立ちはだかるだろう。五十になり、将来が見えてきた今、もう一度気持ちを奮い立たせるのは難しいはずだ。おそらくこのまま、彼の中で理想は消えてしまうだろう。それを食い止めることは、少なくとも自分にはできない。

「私は理想を追い続けます。どこにいても、それはできるはずです……先生からの連絡をお待ちします」

「ああ」

国重の声は乾いていて、松島には、全てを諦めた人間の声のように聞こえた。立ち上がり、深々と一礼する。この男は、自分の言葉をどこまで真剣に捉えただろう。これは単なる惜別の辞ではない。宣言だ。自分は諦めない。これからあなたがどう考えようが、どう動こうが、俺は自分が信じた道を行く。理想の火を消すことはない。

15

要注意だ、と国重は思った。諦めない人間は性質《たち》が悪い。もちろん、諦めないことは大事だが、時と場合による。「一時棚上げ」する勇気も大事なのだ。

松島の目には、消せそうにない炎が宿っていた。いったい何をするつもりなのか……七の会の中で、松島は最重要人物だった。あいつの頭の中には、今もS号の設計図が残っている。十分な時間と予算、それに安全に作業できる場所が確保できれば、すぐにでもまた作り出せるだろう。しかも頭の中では、今も革命に対する熱意が渦巻いている。恐怖も、それを消すことはなかったようだ。計算違いである——全員の熱が冷めるだろうと思っていたのだが。

国重は暗い部屋に一人籠り、今後の対策を練った。松島を消す——殺してしまうのも手かもしれない。だがその考えは、すぐに消えた。自分は革命家だが殺人者ではない。毒ガスを作らせたのも、それがコントロールしやすい、比較的「安全」な大量殺戮兵器だからだ。もっとも松島は革命ではなく、自分が作った毒ガスそのものに執着している感もある。あれが技術者の矜持《きょうじ》かもしれない。どんなことであれ、自分の研究成果を世に問いたい、と。

電話が鳴り、思考は中断させられた。無視しようかとも思ったが、いつもの習慣で受話器に手を伸ばしてしまう。

「ああ、国重さん。小森です。どうも」

軽い調子の声に苛立つ。自宅には連絡してこないように厳命してあるのに。

「ここに電話されると困る」

「いやいや、もう困らないんじゃないですか。私も国重さんも、もう危ない話はしないでしょう」

意表を突かれた。おかしい……この男は、松島と同じ強攻派だ。昨夜の出来事にも大変な衝撃を受けているはずなのに、何事もなかったかのように軽い口調である。気をつけろよ、と国重は自分に言い聞かせた。こいつはやはり、コウモリのようなものかもしれない。あっちへ行ったりこっちへ来たり……昼と夜でも態度が変わる。

「一応、お別れの挨拶をと思いましてね」

「身を隠すつもりか」

「いやあ、誰がS号を奪ったのか知りませんけど、こっちにとばっちりがきたらたまりませんからね」小森はかすかに笑っていた。「静かにしていますよ」

「それがいい」

「まったく、誰があんなことをしたんでしょうねえ」

少ししつこい言い方に、国重は警戒した。こいつは事情を知っているのかもしれない。証拠を握ったわけではないだろうが、間違いなく疑っている。

「分からん。そこは調べている」

「こういうのは、結局よく分からないまま終わるんでしょうね。つまりは、政治みたいなものだ。いつの間にか始まっていつの間にか終わる。我々は、結構難しいことをやっていたんですね」

「ああ」

「しばらく連絡しませんよ。その方が安全でしょう」

「そうだな」

「国重さんは、そこを動くわけにはいかないでしょう？　抱えているものが大きいですからね。だけどこっちは気楽な独り身だ。どこへ行っても食っていけます」

「身辺には十分気をつけてくれ」余計なことを言うな、と自分を戒《いまし》める。小森は鋭く、ずるい男だ。言質《げんち》を取られたら、厄介なことになりかねない。

「十分気をつけますよ。後ろから刺されたら、死んでも死に切れませんからね」

大きな笑い声の余韻を残し、小森が電話を切った。こいつは……絶対に俺を疑っている。だが、反撃に出るのは得策でないと計算しているのだろう。今の自分の力と俺の力を比べれば、それが妥当な選択だ。だが、将来的にはやはり危険である。いつか十分な力を蓄え、俺に復讐しようと企てるのでは……いや、この男はそういう方法を選ばないかもしれない。基本的には、理想よりも損得勘定で動く男だ。今は内心、自分に対して殺意を抱いているかもしれないが、自分の手を血で染めても金にはならない——そういう計算をすれば、今後も俺とは距離を置こうとするはずだ。どこかで偶然会ったら、いかにも親しげに握手を求めてくるのではないだろうか。心の中では舌を出しているにしても。

強攻派の他のメンバーのことを考えた。岩本は……岩本も抱えているものは大きい。自分に逆らえばどうなるかは分かっているはずだ。恐らく今後は、口をつぐんでいるだろう。原も気にしなくていい。あれは気の弱い男だし、サラリーマンという立場もある。こちらから手を出さない限り、今回のことは墓場まで持っていくだろう。

心配なのは、やはり松島だ。あの男は純粋過ぎる。理想を胸に抱いたまま、自分一人でも暴走しかねない。あるいは、理想を同じくする仲間を探し始めるか。

その前に、松島を追わなくてはならない。手は出さなくても、動向を監視しておく必要はある。

またあの男の手を煩《わずら》わせるしかないのか。国重は少しだけ後ろめたい気持ちを抱きながら、また受話器を取り上げた。

16

あのオッサンは……工藤は受話器を置き、苦笑した。いつも唐突かつ強引だが、今回は度を越している。だいたい、職場に電話してきてこんな危険な話をするのが、焦っている証拠だ。もっとも、俺も常軌を逸していたな、と思う。普段の俺だったら、絶対に電話でこんな話はしない。会う場所と時間だけを決めて、すぐに切っていた。

普通の状態じゃない——当たり前だ。どんな人間でも、こんな立場に追いこまれたら、普通ではいられない。

今でも普通ではないのだが。

あの時のことを思い出すと、今でも冷や汗が滲み出る。S号の始末……完成する前の二つの薬剤については、そのまま廃棄してしまって構わない、ということだった。多少毒性はあるが、人が死ぬようなことはない。だから材料に関しては、川に流してしまった。完成したS号が入った七本の魔法瓶については、国重に指示された場所に保管してある。あの始末はどうするのだろう。いずれ考える、と国重は言っていたが、命と引き換えに処理することになるかもしれないと考えると、顔から血の気が引くようだった。

落ち着けよ、と自分に言い聞かせる。俺の人生は長い。これからが本番なのだ。こんな所でヘマをするわけにはいかない。仕事のためにも、理想のためにも。

「どうかしたか」

「いえ」上司の公安三課係長、田村《たむら》に声をかけられ、工藤は反射的に否定の言葉を返した。

「何だかえらく真剣な顔じゃないか」

田村が立ち上がり、背後に回りこんで工藤の肩に手をかける。すぐに、ひどく荒っぽく肩を揉み始めた。按摩《あんま》というよりも、肩を握り潰そうとするかのように。体が大きく、体重もあるので、工藤は上から押さえつけられた感じになった。

「何でもありませんよ」工藤はさらりと否定した。「ネタ元ですよ。公道会《こうどうかい》の秋元《あきもと》です」

「おお、秋元か」田村が顔をほころばせる。「どうだ、奴は元気にしてるのか」

「ますます意気盛んという感じですね」

喋りながら、工藤は何とか話をでっち上げようとした。公道会は、六〇年安保の時に、左翼勢力に対抗して大立ち回りを演じた右翼団体で、あの時は逮捕者も出している。秋元本人は既に六十歳に近く、現場に顔を出すことはなかったが、逮捕された構成員の処遇を巡って、警察と丁々発止のやり取りを続けたものである。とにかく弁の立つ男であり、「こっちはお国のために警察に協力したんだ」と強弁《きょうべん》されると、理屈ではともかく、心情的に反論するのは難しかった。実際、警視庁の知らないところで、政府が動員をかけていたという噂もある。工藤は何故かこの男に気に入られ、今でも時々会っていた。

「何か面白い話でもあったか？」

「いや、今日は雑談です」

「まあ、ネタ元相手の雑談は大事なことだ」

大きな手で工藤の背中を叩き、田村が自席に戻って行った。ひりひりする痛みの名残を味わいながら、工藤は早くも次の展開に思いを馳《は》せていた。これは相当難しい任務になる。これをやり遂げたからといって、人間として一段上に上がれるものでもないのだが、やらなければならない。俺は、返し切れないほどの恩を国重に対して負っているのだ。あの男がいなければ、今の俺はなかったのだから。


「ここが彼の実家か」

国重がぼそりとつぶやいた。似合わないサングラスで変装しているので、工藤は「裕次《ゆうじ》郎《ろう》みたいですね」とからかってみたのだが、まったく反応しなかった。さすがに冗談を言い合う気分ではないようだ。

国重は、車の助手席で低く身を沈めていた。外からは見えなくなるかもしれないが、いつまでもこんな姿勢は続けていられない。工藤は少しだけ車を前に出した。

「これで、向こうからは見えなくなるはずですよ」

「ああ」言って、国重がフェンダーミラーを凝視した。この小さなミラーでは、家の様子を見守ることはできないだろうが。

工藤はルームミラーを見詰めていた。面積が広い分、こちらの方がよく見える……いずれにせよ、地味な家だった。「松島酒店」の看板はあるが、家は古びて、人の出入りも少ない。だがほどなく、子どもたちが次々に家に入って行くのが見えた。二人、三人……いずれも中学生のようだ。

「あれが、松島の教え子なのか?」国重も、子どもたちの動きを捉えたようだった。

「ええ。彼は家庭教師をやってますから……家庭教師というか、塾かな? 家に子どもたちを集めて、勉強を教えているんです」

「将来有望な研究者が、中学生の家庭教師ね……」国重が溜息を漏らす。

「将来有望な革命家が、ではないんですか」

「茶化すな」

言われて、工藤は首をすくめた。

あのS号消失事件から、既に半年が経っている。春、そして夏が過ぎ、甲府にはもう秋の気配が強く漂い始めていた。陽射しは強く、盆地らしく熱気が地面に溜まっている感じがするのだが、時折吹く風は、肌寒ささえ感じさせるものだった。

「とにかく、ほぼ毎日同じことの繰り返しのようです。ずっと家に籠っていて、午後になると子どもたちが訪ねて来る……教えているのは五教科全般で、生徒は総勢二十人ほどですね」

「それで金になるのか」

「実家の酒屋の稼ぎと同じぐらいにはなるそうですよ」

「まさか」

「何言ってるんですか、国重さん」工藤は乾いた笑い声を上げた。「あなたのように、無償で子どもたちに教育を受けさせようなんていうのは、今時流行らないんです。教育は金になるんですよ。今の親は、子どものためならいくらでも金を使う。戦争で、自分たちがろくに教育を受けられなかった反動かもしれませんがね」

戦後十八年。今、中学生の親ぐらいの人間には、戦時中の記憶もまだ鮮明だろう。依《よ》るべき学校という存在が当てにならなくなって、どれほど辛い思いをしたか。戦地に赴き、命からがら逃げ帰ってきた人も少なくないはずだ。子どもには全てを与えてやろう、少なくとも教育の機会ぐらいは——と考えるのは自然ではないだろうか。

「とにかく、金の心配はいらないようです。ところで、彼からは何か連絡があるんですか」

「一度だけ葉書が届いた。ここへ戻って来た直後にな」

「挨拶状ですか？　変に律儀ですね。てっきり、小森のように完全に姿をくらますかと思ったけど」

「小森と松島では、立場が違う。小森はもう、浮上できないだろう」

「これはまた、手厳しい」

顔を歪めて言って、工藤は煙草に火を点けた。煙を逃すために、窓を細く開ける。国重も煙草を吸いたいのではないかと思ったが、ぼんやりと外を見ているだけだった。煙草が切れているのかもしれないと、一本振って差し出してみたが、国重は首を振って断った。そういえば、東京から甲府へ車で来る間にも、一本も吸っていない。

「体調でも悪いんですか？　煙草、全然吸ってないじゃないですか」

「やめたんだ」

「まさか。毎日四十本ぐらい吸ってたじゃないですか。そう簡単にはやめられないでしょう」

「俺は失敗した人間だからな。一つぐらい、罰を受けてもいい」

「それはなかなかきつい罰ですね」工藤は慌てて、煙草を灰皿に押しつけた。蓋を閉めると、すぐに煙は消えてしまう。

「まあ、これぐらいは……」国重はひどく疲れた表情を浮かべている。心なしか、顔に刻まれた皺も増えたようだった。

「で、どうしますか。松島の処遇ですが」

「監視は必要だ。手配できるか？」

「金がいりますね。私が毎日、甲府に足を運ぶわけにもいきませんから」

「分かっている。然るべき人間に心当たりがあるんだな？」

「山梨県警にも、信用できる人間はいますから。ただ、これは完全に公務外の仕事だから、ただで動いてくれというのは図々し過ぎます」

「分かった。金のことは心配するな」

「せいぜい値切っておきますよ」

国重がぼんやりとうなずく。普段の元気がないのが気になった。「どうかしましたか」と確かめるのは間抜けな感じがしたが、躊躇する間もなく、口が動いてしまう。いつも気をつけようと思っているのだが……。

国重は、工藤の質問に答えなかった。両手を腹のところで組み合わせたまま、前方を凝視している。元気はないのだが、視線だけはガラスを突き抜けそうなほど鋭かった。

「私は、失敗したんだと思う」

「そうですね。強攻派が出てきてしまったことは――」

「違う」国重が即座に否定する。工藤が思わず背筋を伸ばしてしまうほどの強い調子だった。

「どういうことです?」

「自分でも知らぬ間に、私は腰が引けていたのかもしれない。S号は、絶大な威力を持っている。作れと命じたのは私だが、正直に言えば、途中から怖くなった。私は、戦争で人が死ぬのを散々見てきた。S号は、効果を調整できるかもしれないが、毒ガス兵器としては史上最も強力なものなんだよ。そんなものを手にして……自分がやろうとしていることが正しいかどうか、分からなくなった」

「国重さんの考えは間違ってませんよ。日本は変わらなければ——我々が変えなければいけない」上司の田村が聞いたら失神するかもしれないな、と工藤は思った。革命を目指す警察官。言ってみれば獅子身中の虫のようなものだ。本来、警察の役目は治安維持——現政府を守ることである。その中に、革命思想に心酔している人間がいるというのは、悪い冗談では済まされない。もっとも工藤の場合、革命思想そのものよりも、国重に対する恩義に突き動かされているのだが。

「手段を間違えれば、大変なことになる。私は焦っていたんだろうな。もしも、強攻派の連中がもっと早くあの話を持ち出していたら、私もS号を使う作戦に賛成していたかもしれない。いや、私が言い出していたかもしれない」

「しかし、躊躇われた」

「人が死ぬのを見たくはない」

国重が両手で顔を擦った。泣いているのでは、と工藤は一瞬緊張したが、顔から掌を外した後も、国重の頬は乾いたままだった。ただし、目つきは一層虚ろになっている。

「もう何もしないんですか？　日本を変える気持ちはなくなったんですか」

「分からん」国重が首を振る。「私は、多くの若者を傷つけてしまった」

「誰も傷ついてないでしょう」工藤はわざと大袈裟な調子で言った。「私も元気です。小森なんか、きっとまた調子に乗って、どこかで何かやらかすでしょう」

「そうかもしれないが、もう同じ顔ぶれ、同じ方法論ではできないと思う。松島たちも、私を信用していないだろう」

「ええ、まあ……それはそうでしょうね」工藤は唇を引き結んだ。

「やはり私は、完全に間違っていたと思う。日本を変えるにしても、誰かが犠牲になるようなやり方では駄目だ。新しい方法を考えないと」

「私はいつでも、国重さんについていきますよ」

「感謝している……しかし心配なのは、松島たち――特に松島のことだ。あの男は純粋過ぎる。理想を忘れないまま、また暴走するかもしれない。S号を再現できるのは、あの男だけだしな」

「原は大丈夫なんですか」

「あの男には十分な金を摑ませてある。元々松島に誘われただけで、自分の考えなどないに等しい男だ。金さえ貰えば余計なことは喋らないはずだし、今後もおかしな行動には出ないだろう。東京にいるから、こちらで監視もできる」

「とにかく、松島のことは心配しないで下さい。私が責任を持って監視します。おかしな動きがあれば、すぐに対応しますから」

「何度も君の手を煩わせるわけにはいかん」国重の表情が強張っていた。

「何言ってるんですか。国重さんのために働けるなら、これ以上の幸せはないんですよ。面倒臭いとか大変だとか思ったことは、一度もない。国重さんは、いつものように大きく構えていて下さい。そうでなくちゃ、こっちも困っちまう」

「分かった。君には感謝する。心から、だ」

「だったら、美味い酒でも呑ませて下さい。俺を動かすには、それで十分ですよ」


一つ、厄介事は片づいた。国重を自宅へ送り、家に帰って、工藤は一息ついた。松島は危険分子ではあるが、しっかり監視し、異変があった時にすぐに対処すれば、何とでもなるだろう。S号を作り、使う——それはやはり、あの男一人では無理だ。必ず誰かを巻きこむはずだし、そういう時は動きが大きくなるから、外へ漏れやすくなる。

所詮は素人のやることだ。

夕飯を食べるのが面倒になり、工藤は部屋で一人、一升瓶を抱えこんだ。国重にいつも呑ませてもらう美味い酒に比べれば水のようなものだが、手っ取り早く酔っぱらうことはできる。今日は一日車を運転し通しだったし、何だか疲れた……明日は月曜日。登庁しなければならないのだから、さっさと酔っぱらって寝てしまうに限る。

だが、酔うことすら許されなかった。湯呑みで一杯呑んだところで、電話が鳴り出す。まさか、こんな時に仕事じゃないだろうな、と不安になった。公安三課の主な仕事は、右翼関係の動向監視と調査であり、急な仕事が入ることなどまずない。

電話してきたのは、意外な人物だった。工藤も一、二回話したことがあっただけで、すぐには名前を思い出せないほどだったが、向こうは工藤をすっかり顔見知りだと思いこんでいるようで、切羽詰まった声で話し出す。

「ちょっと、うちの弟のことで……」

「ああ」弟と言われて、ようやく相手が誰か分かった。

「連絡が取れないんですよ。どこにいるか、知りませんか？」

「いや、分からないな。俺もしばらく会ってないんでね。最後に会ったのは、去年の暮れ頃だったかな？」緊張でいきなり心拍数が上がったが、表面上は平然とした口調で嘘を吐く。

「家にいないんですよ」

「ああ、そう？」さらりと反応しながら、工藤は内心ぎくりとしていた。まさか、東京まで出て来るとは。「家はどうなってるんですか？」

「いや、とにかくいないんです」繰り返す相手の声に必死さが滲む。「いないっていうか、荷物も処分されてました。大家さんに聞いたら、家賃が全然振りこまれてないし、姿も見かけないからって……どうしたんでしょう、いったい」

「それはひどい大家だな。問題だ」工藤はわざと話をはぐらかした。

「どこへ行ったんですかね」

「いや、悪いけど俺には分からない。しばらく会ってないからね」

計算外だった。まさか、こんな電話がかかってくるとは……工藤は一升瓶の栓を閉め、何とか言い逃れる方法を考え始めた。上手い考えはない。少なくとも今すぐ相手を納得させて、電話を切らせるような方法は思い浮かばなかった。

「調べてみますよ」

「本当ですか？」相手がすがるように言った。「困るんですよ、見つからないと」

「だけど、今までもずっと行方《ゆくえ》不明だったみたいなものでしょう？　あなた以外の家族は、居場所も知らなかった。どうして今になって、そんなに慌てて捜すんですか」

「オヤジが死にそうなんです。癌《がん》で……それで、急に弱気になったのか、今までのことは全部水に流すから、一目だけでも会いたいって言い出したんです」

「ああ、そういうことですか。大変ですねえ」工藤は精一杯同情していると聞こえるように言った。この男にとっての工藤は「若いが人情味溢れる刑事」なのだ。

この男の弟とのかかわりは深い。初めて会ったのは、工藤がまだ警察学校を出たばかりで交番勤務の時代だった。民家に侵入しようとしたところを捕まえたのだが、事情を聞くと、失業してもう三日も何も食べていない、ということだった。今の工藤だったら、言い訳など聞かずに即座に逮捕するだろうが、その時は何故か仏心が出た。飯を食わせ、小額だが金を貸し、その後工事現場での仕事まで面倒を見たのだった。今振り返れば、青臭い正義感からきたもので、顔が赤くなるぐらいだが……結果、工藤はスパイを一人手に入れた。工事現場というのは、様々な人間が集まってくるところで、暴力団などの息がかかっている人間も少なくない。そういう所には、自然と情報が落ちてくるのだ。時々会って飯を奢る。何か面白い話が落ちていないか、探る。そんなつき合いの中で、男の家族のことも聞き出した。今電話で話している次兄にも会ったことがある。

よくある、出来の悪い弟と優秀な兄たちの物語だった。実家は福島なのだが、末弟は中学卒業後、父親と折り合いが悪くなって出奔した。長兄は家業を継ぎ、真面目な次兄は、高校を出て地元の町役場に勤めている。基本的に弟は家族や実家との縁を切っていたのだが、次兄とだけは、時々連絡を取っていたようだ。

「俺も、弟のことは仕方ないと思っていたんですけど、オヤジに言われると……死に際の望みぐらい、叶《かな》えてやりたいんです」

「そうだね」

「何とか捜してもらえませんか？　東京には知り合いがいないですし、俺もこっちを離れられないんですよ。子どもが産まれたばかりなんですが、嫁の体調が悪くて……」

「分かった」捜索願を出せばいい、と言いかけ、口をつぐんで電話を切った。警察が真面目に捜すとは思えないが、万が一ということもある。

まさか、こんな予定外のことが起きるとは。世の中、全てが自分の思い通りになるわけがないが、あちこちに生じた綻《ほころ》びに、工藤は目が眩《くら》む思いだった。一升瓶の栓を開け、そのまま口をつけて瓶を逆さにした。酒が一気に口中に流入して、零れた分が顎を伝って胸元に落ちてくる。喉が一気に焼け、胃の中も熱くなってきた。かすかに目の前の光景が揺らぐ。

クソ、どうすればいいだろう。捜すも何も……誤魔化《ごまか》すしかない。一番自然に、疑われないやり方だ。そのためには、少し時間を置かねばならないだろう。今日連絡があって、明日いきなり「分からない」と言ったら、向こうは俺が真面目に捜していないと思うだろう。もちろん、真面目に捜す義理もないのだが。

親切心が仇《あだ》になった、ということか。仏心など、出すものではない。これからは常に、人を疑ってかかる――刑事としての目で物事を見よう。

一月《ひとつき》後、工藤は「見つからなかった」と連絡を入れた。

（下巻へ続く）

『Sの継承』二〇一三年八月　中央公論新社刊
（文庫化にあたり、二分冊）

中公文庫

S《エス》の継承《けいしょう》（上《じょう》）

2016年10月25日　初版発行

著　者　堂《どう》場《ば》瞬一《しゅんいち》

発行者　大橋善光

発行所　中央公論新社

〒100-8152　東京都千代田区大手町1-7-1

電話　販売 03-5299-1730　編集 03-5299-1890

URL http://www.chuko.co.jp/

DTP　ハンズ・ミケ

印　刷　三晃印刷

製　本　小泉製本

Published by CHUOKORON-SHINSHA, INC.

Printed in Japan　ISBN978-4-12-206296-2 C1193

中公文庫既刊より

各書目の下段の数字はISBNコードです。978－4－12が省略してあります。

と-25-32
ルーキー　刑事の挑戦・一之瀬拓真　堂場瞬一
千代田署刑事課に配属された新人・一之瀬。起きる事件は盗難ばかりというビジネス街で、初日から若い男性が被害者の殺人事件に直面する。書き下ろし。
205916-0

と-25-33
見えざる貌　刑事の挑戦・一之瀬拓真　堂場瞬一
千代田署刑事課そろそろ二年目、一之瀬拓真。管内で女性ランナー襲撃事件が発生し、捜査に加わるが、なぜか女性タレントのジョギングを警護することに⁉
206004-3

と-25-35
誘爆　刑事の挑戦・一之瀬拓真　堂場瞬一
オフィス街で爆破事件発生。事情聴取を行った一之瀬は、企業脅迫だと直感する。昇進前の功名心から担当を名乗り出るが……。〈巻末エッセイ〉若竹七海
206112-5

と-25-37
特捜本部　刑事の挑戦・一之瀬拓真　堂場瞬一
公園のゴミ箱から、切断された女性の腕が発見される。その指には一之瀬も見覚えのあるリングが……。捜査一課での日々が始まる、シリーズ第四弾。
206262-7

と-25-31
沈黙の檻　堂場瞬一
沈黙を貫く、殺人犯かもしれない男。彼を護り、信じる刑事。時効事案を挟み対峙する二人の傍で、新たな殺人が発生し——。哀切なる警察小説。〈解説〉稲泉連
205825-5

と-25-34
共鳴　堂場瞬一
元刑事が事件調査の「相棒」に指名したのは、ひきこもりの孫だった。反発から始まった二人の関係は調査を通して変わっていく。〈解説〉久田　恵
206062-3

と-25-36
ラスト・コード　堂場瞬一
父親を惨殺された十四歳の美咲は、刑事の筒井と移動中、何者かに襲撃される。犯人の目的は何か？　熱血刑事と天才少女の逃避行が始まった！〈解説〉杉江松恋
206188-0